西部流浪记

赵本夫 著

江苏凤凰文艺出版社
JIANGSU PHOENIX LITERATURE AND
ART PUBLISHING, LTD

目 录

上 卷
西部流浪记……………… 003

下 卷
碎 瓦……………… 147

书 痴……………… 188

老 肖……………… 191

老 袁……………… 194

杂货店主（上）……………… 197

杂货店主（下）……………… 199

老 道（上）……………… 202

老 道（下）……………… 204

冥 路……………… 207

蒋寿山……………… 210

马校长……………… 213

童年拾零…………………… 217
灶　窝……………………… 221
听　戏……………………… 224
先生风骨随秋去…………… 227
难忘我的父亲
　　——患病的父亲………… 231
街　头……………………… 236
赵集古寨…………………… 243
老人和楼…………………… 247
接母亲过年………………… 249
母亲的奥运………………… 251
别一样人间——访日纪行…… 254
我的日本朋友……………… 264
致小虎……………………… 268
老　树……………………… 272
边界小村…………………… 274
蹴　鞠——岳庄民趣………… 277
退思园……………………… 280
穿越沙漠…………………… 282
告别三峡…………………… 286
生命的厚度………………… 289

美国草……………………… 292

青田古桥……………………… 295

筑巢者………………………… 298

孩子的问题…………………… 301

家乡的茶……………………… 303

不亦快哉……………………… 306

过年的味道…………………… 309

简化生活……………………… 313

请加一只热水瓶……………… 315

上卷

西部流浪记

年轻时做过一个梦,我的遥远的前世是一位青年将领,战死在西部沙场。奇怪的是,这个梦做过多次。场景不甚清晰,也不算模糊,就在一片戈壁滩上,千军万马杀成一团。我骑一匹深色战马,挺一杆长枪,率领士兵冲来杀去,最后只剩下我自己,被敌人团团包围。虽奋力拼杀,还是突不出去,最后中枪坠马,而且是肚子上左右连中两枪。我没觉得疼,只像棉花一样落到地上。在坠马的瞬间,我看到尸横遍野。接着一阵狂风掠过,大地一片空茫,只剩下我独自躺在那里,那匹深色战马仍然守在我身旁……

显然,这是一个英雄梦。不知是因为年轻时特别喜欢边塞诗,还是因为家乡徐州是个古战场,关于战争的记忆融进每一个少年的血液。但不管怎样,那个梦让我在很早以前,就对西部有了感情和强烈的向往。我想看看那是一个怎样神奇的地方,引得一代一代人在那里征战杀伐。"月黑雁飞高,单于夜遁逃。欲将轻骑逐,大雪满弓刀。"唐代诗人卢纶的这首诗,描述的是战争,却没有血腥。一千多年过去,再读此诗,就只有诗的意境了,甚至能感到一种嬉谑。

西部已经是个宁静的地方。那里再没有刀光剑影。

山西黄河壶口

在黄河壶口

很多年后，我终于去了西部，而且是去一趟又一趟，有点收不住脚了。在过去的二十多年间，我去过除澳门外中国所有的省市和地区，也去过近二十个国家，我几乎没写过游记之类的作品。特别是，能吸引我再去一趟并且是反复去的地方，只有中国的西部。

那真是一个诱人的地方，它淳朴的民风，神奇的山水，茂密的森林，广阔的草原，浩瀚的沙漠，纯净的蓝天白云，自由的飞禽走兽，乃至无边无际的荒凉和宁静，都叫我深深着迷。我喜欢一切纯自然的东西。

二十世纪九十年代以后，我曾多次去过西部，有时是去讲课，有时是参加作家采风团活动。这种活动是有组织的，吃、住、行事前安排好，看的是当地一些著名的景点，时间也是定死的。这种走马观花式的采风，能看到一些东西，但总觉不够尽兴，不够真实，只是浮光掠影。而最主要的感觉是不够真诚。对于西部，去的次数越多，就越是会有敬畏之心，越应有虔诚之心，如果只是像蝗虫一样掠过，就亵渎了这片神圣的土地。

我一直准备着一次单独的西部行，准确地说，是去西部流浪。我的计划是不住大城市，不和当地作协联系，不找人接待，不住豪华宾馆，吃、住、行一切由自己来。大方向是西部，但没有具体目的地，一路随兴，走到哪算哪。

2005年春天，我终于准备动身了，可家里人都很担心我的安全，毕竟这一年我已经五十六岁。再加上他们都没去过西部，印象中是个蛮荒之地，人也野性，如果发生争执，或者万一遇上个拦路打劫的，会出危险。我一再向他们解释，不会有事的，西部民风淳朴，人非常好处，不会有问题的。遇到麻烦，我会绕着走，不会和人发生纠纷。但家人还是不同意，说你如果一定要去，就要找个伙伴。没办法，我只好联系人，找了几个，不是有事，就是怕吃苦，或干脆就认为我这想法不切实际。五十六岁去流浪，太疯狂。后来，我想到一个人，就是无锡作家陆永基。陆永基是我多年的好友，也是一位优秀的作家，他的作品不算太多，却非常讲究，尤其他的文字，老到、沉静而富书卷气，就像他人一样，瘦高、白净，一副仙风道骨的样子。如能同行，还有一个好处，就是陆永基也喜欢下围棋，水平比我略高，平日互有输赢，正好旅途可以打发时间。我打个电话给他，没想到他一口答应，而且极为兴奋。我当然更为兴奋，终于找到伴儿，可以成行了。

我们本来从春天约定，尽快动身的，却迟迟没有上路。原因是陆永基因为单位的事，一时无法脱身。当时，他还任职无锡文联副主席、市作协主席（现在已是省作协副主席）、《太湖》主编，许多业务上的事主要靠他来做。时间一拖再拖，我在南京等得心急火燎。转眼时间已到了夏天。终于，我打电话告诉他，我要先动身了，你抓紧时间处理手头工作，随后来追我吧。永基连声说抱歉，说本夫兄你先走，我随后就来。

2005 年 7 月 7 日，我终于踏上了西行之路。

上卷

2005年7月7日　阴　无雨　22℃

　　选择今天西行,真是一种巧合。1937年7月7日"七·七"事变,是一个国难纪念日。这几日看电视,全是这类内容。内心极不平静。六十八年前的今天,卢沟桥的枪声彻底击碎了和平的梦想,华北之大,再也安放不下一张平静的书桌。岂止是书桌,老百姓平静的日子也没有了。这一天,也揭开了中国抗日战争的崭新一页。那时的中国何其羸弱! 今天的中国还说不上多么强大,但没有谁敢轻易向中国进攻了。现在一些知识分子,自诩为世界公民,好像一说祖国,就是狭隘的民族主义。如果世界大同,没有了国家的概念,当然最好,但问题是国家还在。一个人的命运和自己的祖国无法分开。一些人想做世界公民只是一厢情愿。美国插手全世界的事,并不全是好心,他们考虑的首先是美国的利益,这是极明白的事。我不是一个民族主义者,但我是有祖国的,国之不存,家破人亡。常听父母亲讲起他们年轻时逃难的情景,日本人来了,一日数逃,在麦田里爬行几里地,衣服膝盖都磨破。一头牛来不及牵走，被日本人打烂肚子，拖着肠子到处跑。赵家祠堂被日本烧过三次。十几个人被杀死，有的妇女被强奸，所以父母都特恨日本人。去年雅典奥运会，母亲来南京，老人家已八十八岁，晚上睡不着觉，就陪我看电视。奥运会柔道比赛时，中国女选手把日本女选手摔倒，赢了比赛。我指着画面讲给母亲听，她高兴得直拍手。第二天中午，我下班回家，母亲兴奋地告诉我："今儿又把日本人撂倒一次！"我问怎么回事，妻子说是电视台复播昨天的画面，讲给她听，她也不懂，坚持说又撂倒一次。晚上再次重放，母亲指着画面喊起来，说："乖！又撂倒一次。"一日撂倒日本人三次，母亲高兴坏了，弄得一家人哭笑不得。

六十八年并不遥远，中国人当记得。前不久给《上海文学》寄去一篇小说《石人》，就是抗战题材的，大约发在今年第六期。结尾处写六十年后才发现，当年幸存的石人在山洞里凿出几百幅浮雕，记录下日本侵略者的残暴罪行。六十年尘封山洞里，这仇恨埋得太深了。中日关系如何改善？这是一段绕不过去的历史。

酝酿已久的西行，今天终于开始了。从南京乘飞机抵达西安咸阳机场。我没去西安，登上一辆大巴，直奔咸阳，仿佛一头扎进历史。

咸阳其实显赫，当年曾是秦之国都。九时半到咸阳，拉着行李箱转了一圈，找到一家旅馆，每天一百元，不算太贵，但比我预想的标准要高一些。我就想住这样便宜的旅馆。住下后略一洗刷，即出门在城中转游。先游了老街。所谓老街，已不见先秦踪迹，只是一些清末建筑。街上有一家博物馆，进去参观了一下，有从长陵（刘邦墓）附近挖出的大批小兵马俑，还有一些秦砖秦陶，十分震撼。

下午打听想听一场戏。我酷爱豫剧。家乡丰县有梆子剧团，和豫剧同宗同源，只是曲调更高亢一些。其他角色都差不多，只红脸、黑头唱法不同。豫剧是本腔，梆子戏是假嗓子，听起来更勾人。我家乡丰县曾有个著名演员叫谢茂坤，就是唱大红脸的，生活中也是赤红脸，酷似关公，解放前就在苏鲁豫皖交界的几十个县极有名气。那时没有麦克风，全凭一副好嗓子，在露天野台上唱，能传出几里远。过去叫听戏，就是听。后来才叫看戏，因为多了灯光舞美。早先唱戏更重嗓音。谢先生也是身子凉，但嗓音绝对一流。他的红脸有腔音，就像后来的双音箱，宽厚洪亮，还有点沙哑，摄人心魄。上世纪七十年代，我在县委宣传部工作，谢先生是梆子剧团团长，一个系统的，很熟，又因爱听他的戏，遂成忘年交。他的很多戏比如《生死牌》《潘杨讼》《肉丘坟》《单刀会》，我听过无数遍，几乎每一次都听得泪流满面。后来，我以他为原型，写过一篇小说《绝唱》，也是我至今最得意的小说之一。

咸阳应当有豫剧团的。我知道常香玉、马金凤等豫剧名家，解放前就常在陕西、青海、甘肃一带演出，西部有大量豫剧观众。在街头一打听，果然，咸阳有个豫剧团。按照指点，辗转在一条巷口找到了，门口挂着咸阳豫剧团的牌子，心里一阵高兴。伸头看看，大门内好像就是一栋宿舍楼，晾晒的衣服、管线乱七八糟的，不像个剧团的样子。一个看门的老人见我伸头探脑，就过来问我找谁。我连忙掏烟递上去，赔笑说不找谁，就是想问一下剧团今晚有没有演出。看门人一听这话，突然生气道：哪还有演出！早就不演戏了，只有单位请或者谁家有红白喜事才去演出，不像样子了。看来，老人对剧团的现状极不满意。我和他聊了一阵，告辞离开，十分遗憾。老一辈豫剧艺术家，除了常香玉、马金凤，还有陈素贞、崔兰田、闫立品、桑振君等等，可谓群星灿烂，当年何其风光。她们都有自己最拿手的剧目，比如常香玉的《红娘》《花木兰》，马金凤的《穆桂英挂帅》《花枪缘》《花打朝》，陈素贞的《春秋配》《三上轿》，崔兰田的《桃花庵》，闫立品的《秦雪梅》等，都是脍炙人口的作品。今日豫剧团凋蔽至此，为了谋生，又不得不去唱堂会，可叹可悲！

记到此，不由想起马金凤。我和马金凤先生曾有几面之缘。早在上世纪六十年代，我还在丰县中学读书时，马金凤率团到县里演出，我就在晚上偷偷溜出校门，买一张别人的退票进剧场听过她的戏。当时她唱的是《穆桂英挂帅》。到八十年代，家乡丰县梆子剧团老演员已相继退休或去世，又招了一批小演员，我当时还参加了招聘选拔，剧团也改名为小凤凰豫剧团，聘请马金凤为名誉团长。马金凤居然答应下来，并亲自到县里祝贺。我那次也参加了接待。当她得知我是个作家时，当即请我为她写一出现代戏。如上所说，马金凤有三出保留剧目：《穆桂英挂帅》《花枪缘》《花打朝》，都是古典戏曲，她一直想排一出现代戏，可惜没有合适的本子，见到我，竟急切发出邀请。我也是一时被她的老天真和热情感动，就一口答应下来。但后来，我却到底没有写，一是因为实在太忙，二是一直没找到合适的题材，可我却并没有忘了这件事。如此又过了多年，我已全家定居南京。有一次听说马金凤来宁参加一个艺术节，我也应邀参加艺术节，专门去看望了马金凤先生。老人已经八十多岁，依然身体很硬朗。见到我，居然还认得，双手抓住我的手，把家里大人孩子问了个遍。河南人说话亲切，一时让我感动异常。她没有再提为她写剧本的事，不知是她当时随口一说，事后忘了，还是不想让我难堪，但我心里却很惭愧。不管怎么说，我还是感到欠了老人家一笔债。作家写剧本，早有先例，只要熟悉戏曲，是完全可能的。至今，我想写一出戏的愿望也没有泯灭。马金凤的《穆桂英挂帅》就是江苏作家宋词先生为她写的。五十年代，梅兰芳先生把这出戏移植改编成京剧，并收马金凤为徒，成为戏曲史上一段佳话。

在咸阳街头转了半下午，看看街景，看看行人，没人认识我，我也不认识任何人，心里十分轻松。和江苏的城市比起来，咸阳有些陈旧，但我喜欢这种感觉。

晚饭吃一碗鸡汤刀削面，三元。

晚饭后我没急着回旅馆，到广场上转转。出来乘凉的市民很多，男女老少都有。我坐下和一个五十多岁的男人聊天，这人敞着怀，光头发亮，手拿一把芭蕉扇不停摇动，还是满头大汗。其实今天并不太热，不知他怎么会热成这样子。闲聊了一会，无意间听他说，今夜咸阳城内渭河来水，显得极振奋的样子。我在南京住久了，从来没觉得水是问题。就问他，渭河没水吗？那人"嗨"一声，说干了多年了。这一问，就露了马脚，他意识到我是外地人，说你是从哪来的？我说从南京来。他突然提高嗓门，说南京好地方啊！我说你去过南京？他说我是货车司机，去南京下关送过货。这一下我们两人亲切起来，又闲扯一通。告辞时，他大声喊道，夜里两点，去看渭河放水啊！会有很多人去的，热闹！我回头说：我一定去！

在外转了一天，回房间洗个澡，又看一会电视。开始写这篇日记。

头一天新鲜，写得有点长了。

此时已是夜里十二点。那个光头伙计说夜里两点渭河来水，真会有那么多人去看吗？

看来，不能睡了。睡过头就赶不上热闹了。

2005年7月8日　阴

今天醒来时，已经九点多。

夜里一点，我就出了旅馆。女服务员问，这么晚了，还出去干什么？我说听说凌晨两点渭河来水，我想去看看。女服务员是个三十多岁的女人，一听我说去看水，就笑了，说你是外地人，也对这事感兴趣呀。原来她也知道渭河放水的事，就热情告诉我怎么走，还送到大门外指点方向，说不远的，走三里多路就到了。

我沿她指的方向，往渭河走去。一路上竟发现不少人也往那个方向走，越走人越多，有男有女，有老有少。我猜想大概都是去看水的。心里有些感动和激动。没想到水在咸阳居然会这么重要。按说陕西水源还是很丰富的，地处黄河中游地区，有黄河最大的支流渭河和泾河，有长江最大的支流汉江，但在平日的印象里，陕西就是个干旱缺水的地方。咸阳在渭水之北，九嵕山之南，山水皆阳，故称咸阳。古人以山之南为阳，山之北为阴；若以水为参照，则正好相反，水之北为阳，水之南为阴，如江苏的江阴就因在长江南岸得名。陕西的渭水和泾水是两条古老的河，泾水是渭水的支流。历史上泾水浊，渭水清，故有"泾渭分明"的成语。现在看来，差不多中国所有的江河都成浊水了。渭水还成了一条枯干的河，所以水才显得这么重要。不论一片土地还是一座城市，如果没有水，的确就没有了灵气。咸阳普通百姓这么看重渭河来水，就非常能理解了。

我赶到渭河边时，差不多已是凌晨两点。两岸朦胧的天光下，站着成千上万的百姓。大家都在等水，真没想到会有这么多人。不大会儿，随着一阵呐喊声，终于来水了！我赶忙挤到河边，隐隐看到一股巨大的水流出现在河底，虽说不上汹涌，却也很有气势。隐隐还能闻到一股土腥味，大概是河底被水流激荡的结果。人群一阵阵欢呼，接着听到一阵阵鞭炮声。人群骚动起来，许多人跟着水头跑，我也不由自主跟着跑起来，大声欢呼："噢噢噢噢！……"说真的，我的眼睛湿润了，那一刻，我觉得我也是咸阳人。

昨夜，我跟着奔腾的水浪，跟着欢呼的人群跑了足有几公里，直到满身大汗，两腿发软，才停下来。回到旅馆，觉得十分尽兴，比现场看一场足球赛还过瘾。因为出了一身汗，想洗个痛快澡，却忽然有些舍不得用水，只接了半盆水擦洗一下，就上床睡觉了。

起床洗刷过后，去外面街头吃了四根油条，一碗豆浆，不到两元。

今天打算去长陵看看。长陵是两汉开国皇帝刘邦的陵墓。以前来过西安，看过兵马俑，去过茂陵，去过乾陵，也看过大雁塔、西安碑林。这次单独来咸阳，我必须先去长陵，因为刘邦是丰县人，是我老乡。我的老家赵集村和他的老家金刘寨，相距不过七八里路，金刘寨仍然保存着刘邦爷爷的祖坟，由刘氏后人守护着。是一座土坟，后来由刘家人加一圈砖头围上，还是很朴素。据说以前这座皇陵也是很气派的，有石人、石马、石兽，排列很长，后来逐渐被毁掉了。

今天咸阳阴天，没太阳，也没下雨，很凉快。

大约十点，我叫一辆出租车带我去长陵。司机是个小伙子，一问正好也姓赵，路上就热乎起来。我问他祖籍，他说是祖籍山东聊城，从爷爷辈迁来陕西的，当时也是讨荒来的，至今四代，已和老家失去联系。我就给他讲了赵姓起源，又讲了刘邦的祖籍和故事，小伙子很惊奇，说你是搞历史研究的？我点点头，只好说是。

长陵距咸阳并不太远，大约也就二十多公里。但司机不熟悉路，因为长陵没有开发，一路走走问问，跑了不少冤枉路，才终于找到地方。我吃惊于咸阳对旅游开发的落后，也许这一带汉唐陵墓太多了，居然不当回事。但刘邦是西汉开国皇帝，长陵应是汉陵之首，无论如何也应当重视的，起码沿途也应当有个路标吧。车子绕来绕去，弄得我完全转向，又是阴天没太阳，已搞不清东西南北。终于找到长陵，竟在一片农田里。因为车开不过去，就把车停在公路边。我怕司机等久了不耐烦，就说你一定等着我，钱随你要。司机说没关系，我带你过去吧。我们一前一后径直朝长陵走去。是一条两米多宽的沙石小路，两旁是新出的玉米。走了一段沙石路，拐上一条田间土路，才到达陵前。居然杳无一人，完全是一座荒冢。这座陵寝历经两千多年，依然外形庞大，有四五层楼那么高，长一百多米，宽六七十米。问清司机方向，从东侧转到陵前，才远远看到一座碑形的东西，急忙走过去。在两棵树下的这座碑十分粗劣，上有"咸阳市政府二十世纪八十年代立"的字样，用水泥做成的，看着十分寒酸。两汉第一陵被如此冷落，真没想到。这样一座恢宏的大墓如果放在其他地方，不知该怎样当宝贝呢。看来，咸阳的汉唐陵墓，的确有点太富有了。

我在心里说，老乡，没关系，我来看你了。其实，我和刘邦还算不上真正的老乡。根据家谱记载，我的祖先是五百年前才到丰县的。而刘邦是两千多年前的丰县人。刘邦是丰县人，世人多不知晓，都知他是沛县人。其实，《史记》上说得很清楚："高祖，沛丰邑中阳里人。"沛是沛郡，辖地很大，包括丰邑。丰邑就是现在的丰县。后来刘邦做皇帝，为了让他父亲刘太公安心住在长安，还在长安附近新建了一座城池叫新丰，街道、房屋都和丰县一样，甚至把太公的老邻居都迁过去，把邻家的鸡狗也搬了去。至今西安附近还有新丰这个地方。这些在《史记》里都有记载。往大处说，刘邦是沛人也没错，但再具体一点，就应该是丰县人了。《史记》上说的"中阳里"至今还在。巧得很，我十三岁考上丰县一中，县一中就在中阳里。后来参加工作，在县城安家，家也在中阳里。我在中阳里住了近三十年。这次单独来咸阳，当然应当来长陵，看望一下这位布衣皇帝。

司机小赵溜达一圈回来，又退到玉米地里，帮我照了几张相。然后，我坐在陵前的荒草地上，静静地吸了一支烟。很想沉下心来像个哲人一样想点什么，甚至还盼着我这个老乡会不会弄出点什么灵异的事，让我感知一下。因为我知道刘邦生前行事，向来不同常人，丰县关于他的传说很多，都是精灵古怪的，可我总不能让心静下来。原因是司机小赵老在我身旁转来转去，虽然一路聊得很好，但毕竟是陌生人。关键是这里太荒僻了，到处不见一个人影，最近的村庄也在几里之外。我和这样一个身强力壮的陌生人在这里独处，心里总还是有些忐忑。如果万一对方是个坏人，把我收拾在这里，不会有人发现。这时小赵提议，可以爬到陵墓顶上去看看。我想也好,站到高处,田野都看得见,会安全一些。再说,我也想感受一下陵墓的壮观雄伟。我们沿着一道坡往上爬,没有路,全是很深的荒草。他一直跟在我后头,让我的心一直松不下来,总怕他在身后给我一家伙。就不时停下来,喘着气侧身对着他。其实我是神经过敏了,小赵是个很热情的小伙子,根本就没有邪念。快到墓顶时,突然从草丛里窜出两只灰色野兔,着实把我吓了一跳。我们也把兔子吓了一跳,它们一路跳着飞奔而去,转眼不见踪影了。

站在墓顶,视野一下开阔了许多,周围阡陌纵横,一马平川,气吞万里如虎。当年,刘邦只用六年时间,就打下了汉室江山。对于楚汉相争,历史上一直褒贬不一。我知道在文人中,褒项抑刘者居多,推崇项羽是一位失败的英雄,败于刘邦的阴谋诡计。对于刘邦,只认为他是一个流氓无赖。诚然,如果仅从道德的层面上看,刘邦有诸多污点,比如在被项羽兵马追杀的途中,把老婆孩子推下车;在项羽捉住刘邦的爹要烹吃时,刘邦面不改色,还要分一杯羹。刘邦为人父、为人夫、为人子,都有大可批判之处。但对这样一个历史人物,如果仅从道德层面进行评价,就是剑走偏锋了。这让我想起近代的革命党人,为了不暴露身份,任敌人把自己的亲人折磨至死都不敢相认,甚至亲手参与用刑,亲手杀了自己的亲人、同志,比之刘邦在逃跑途中把老婆孩子推下车,还要过分得多,后人又该怎么评价?这些革命党人的行为无人指责,干吗要苛求一个古人?是的,革命党人是为了革命的最高利益,刘邦不也是为了打天下吗？至于"分一杯羹"的故事，则说明项羽比刘邦还要流氓，两人打仗，干吗要把人家爹捉去？还要烹吃了？如果从道德的层面上说，项羽杀人如麻，远比刘邦残忍得多。但历代文人却独爱项羽，实在奇怪得很。我想来想去，无非两个原因：一是项羽出身贵族，坐天下理所当然，杀人再多也算不上什么；而刘邦是一介平民，一个小混混，你争什么天下？中国文人历来喜攀龙附凤，缺少独立的人格，从屈原以降，其实都在追求认同感，不被当权者认同，就会哭天抢地，要死要活；被认同了，就会喜形于色，最大的理想也就是做一任宰相，从来不敢想做一个皇帝。你刘邦算什么？居然也敢争天下，讨厌！第二个原因就是一出《霸王别姬》闹的，英雄美人，生离死别，赚得文人涕泪双行。李清照有诗："生当做人杰，死亦为鬼雄。至今思项羽，不肯过江东。"其实，他不是不肯过江东，他太想过江东了，但被人指错了路，过不去也无脸过了。就是过了江东又怎样？结局还是会失败，因为他直到死都没明白自己失败在何处。死前还带数骑冲入汉阵，连斩数将，杀数十人，又向部下炫耀说："何如？"之前，他还曾邀刘邦单打独斗。项羽只相信武力、暴力，连最重要的谋士范增也离开了他，且叹曰："竖子不足与谋！"失势、失才、失人心，他的失败就是必然的了。而刘邦知人善任，得势、得才、得人心，赢得天下，也就顺理成章了。评价一个人的价值，最重要的是要结合他在社会上的角色，看一个农民是不是一个优秀农民，要看他种田的水平；看一个科学家，要看他有何发明创造；

看一个军事家，要看他的军事指挥艺术；看一个政治人物，要看他在政治上的作为。舍此而说三道四，都是不得要领。

其实，刘邦、项羽都不是完人，但都是反抗暴秦的英雄，都是伟大的历史人物。不管后人怎么评价，他们都已经立在那里了。

我坐在高祖陵上浮想联翩，不知过了多久，猛然醒过神来，才发现司机小赵不知啥时已下去了，正坐在陵下的玉米地里等我。想起先前对他的戒备，不由一阵内疚。

离开墓地时，我对长陵鞠了三个躬，心里说，老刘，当年你从故乡起兵，征战数年，历尽艰险，打下汉室江山，最后在这里入土为安，你会觉得寂寞吗？你大概没有想到，中国因为有了你，才有了大汉民族，才有了历史上最伟大强盛的朝代。不论别人怎么评价，家乡人为你骄傲呢。我在中阳里住了三十年，屋后的五门桥那里，传说就是你小时指城为门，逃往沛地的地方，你真有那么神奇吗？我看有点胡扯。如今，我也已离开家乡，定居南京了，但故土难舍，还是常回去。你也常回家看看吧，说不定哪天遇上了，咱俩喝一壶。据说你酒量不错，那年还乡，你在酒后且歌且舞："大风起兮云飞扬，威加海内兮归故乡，安得猛士兮守四方。"你很豪情，也很伤感，历代帝王都是孤独的，却只有你有孤独感。行了，两千多年过去，别惦着那些事了，还是那句话，回老家，和乡亲们喝喝酒不是很好吗？好了，我要走了，有机会再来看你。

回到咸阳，已是下午一点。大女儿允芳打来电话，还是担心我的安全。我说没事，会注意的。吃完午饭，已是两点多。因昨夜没睡好，饭后补了个觉，一觉睡到了六点半。晚八点吃晚饭，一碗羊肉泡馍，十元。够饱的，只是火气太大。回到旅馆，泡一杯红茶消火，今晚又准备熬夜了。昨晚看新闻，知道今夜两点，刘翔要在罗马黄金大赛和约翰逊比赛一百一十米栏，现场直播，要看。刘翔能赢吗？这是个好玩的事。

晚上看电视，说昨日在新加坡奥委会上，伦敦刚刚夺得2012年奥运会举办权，今日伦敦却发生了一场大爆炸，地铁多处连环爆炸，已死五十多人，伤数百人，恐怖分子太可恶了。伦敦悲喜两重天，这个世界一天也没安宁过。

补记：在从长陵回咸阳的路上，司机小赵走了另一条路，有一段是沿陇海线走的，陇海铁路旁仅仅十来米处，有许多大坑。小赵说，这些大坑都是当地农民取沙挖成的，上过中央电视台《焦点访谈》。在距铁路这么近的地方取沙挖坑，严重损坏了路基，会有安全隐患，当地政府怎么不组织人修好呢？小赵感慨道：农民觉悟太低。

经过一个小镇时，我让停车，买了三元六角钱的鲜桃。这桃真好，看着就想吃。临离开时，卖桃的女人又拿给我一个大的，足有四五两重，说再给你一个吧。这也是农民。

2005年7月9日　阴

我仍在咸阳。陆永基还没有来，我得在这里等他。

十二时半，突然接到苏州方面电话，说陆文夫已经在今天早上六点多去世。这个消息在意料之中，但还是觉得伤感和痛惜。

前几日，曾去苏州专程看望了陆文夫老师，同去的还有江苏作协其他几位领导。陆文夫躺在医院里，因大量使用激素，整个人已变形，原来枯瘦如灯草的他，躺在床上显得十分胖大，几乎大了一倍，脸也变形了，几乎认不出，手腕胳膊上的毛细血管扩张，一片片殷红。另有大片皮肤发黑，红一块黑一块，十分吓人。原来那么清秀的一个白面书生，竟变成这种模样，不由一阵心酸。他头脑尚清醒，还认识人，见有人看他，有些亢奋，不停地说话，且说了一些风凉话："噢，你们都是作协领导，来看我了，没什么，昨天市委领导还来看我呢，我不在乎，有什么？"我不知道陆老师怎么了，怎么会说这些孩子气的话，这不是他一向的风格，看来脑子还是有点乱了。几个领导有点尴尬，一时不知该怎么接话。大家站了一会，又说些安慰的话，他倒一言不发了，闭上眼睛，好像睡着了。记不清谁说了一句，别打扰他休息了，咱们去医生那儿问问病情吧。说着就走了出去。我没走，说你们去吧，我再陪陆老师坐一会。另有一位党组成员成正和看我没走，他也留下了，说我也陪陪陆老师。当时我想，还问什么病情？都成这样了。

再问已没有什么意义，看他这样子，时间已经不多了。

陆文夫床前有一个方凳，我拉过来坐下，静静地看着他。成正和就站在我身旁，也看着他。成正和是老作协的人，那时作协还属于文联，上世纪八十年代初，作协和文联分家，单独建制厅级单位，他也随了过来。他在作协的资格比我老，和江苏老一辈作家艾煊、方之、陆文夫、高晓声等早有交往。成正和早在六十年代就很有创作成绩，还参加过六十年代的全国青创会。他长期在办公室工作，用他的话说一直在为这些老一辈的作家服务，有很深的感情。他留下来和我一起陪陪陆文夫，是出于真情实感。其他领导换了一茬又一茬，都是行政领导，他们和老一辈作家的感情是不一样的。陆文夫病倒后，我曾几次单独去苏州看他，有时在医院，有时在他家里。感到他的状况一次不如一次，那时就有不祥的预感。现在病成这样子，只是在等时间了。看着他，自然就会想到高晓声。陆文夫和高晓声一直是江苏文坛双璧，几乎不可分离，曾经被打成右派，至今几十年，结下了深厚的友谊，但高晓声已先他走了。那次高晓声从海南过冬回来，要去苏南看看，我给他派一辆车，没想到他突然病倒在常州，而且一下病危。我夜里十二点接到电话，连夜赶去，凌晨三点赶到常州，他已昏迷不醒。后来虽全力抢救，还是没能救回来，几天后就去世了。

我在床前刚坐一会，陆老师就醒了，也许他刚才根本就没睡着，只是太过疲倦，小眯一会，也许刚才他已懒得说话，佯装睡去。他睁开眼，看到我坐在床前，嘴唇哆嗦了一下，我赶忙探身握住他一只手。他微微侧转脸，定定地看着我，足有几十秒，突然缓缓流出两行泪水。和陆老师认识二十多年，生活中我还是第一次见他流泪。生离死别，我也忍不住流出泪来，身旁的成正和哭出声来。我忙悲伤的气氛加重他的病情，赶忙擦干自己的眼睛，从他枕旁拿起几张纸巾，为他擦拭泪水，可他一直泪流不止，擦干了又流出来。我明显感到，他握住我的手在颤抖着用力。他仍在目不转睛看着我，忽然用微弱的声音问我："本夫，你多大了？"我忙回答："陆老师，我五十六岁了。"陆文夫轻叹一口气说："你也不小了……要注意身体，少喝酒，我就是以前太不注意了……"他仍然看着我，似乎还有话说，却嘴唇哆嗦一阵，终于没说，泪水却又流出来。原来陆老师并没有糊涂。其实那一刻，我已知道他想说什么，却又无从表达。我也不想让他再说出来。此时此刻，陆老师的泪水已把一切都说明白了。

二十多年来，我和陆文夫老师并无太深的私人交情。当然，也没有发生过任何不愉快。这也是江苏文人的特点，大多是君子之交，何况我们不是同辈人。我1981年走上文坛时，他已誉满天下。江苏有一批老作家，是江苏文学的脊梁，他们做人的准则、文学的观念，都有很高的品质，足以令我敬重。不管后来发生多少事，我对他们统统执弟子礼，感情上从没有疏远过。他们曾联手创造了一个辉煌的时代，并深刻影响了下一代作家群。1985年，江苏作协召开全会，那是一次空前绝后的大会，全省四五百会员没有选代表，而是全来了。那是一次真正民主的大会，先选出理事，

025

再从理事中选出主席、副主席。当时的省委领导只在隔壁房间等候结果。

选举理事会比较顺利，选主席、副主席就争论大了，选谁做主席，选谁做副主席，选多少个副主席，都有很大争议。理事会上，大家畅所欲言，言词激烈，争论不休，毫无避讳。当时主席人选有三位，一位是老主席艾煊，他是老新四军战地记者出身，解放后一直在省委宣传部、省文联工作，是文学界的领袖人物，被打成右派后，被下放到太湖西山劳动改造，平反后又回到省文联省作协。艾老是个老大哥的角色，为人宽厚、包容，极有长者风范，而且他是中华人民共和国成立后江苏一位重量级的作家，小说、随笔、散文有一千多万字，数量惊人。特别是他的散文更为文坛称誉，当年他的散文《碧螺春讯》获得广泛称赞，好评如潮，被文坛誉为"艾江南"，由他编剧的电影《风雨下钟山》轰动一时。艾老继续当选顺理成章。第二位呼声较高的主席人选是顾尔镡。顾老以随笔、散文、戏剧见长，八十年代，他的电视剧《严凤英》风靡全国。顾尔镡刚正不阿、追求真理的性格也为大家所钦佩，推选他当主席，文学界当然也是很拥护的。第三位呼声很高的主席人选就是陆文夫，当时陆文夫已连续几届在全国小说评选中获奖，名气最大，又已当选为中国作协副主席，由他兼任江苏作协主席自然是合适的。结果，理事会上吵成一团，那时大家都无私心，敢于当面发表意见。我因初涉文坛，对情况完全不了解，人也不熟，又是个年轻人，没我说话的份，就一直坐在那里听。当时主持理

1985年冬,我当选为江苏省作协副主席。1986年春,作协在扬州召开理事会,和陆文夫、高晓声、叶至诚、顾尔镡等一起合影留念。

事会讨论的是陆文夫,他一直站在那里,会场完全失控。会开了一下午没有结果,晚饭没吃,也不休会。后来还是陆文夫、顾尔镡宣布退出主席人选竞争,目标才集中在艾煊一人身上。这时大家才觉得,还是艾老继续当主席合适,他儒雅、宽厚,不事张扬的性格及他文学上的成就,都让大家服气。其实,理事们争论半天,只是因为选择的艰难,三个人都太优秀了!主席候选人定了,又讨论副主席人选。光是选几个副主席就又争论了好久,有人说只选一个副主席就行,越多越不团结。有人说应当多选,上海就选了十九位副主席,江苏文学力量不比上海差,应当多选一些。争来争去,最后决定先就选几个副主席投一次票。结果定下来选六个。正式投票后,艾煊顺利当选主席,副主席选出六位,我也意外当选。全部选举结束,差不多已到晚上十点,晚饭还没有吃。

两年多后,到1987年,省里曾有动议,调我到南京驻会,做专职副主席。但艾老闻讯后不同意,认为我是个写小说的好材料,到省作协来工作,陷入行政事务,就把一个好的作家毁了,这是对一个青年作家真正的爱护。当时我虽然工作关系已调到省作协,但还在老家丰县生活。他怕我不理解,就写了一封信,让我来南京一趟,他要当面和我谈。这件事毕竟牵扯到一个年轻人的未来,如果到省里来,就是厅级干部,这对许多人来说,毕竟是个很大的诱惑,他也想了解一下我的志向。为了能说服我,艾煊还把陆文夫从苏州请来,一块儿和我谈。谈话很顺利。因为那时我虽初涉文坛六七年,但创作势头很猛,继1981年以处女作《卖驴》获全国优秀短篇小说奖后,又发表了《绝药》《绝唱》《涸辙》和引起很大争议的《"狐仙"择偶记》等中短篇小说,以及长篇小说《刀客和女人》《混沌世界》等,都在文坛引起了很大反响。我刚从鲁迅文学院毕业,在北京充了电,正雄心勃勃一门心思在创作上。对于到省作协当领导,既无兴趣,又担心害怕。

作协是个文人聚集的地方,而在一般人的印象中,江苏文化主要指江南文化,我这个苏北人去那里,会面临种种意想不到的困难。艾煊、陆文夫和我一谈,我就接受了,决定不来省作协坐班,安心写自己的作品。对他们劝阻我来作协,我不仅没有反感和抗拒,反而很感激,完全理解他们对年轻作家的爱护和厚望。陆文夫就告诉我说,从五十年代到六十年代,他曾两次到南京来,两次都栽了跟头。他说,你看我现在还是住在苏州,不到南京来了。他还高度评价了我的短篇小说《绝唱》,并且兴奋地谈起我刚发表在《钟山》上的一部中篇小说《涸辙》,他说这部小说我看了,很独特,很厚重,这样的小说我就写不出来。你在创作上潜力很大,还是回丰县安心写东西吧。艾老也这么说。我知道他们都在鼓励我。每个人的人生轨迹不同,他们的作品我同样写不出来。但毕竟得到他们这么大的肯定和称赞,我真是十分激动。

当天在艾煊家里,他拿出一瓶洋河大曲,让家里人炒了几个菜,请我吃了一顿饭。艾老不喝酒,一斤洋河大曲就由我和陆文夫分喝了。当天夜里,我就乘火车回老家去了。

但三年后,即1990年,江苏省委还是决定调我来省作协坐班,任专职副主席。当时省委组织部通知我来南京,安排住在西康路省委招待所。第二天早上九点,分管文教的省委领导来到我的房间,谈了省委的决定,并征求我的意见。他没想到,我会一口回绝。在这三年的时间里,我曾多次来省里参加一些文学活动,参加理事会和主席团会。我说自己感觉现在创作势头正好,想趁年

上世纪八十年代　在丰县五门桥家中写作

轻多写点东西。省领导也谈了一些作协的现状,并没有要我立刻答应。他很有耐性地听我谈,特别专注地听我谈一些创作上的设想。如此聊了三个小时,结束了当天的谈话。本以为他会让我回丰县,没想到临走时,他说你别忙回去,再住几天,我明天有事,后天我们再谈。

第三天早上九点,领导又来到我房间,这次他只听我说了不到十分钟,就不让我说了,只说你的意见和愿望,我都听过了,但你还是要来,省委已经决定。你想写东西,我支持,可以半天上班,干几年就解放你。我没想到,前天上午白和他说了三个小时。谈话到这个地步,我已不能再坚持拒绝,只好答应下来,条件是三年后你得放我回去,他也爽快答应了。

但三年后,我并没有走成。转眼间,到作协坐班十五年了,虽有思想准备,还是没想到会目睹和经历那么多事!让我感动的是,文学界的朋友们一直在鼓励和支持我。但我还是深感心力交瘁,在十多年间曾先后向省委领导打过多次辞职报告,都没有得到批准。我真的太想离开了。说实话,这次西行流浪,还有一个潜在的因素,就是想借机远离作协大院,哪怕几个月也好。我不要管人,也不想被人管。人生难得自由身啊!

那天在病房里,我极力安慰伤感的陆文夫。我说,过些日子,作协要办青年作家读书班,大家想见见你,到时请你去给青年人聊聊天。陆文夫轻轻摇摇头,用微弱的声音说:"我……没时间了。"说着又流出泪来。那一刻,是一种生离死别的伤感。他显得极为脆弱。他休息一会，又忽然问道："张成在干什么？"张成是作协一位老驾驶员，过去很多年，陆文夫往来南京，很多次是由他开车接送的。我告诉他，张成很好。陆文夫点点头。看来，他是想念故人了。他还是很念旧的。躺在病床上，他一定想起过很多人，回味过许多事。回南京后，我把陆文夫老师的话告诉了张成，张成很感动，说我会去看他的。

这么多年，江苏老一辈最优秀的几位作家大都相继走了，方之、叶至诚、顾尔镡、艾煊、高晓声。现在，陆文夫也走了。

早上接到苏州方面电话后，省作协又给我打电话，告知陆文夫去世的消息，我问追悼会怎么开，对方说肯定在苏州，我说我在咸阳，就不回去了。我想，那一次在苏州，我已和陆老师诀别。

陆老师，记得1992年，叶至诚先生去世，我们送别他后，从墓地回来，在招待所喝了一点酒，当时你曾对我说，本夫，下次你该送我了。我说早呢。转眼十多年，你真的走了。陆老师，你驾鹤西去，而我此时正在西部的咸阳，就在这里为你送行吧。谁说"西出阳关无故人"？方之、叶至诚、胡石言、顾尔镡、艾煊、高晓声，等等，你的老朋友们都在等着你呢。我相信，你们会在天堂重聚。

因为陆文夫老师去世，心情不好，一天没有出门，浮想联翩，写下这些片断回忆，就算对他的怀念吧。

2005年7月13日　晴

仍在咸阳。

这几天跑了不少地方。阳陵，汉景帝墓，馆藏十分丰富。看了汉景帝墓的阙门遗址。阙门已毁，只留土堆，中间有木柱，明显是焚毁的痕迹，看了惊心动魄。汉景帝也是一个有为的皇帝，历史上有"文景之治"。从阙门遗址，也可看出当年的雄伟壮观。

当日又去看了咸阳宫遗址，也是一片荒草黄土。这里地势很高，到处是破碎的砖瓦，走在上头磕磕绊绊，弯腰捡拾了三片秦瓦拿回来。这也是古董了。当地遗址太多了，这里居然没有保护，也没人看管。次日去了泾阳、三原县。在泾阳看了大地原点。所谓原点，就是中华大地的中心。我不知道怎么测量出来的。外有建筑，内有原点，拍一张照片。又去看泾阳宝塔。登塔。十三层砖塔，高87米，爬上去，气喘吁吁。登高望远，关中一片葱茏。据介绍，空气明澈时，可以看到西安的大雁塔。可惜今日天气混沌，没法看那么远。下了塔，一身大汗，坐在塔下，小憩片刻。下午去三原，看城隍庙。三进院，保存十分完整，据说是全国保存最好的城隍庙。砖雕、木雕极为精致。中间有石牌坊，这在西部不多见。最有趣的是，牌楼木雕一角有一只小白兔，庙前栏杆上有一只小石猴，遥相呼应。据猜测，可能是当时两个匠人的恶作剧。木雕匠人不能留名，又心有不甘，就雕了一只小白兔，此人可能姓白，属兔。

而石雕匠人可能姓石，属猴。这么隐蔽地刻下自己的姓氏属相，也算千古留名了。墙壁上有岳飞字，不知真假，是那首有名的《满江红》，字体饱满大气。拍了几张照片后，又去看于右任纪念馆。三原很有文脉，于佑任即三原人。当代还有作家白描，诗人雷抒雁。这二位我都熟悉。白描曾是《延河》主编，上世纪八十年代，我的小说《祖先的坟》好像就发在《延河》，后由《小说选刊》转载，居然收到上千封读者来信。那时文学多狂热啊。

咸阳地厚，文化历史积淀太多，估计看个遍得几个月。光咸阳就埋有二十九帝、二十八陵（武则天和丈夫合葬），还有陪葬墓，不知名的汉唐人。出咸阳，关中大地不时就有座土山。汉墓多庞大，呈斗形倒扣，十分威严。周文王、周武王也葬在此地。萧何在此也有一些遗迹和传说，还有个萧何墓。据说萧何墓有几处，汉中也有一座，只不知萧何究竟埋在哪里。又是老乡。萧何是丰县人，萧何宅在丰县东城河边上，距我原来住的地方也就二百多米。这次在咸阳大概来不及寻访萧何遗迹了。家乡的萧何宅其实已了无痕迹，但根据史书记载和民间传说，都在中阳里，和刘邦家相距很近。

上世纪七十年代，县里要在萧何宅立个碑，但具体位置一时难以确定，上至县委领导，下至平民百姓，大家七嘴八舌，没个定论。后来说还是由专家说了算，就请县博物馆馆长王荣生来定。王荣生先生是省考古协会会员，自然算个专家了。王馆长鹤发童颜，好读书，喜博古，很受人尊敬。接到任务后，王馆长来到城河沿上，背着手来回踱步,口中念念有词,时而停下做思考状,做环顾状。城河两岸数百人围观,鸦雀无声。突然,王馆长又走,一阵急行,似乎发现了什么,倏然停下,一个猛转身,用脚尖往地上一点:"就是这里!"几百人先是一愣,凭什么就是这里?但接着掌声雷动。当然就是这里!人家是专家,谁能说不是这里吗?不久,就在这里立了一块石碑,上刻"萧何宅"三个大字。只是石碑不大,像个拴马桩,沿河临街。少有人拴马,倒是农民进城,常有人把毛驴拴在上头,然后转身进城买东西。毛驴看主人走了,一着急,便"啊哈啊哈"大叫起来。我和王馆长是好朋友,后来问他,王夫子,你装神弄鬼的,怎么就断定萧何宅在那里?王夫子朗声大笑。后来,我调南京工作时,王荣生还赠我一部《辞海》,至今仍在案头常用。

在咸阳已待七天,意犹未尽。

今天下午四点,陆永基终于从无锡赶来。非常高兴。往下旅行,可以有个伴了。二人商定,明天就去延安。我们二人都没有去过延安。在中国近代史上,延安无论如何都是个绕不过去的地方。

别了,好望角。好望角是我在咸阳住宿的旅馆。

2005年7月15日

昨晚六时半到延安。

从西安一路过来，坐长途汽车，用了七个小时，十分劳累。但一路走来，过秦岭，看陕北风光，感觉比预料的好。在过去的感觉里，黄土高原就是裸露的黄土，可是看过来，都是郁郁葱葱，起码路两旁看到的是这样，只是不知高原深处如何。槐树较大较多，这让我感到亲切。我的家乡苏北也多槐树，我老家院前院后就栽了很多棵。三年困难时，我就吃过很多槐花槐叶，槐花至今仍是美味，我每年都会想办法从城外搞一些槐花来吃。槐叶不能多吃，吃多了会浮肿。但它们都是能救命的。

途经黄陵县，停车上厕所。黄帝陵在不远处，但没时间去看，可惜了。停车十分钟，见附近有卖小吃的，又和陆永基各吃了一碗豆腐脑，填填肚子，跑了那么久，很饿了。在西安上车前，永基把钱包和身份证丢了，也可能上车前被人偷了。永基心情很不好。我安慰他，破财人安乐，肯定消解了一个不好的东西。渐渐，他心情好了一些。进延安前，一路看到很多窑洞，有四十里铺的标记，都是过去在电影和书画中看到的，竟有些熟悉亲切和激动。路上沟壑纵横，当年战争时，共产党在这里做根据地，真是再合适不过，哪条沟里都藏得千军万马。在千沟万壑中，偶有一条河，也就是一条小溪绕来绕去，水碧绿，阔不过丈余，真想下去洗个澡，这水太清澈太诱人了。

六时半来到延安长途站，出门看人很多，这里好像还是郊区。看到的人穿着很鲜亮，并不土气。几个拉三轮的人跑上前来，抢着拎包，要送我们到住处。一个人比较快，拿上行李就要走，好像抢东西一样。永基怕不安全，让那人放下行李，给了他一块钱。那人却说应当给五块，问他为什么，他说帮你们拿行李了，就得给五块。这就有些刁蛮了。刚到延安，为了不惹是非，只好给了他五块钱。

后来，我们还是坐了一辆出租车，进城找地方住。出租车司机是个三十多岁的汉子，看到了刚才那一幕，替我们抱不平说，这些人太没素质，沾手就要钱，尽丢延安的人。他这么一说，我们就感觉延安人还是厚道。司机很热情，问我们住什么级别的宾馆，我们说便宜干净就行。车开了一段路，他拉我们到一个招待所，说这里就便宜，也干净。车停门外，永基进去看看房间，问了价格，不大会儿走了出来，后头还跟着一个少妇，也就不到三十岁的样子，很高，皮肤白净，人很热情，走到车前说，她这里已没有房间，可以介绍我们到另一个地方住。说着看了司机一眼，有些异样。我说我们还是自己找吧。上车又走。不料开出一段路，司机说这个女人我睡过，还倒贴钱给我。我们好奇，问他怎么回事。他说，他和她曾谈过对象，谈过几个月，头一个月就把她睡了。她很喜欢他，经常给他买吃的，买衣服。但他们最终还是分手了。各自和另外的人结了婚，都有了孩子。正因为有那一段交往，他经常为她介绍客人住宿。永基开玩笑说,你们旧情未断啊。司机连忙说,那倒没有,断了就断了,她有点恨我,见了也不说话,可我还是帮她拉客人。人嘛,得讲点良心。司机又炫耀说,我现在的老婆比她强,有一米七高,人也漂亮。

在车上说着闲话,司机又拉我们跑了一些地方,不是客满,就是价钱太高。我们之前就有约定,一定不住大宾馆,有张床就行。出来就是吃苦的。后来,我们终于住进"建设宾馆",一房一天一百四十元,两张床,有点贵了,但已经跑了太多地方,实在找不到更便宜的,坐一天车也累了,先住一晚再说。

住下简单洗洗,两人外出吃饭。打听到不远处有大排档,这一带算是繁华地段了。大排档是露天的,在一个很大的院子里,足有上千人在吃饭喝酒,气氛实在热烈。我们找了一个空桌,点了几个菜,要了两瓶啤酒,边吃边喝边聊,置身上千人的大宴会场,像参加一个大型喜宴。但饭菜要的有点多了,没有吃完,有点可惜。我们笑着说,以后可不能再浪费了。其实,这顿饭就花了十几块钱。我们忽然变得十分小气。

回到房间,余兴未尽,陆永基拿出围棋,我们又下了三盘棋。他的水平比我高一点,可这次他连输三盘。

今早八点起床,九点下楼吃早餐。早餐是免费的,每人两碗小米稀饭,一个鸡蛋,一碟咸菜,一碟醋爆绿豆芽,吃着很可口,又花一元钱要了两小块腐乳,就着馒头吃下,大饱。饭后二人去逛街,看到延安的街景,十分热闹,远处有大山包夹着。当年闻名遐迩的延安,就在眼前,就在脚下了。两人相跟着溜达,天高皇帝远,心情放松。多少年在工作岗位上,从未有过如此轻松的心态。

我们决定重找一家更便宜的地方住。跑了四五家,时常要爬楼,五六层高,气喘吁吁,不是房间太脏,就是光线太暗,价钱多在五十元左右,倒是不贵。终于没看中。回到住处,隔窗看到不远处有一家客栈,在一条小巷里,很安静的样子。两人喝点水,又下楼,直奔小巷那家客栈。楼道很脏,还有些积水,一直上到五楼,忽然干净起来。客栈很小,但收拾得还可以。看着房间,有空调,仍无窗户,也无卫生间,洗刷上厕所都在外头公用。主要是干净,就要了两个小间,每间大约五平米左右,摆一张床,一个小桌,一张椅子。每间五十元。老板是个三四十岁的女人,也收拾得很干净,热情地带我们看这看那,说我们这里绝对安全,整个延安治安都很好。我不会用卡,身上带了一些现金,安全当然是重要的。当即去住处退房,搬了过来。服务员已重新打扫过,里外收拾一新,感觉上很舒服。永基因丢了身份证和一部分钱,一直有些懊恼,此时心情大好,给无锡家中打电话,要家里补办一个身份证寄来。出门在外,没有身份证太不方便。这两次住宿,都是给人家说明情况,只用我一个身份证登记的。

一切弄好,又到午饭时间。我们外出到延河边,宝塔山下,找一个小馆子,各吃一碗面,要一碗羊杂碎,是那种带毛的羊肚,有点膻味,永基吃不惯,大部分都让我吃了。我的家乡以养羊闻名,从小就吃这东西。我说你得适应口味,陕北羊肉多,不然会饿肚子。饭后沿延河散步一会,河里水极少,一点细流在淌。

决定午睡。忙活一上午,有点累了。

补上这篇日记,流水账而已。

2005 年 7 月 16 日

清晨五时半醒来,一时不知身在何处。房间里仍是黑洞洞的。小房间没有窗户,白天也要开灯照明。只能从门缝里透一丝亮光,觉得很憋闷,空气流通不好,好像氧气不足。

这家小客栈生意不错,虽然简陋,但干净,服务态度好。女老板四十岁不到,胖乎乎的,很好说话,一说话就笑眯眯的。好像一般比较胖的人都是体胖心宽,好打交道,太瘦的人,特别是尖嘴猴腮的人,就要警惕了。人是一面相,是古话,是世人经验之谈。客栈住了不少人,一个小房间一个小房间都住满了,好像都是些小生意人,只有他们才住这样简陋便宜的地方。

女老板有个十二三岁的女儿,昨天一天都在这里,坐在客栈公用客厅里,听人说话,一脸天真,有时也做作业。大概是放暑假了。另有两个女服务员,一个二十多岁的姑娘。和她聊天得知,是从乡下来打工的。我问她们收成如何,她们说家里已经不种田了，政府不让种，土地全都退耕还林，政府补贴粮食，田里都栽了树。田地都是沟坡地，现在树都长老大了。怪不得从西安一路过来，没怎么看到庄稼，只看到树了，陕北再不是赤裸的黄土高坡。中央对西部很多地方要求退耕还林，这政策听说过，强制执行，看来见效果了。

上午出去逛街。延安人很淳朴，打听什么，都能热情回答。我问一个出租车司机，延安人怎么看毛主席？他说延安老百姓对毛主席很有感情，有的人家当神敬着，逢年过节焚香磕头。这不难理解，毛主席已成为延安历史的一个重要部分。

听说延安有古玩市场，很有兴趣。永基对古玩有些研究，据他说，主要在过去收藏了一些瓷器，对玉器也有些涉猎。我对古玩还知之甚少，但我对考古感兴趣却很早就开始了。1961年考上丰县一中，同学们订杂志，都是语文、数学类杂志，每本八分钱，至多一毛多钱。我却订了一本《考古》，纸很厚，订价三角六分，很贵了。里头尽是些考古新闻类的知识，哪里发掘出了什么古墓，哪里又发现什么稀奇古怪的东西。可惜后来因没钱，订了一年就断了。如果从那时开始研究古玩，应当是个专家了。这几年年岁渐大，开始想起少年时的爱好，能收藏几件东西玩玩，也是雅兴。旧时古玩也叫"文玩"——文人玩的东西。这次西行，这也是目的之一。

补记：上午十一点去了古玩市场，一条僻街，好多古玩店。游人不多，店里东西好多，一看就是造假的。在一家新店里，发现一套文房玉器，共有八件：笔筒、笔架、玉笔、玉墨床、玉臂搁、玉砚、两方玉镇纸。白玉，雕工很精美，包浆肥厚，玉质很密，敲之清脆有声，看上去是个老东西。永基也很看好。其中六件上有"山居"二字，大件的笔筒和玉砚上有"文氏"二字，永基说从雕工和图像上看，像是明代的东西。怦然心动。店家开价一万六千。还价八千，没谈成。还要再想想，再看看。明天再去。

2005年7月17日　晴　多云

仍在延安。

今天早饭后又去古玩市场。晚间和陆永基反复讨论那套文房玉器，越想越感到对头。收藏要缘分，碰上了就不能错过。今天决定拿下来。在古玩店和老板讨价还价，我坚持八千，对方不肯松手，说我进价都花了一万二，这么出手，还不够本钱。我说你卖东西，肯定有赔有赚，这个就是要赔了，你在手上放了两年，没卖出去，说明不值你要的价钱。再说，这东西真假还难说，回去鉴定要是假货，我就亏大了。他脸涨得像猪肝，好像受到侮辱，说如果是假的，我包退！且骂誓赌咒，说肯定对头。古玩商人会编故事，更不惜骂誓赌咒，这都知道的。但看他表情，是真急眼了，把东西收回柜台下，说我不卖了！他越是这样，我越是相信这东西是真的了，下决心要买下，就继续狂贬他的东西，说这也不对，那也不好。那人气得直翻白眼，大声吼道：不和你们谈了！我不卖还不行吗？这人三十多岁，粗粗拉拉的，矮墩墩的个头，像个屠夫，看得出并不是老江湖，一激就怒。这时临店老板走过来，从中周旋。临店老板年纪有五十岁上下，指指那个三十多岁的店主说，这是我徒弟，才开店三年，也不很懂，常收假货，收点东西也不易。这套玉器我看过多次，肯定是对的，明代的东西，你们多少加一点，那头我去说。我怕是个圈套，陆永基拉我一旁，说别管是什么圈套，关键还是看东西，我看没问题，再给他加一千，拿下。我说好，就给他加了一千。师傅又去和徒弟说，徒弟还是不肯卖。师傅觉得没面子了，大声训斥他，两人吵了一通。我们静静旁观，不像做戏。师傅看徒弟还是不肯卖，居然动怒了，拉我们就走，说这人财迷心窍，算了！这街上古玩店多，有好东西，你们看中哪个，我帮你们去砍价。我们走出一段路了，三十多岁的店主又跟过来，脸涨得通红，说算了，九千就九千，看在我师傅的面子上。终于成交。心中激动不已。

买下这八件玉器，又到临店他师傅那里，表示一下感谢。师傅感叹，生意不好做，我徒弟没文化，又性急，你们别介意。就泡了两杯茶给我们，大家坐下聊天，顺便看看他店里东西。后来就买了他一件龙泉小碟子。我对瓷器不懂，永基说不错，就买了，花一千一百元。之后，我又看上一件玉琮，三面都有破损，但整体很完整，包浆浑厚，有牛毛纹，玻璃光。老板说，这件东西是商代的，不会错。我两千拿来的，赚你一百块，两千一拿走。永基也说这东西一眼货，我又买下了。一时花了一万多块，身上的钱不太多了。赶紧回去。为安全起见，我们打了一辆出租车，直到回到客栈，才放下心来。重新取出观看，永基对这几样东西赞不绝口，我也喜欢得不得了。包好放进箱底。睡觉。却一时睡不着。索性起床，记下这篇日记。

2005年7月18日　阴　多云

晨起。今天打算去枣园等地。

对中国人来说，这是应当看一看的地方。想看看他们当年的生活情状。当年的延安是革命圣地，也是民主圣地，承载了当年中国的希望。多少有志青年从全国各地，包括国民党占领区，跑到延安来。那是一个激情澎湃的年代，一个有理想的年代。今天还有理想吗？今天的年轻人还有那个时代年轻人的担当吗？好像没有了。小情小调，以自我为中心，经历一点点小挫折就以为那是沧桑。但这又不能全怪今天的年轻人，家里事由大人操心，不需他们担当；国家的事由国家操心，不要他们担当。那么，就只能以自我为中心了。玩吧，好好玩。我相信，终有一天，他们会担当的，没有谁能代替他们，跨越他们。他们的上一代人，挑起了承前启后、改革开放的重担。在这近三十年的时间里，上一代人作为社会的脊梁，忍辱负重，撑起了一片天。生活教会了那代人太多，他们在反思中不断成长，终于成为承前启后的一代。今天的年轻人同样会成长。

扯远了。

2005年7月19日　阴雨

昨日去枣园，一直在下雨，差不多算中雨了。据当地人说，这样大的雨，在延安很少见。去时乘8路车，每人一元。枣园距延安市区大概有二十多公里，是中央书记处驻地。环境朴素而安静。一个很大的院子。任弼时、朱德、周恩来、毛泽东都住这里。据介绍，当年周恩来的房子常闲着，因为他常驻西安办事处。毛泽东的住处最宽敞，朱德次之。房里悬挂着许多珍贵历史照片。遥想当年，震惊全国、全世界的许多大事、战争，都是在这里喝着小米粥策划发动的，真是难以想象。古来成大事者，大概都会经历艰苦卓绝吧。站在旁观者的立场上，或从后人的角度评价一个或一群历史人物，是轻松的。但当年毛泽东和他的战友们曾为崇高的理想奋斗过、牺牲过，没人能否认。后人尽可以总结他们的功过得失，但不要轻薄，更没有资格不屑，任何轻薄都是无知和浅薄。总结他们是一项浩大的学术课题，我只能说，他们是一群沉甸甸的人物。

出了枣园，我和永基忽然想住一住窑洞。就在雨中找当地人，被一个农妇带去，看了一处楼房，下头是窑洞式建筑，但已成农家宾馆，每间四十元，气味难闻，已全然没有农家之清新。关键是和当年的窑洞已不是一个样子了。住这样的窑洞就有点做样子了，还不如不住。一连找了几家，都差不多，决定放弃。

雨还在下，越下越大，已然成大雨。参观的人大多很狼狈，当地人却很高兴。雨在陕北、在延安，都是好东西。本想到附近农田走走看看的，这下不行了，浑身已经淋湿。先在一棵大树下避雨，现在也已无用了，树下和外头一样大。树下一个卖黄瓜的农妇，披着一块塑料布，头戴一顶草帽，黄瓜是刚摘来的，还带着花刺，新鲜得让人眼馋。我们买了几根黄瓜，上头还沾着泥水。农妇去饭店借水洗了洗拿来，我们就站在树下吃起来。口感很好，又脆又甜。大雨已淋得我们像落汤鸡，浑身发冷，牙巴骨打颤。农妇有些不忍，说你们去饭店里避避雨吧。我们看了一下附近的饭店，似乎已挤进很多人。算了，反正已经淋湿。这时，跑来一个年轻人到树下躲雨，也已淋得精湿，一把把从脸上抒雨水，发现树下也一样，自嘲地笑了，说一样嘛。听口音像是江苏人，我问他是哪里人？年轻人说他在西安交大读书，江苏小丹阳人，趁暑假来玩玩的。大约半小时后，公交车来了，赶忙上车，回延安。

几日下来，我和永基精打细算，每日吃饭两人也就花三十元左右，每人每天十五元不到。每餐一菜一汤足够，多了就浪费。如此省钱，有时会相视大笑，在家时何曾如此？有时叫两个菜，吃完说：这一顿太奢侈了！

2005年7月20日

昨天从枣园回到延安市区，赶紧换洗衣服，吃了午饭，大睡一觉。今天去宝塔山，本想近距离看看宝塔山，可一问门票，每人41元。40元还要加个1元，不知道怎么算的。两人要82元，想想算了。这几日，吃住省俭，似乎成了习惯，有点舍不得。住在宝塔山下，每天从住处都看得见，中间隔一条延河，几乎伸手可及，上头无非一些人造景点。不看又如何？昨天雨中看枣园，感觉倒是很好。82元门票，让我们有点生气，决定就是不买票。

二人离开大门，沿一条小路往宝塔山走，相信会有小路可以上去。如此心态，二人又觉好笑，像两个逃票的孩子。经过一家农户，问问路径，沿一条山路往上爬，爬了半截，遇到一个陡坡，眼看无法硬上，会有危险，只好又退回山底，沿另一条路继续前行。

这时爬山上宝塔山的兴致又没有了，倒想去山后看看农家和窑洞。一条小路绕在半山腰，曲曲折折，并无人迹，一路聊天，不知不觉走了三个多小时，大约有十几里路。下了山，走进一农家小院。小院很漂亮，有几孔窑，还有几间平房，干净，整洁。主人姓朱，女主人姓刘，四十多岁，都在家，热情招呼我们进屋喝茶。走进他们住的窑洞，果然打扫整洁，一切井井有条。里间大炕临窗，还有一些装饰帘子。大炕墙壁上，还挂着一张巨大的装饰纸扇。看得出女主人的生活品位。一问之下，其实女主人并无文化，应当属于乡村特别好强能干的女人。她谈吐得体，体态丰腴，一说话还会脸红。面对我们两个陌生人，一点没觉突兀。大概来延安旅游的人见多了，但走进她家，或许还是头一次。我们喝着茶闲聊，男主人说他在一家批发市场做管理员，一月大概一千六百元，算是可以了。家有一男二女，三个孩子，都在上学，是个幸福和睦的大家庭了。

我们想就在这家吃饭，问问他们行不行，两口子欣然答应。女主人立即着手准备饭去了。男主人陪着说话。我们问了些延安现在的生活情况，很快就混得熟了。饭很快好了，荤素两菜，大米饭，吃得很饱。饭后，永基给了二十块钱，对方坚持不收，结果还是给了，尽管少了些。

饭后告辞，继续前行，估计离开延安有二十多里路了，又看了一些窑洞，大多是废弃的。又爬上山去，有些累了。到处无人，却有树林野草，都很茂盛，也显荒凉。正是中午，我们决定小睡一会。

看到山壁上有废弃的窑洞，想钻进去睡，走近了才看清，里头已塌掉，这是一座土山，窑洞壁上还有裂缝，只好放弃，退回来选在一棵大槐树下，睡在草地上，各找一块烂砖当枕头，居然睡着了。席地而睡，仿佛回到了童年，心里特别干净单纯。两人感慨，这次旅行，会改变很多人生想法。在城市生活，那么快的节奏，那么多事情，你会觉得什么都重要，但在这棵槐树下的草地上，你发现什么都不重要。

　　醒来后又在山林里走了好久。这里不是什么景点，树木零乱，杂草横生，还有点阴森。如果跳出个剪径的，还真是有些麻烦。决定回去了。来时不知不觉走那么远，回去还要走这么远，加起有四十多里，有些吃不消了。下山后在路边等，终于打到一辆摩的，才花五元。回到客栈，在公用浴室（也就是有个水龙头的杂物间）洗个澡，换了套衣服，泡一杯清茶，喝一口，真爽。陆永基说，杀一盘？我说，好！摆上围棋，一连杀了数盘。

2005年7月21日　晴

　　仍在延安。昨日休息。
　　前晚在延河广场，看到许多人生之乐。三个老汉拉二胡，众人围观。一个卖瓜子的女人，大约三十多岁，放下生意，提着一杆秤，和着二胡伴奏,唱起歌来,有《兰花花》,还有一些其他的流行歌曲,嗓门很高,但有些跑调,大家也不笑话,直为她鼓掌。我和永基围观很久,觉得很好玩,也跟着鼓掌喝彩。这是老百姓真正的自娱自乐。那女人唱毕,发现秤砣不知何时弄丢了,满地寻找,众人大笑。

今天中午去了安塞。安塞是延安下属县,也就几十里路。安塞腰鼓是全国有名的,希望能看到,但到了安塞,却没发现打腰鼓的。大街小巷走了一通,看了一个博物馆,没多少有价值的东西。又看了一个书画展,也是水平一般。到中午吃饭时,看到一个馆子里有卖驴肉的,一时来了兴致。陕北毛驴多,卖驴肉的就应当多,但这些天在延安吃饭光顾省钱了,没怎么注意肉食,也就没发现驴肉。我们有点馋了,商量一下,决定破费吃一次。进了馆子,只要一大盘干切驴肉,大概有二斤,又买一瓶西凤酒,大吃大喝一通,仿佛好汉模样,醉醺醺回延安。

车走半途,距延安还有十几里,看到一个山区小村,很有味道。我提议下车看看,永基正有此意。二人下了车,步入山林,几无人烟。还多是窑洞,门面砌了砖,很是气派,和传统窑洞大不同。信步走去,看到一个老汉,约六十岁模样,上前招呼。老汉看到两个陌生人走来,有些奇怪,但还是热情招呼。我们上前搭话,告诉他是旅游的,随便转转的。老汉招呼我们进家。并无院墙,只是一个破旧的窑洞,还是老式窑洞。里头很乱,当门一个大火炉,上头放了烧水壶,壶早被烟熏成了黑色,正咝咝冒气。里头一盘大炕。

一些杂物随便放着。老汉搬了两个小板凳,让我们坐下,说是要烧茶给我们喝。一边闲聊。

老汉说他有二子一女,都结婚了,女儿在外村,很远,儿子住在别处,现在都在外地打工。老伴死七八年了,只他一个人过,清静。我们又问了一些家常话。水烧开了。老汉弯腰屈腿,从炕洞里掏了半天,掏出一包茶叶,用塑料布包着,一看都黑了,也不知放了多少年。但一定是老汉的珍藏之物,轻易不肯拿出来泡茶的。他把我们当贵客了。我们不能说这茶叶不能喝了,人家一份盛情,不能推托的。心里还是很感动。老汉泡了两大碗茶,光线暗,看不大清是什么颜色,黑乎乎好像中药一般。端起尝一口,霉味很重,但都强忍着,连说好喝。我问老哥高寿,他说五十四岁,我笑起来,说我得叫你老弟,我比你大几岁呢。他吃一惊,看看我说,不像,不像不像!我们都笑起来。一问之下,这里还属安塞县,就问安塞腰鼓的事。不料老汉神秘一笑,又一次弯腰屈腿,从炕洞里掏出一大包东西,也是用塑料布包着的,取出一看,是一套演出服。我们正纳闷,老汉骄傲起来,说这是我打鼓的服装。二十年前,我参加安塞县腰鼓队,去北京打过腰鼓呢!这下轮到我们吃惊了,原来还真是个人物!我们一夸,老汉又腼腆起来,脸红红的,说我当年不仅腰鼓打得好,民歌也唱得好呢!我们来了兴致,说能不能唱一首给我们听听?老汉搓着手,说唱啥呢?我说当然唱情歌了!老汉说好,清清嗓子,一抬头就唱起来,词听不大清,但那嗓音绝对一流!有点沙哑,有点粗砺,绵长、悠远、深情、饱满、凄凉,和在电影电视上听到的全不是一个味儿。电视上有包装、表演的味道,流畅但不动人。老汉这情歌勾人心魄,听得光想流泪。老汉一连唱了三首,我们完全沉浸在他的歌里。唱完好一会儿,我们才想起鼓掌,热烈鼓掌!这才叫原生态啊!不知是怀念他的妻子,还是想起他年轻时的情人,老汉动了真感情,两眼泪花闪闪。我们被深深感动了。

人啊,只有平凡的地位,没有平凡的人生。其实在茫茫人海中,随便抓一个上了岁数的人,如果足够尊重,如果耐心倾听,他都会告诉你一个动人的故事,甚至一段辉煌的经历。每一个人都是一部历史,只是多数人不被人知罢了。

告别老汉,我们千恩万谢,决定步行回延安。近二十里走下来,几乎都在谈这个老人,谈人间,谈社会百相,感慨万端。

2005 年 7 月 22 日　阴

昨晚又下雨。这几天延安雨水多起来。永基说,我们把江南的多雨带到了陕北。就算是吧。

晚上去附近建设宾馆吃饭,吃了多次了。餐厅在一楼,九张桌子,居然有十三个服务生,全是小姑娘。客人很少,每来一个人,就呼隆围上来,一人拿碗,一人拿筷,一人拿勺,一人提茶水，一人拿杯子，一人拿碟子，一人拿菜单，叽叽喳喳，分外热情。永基却生气了，说怎么这么多人？太没有效率了，在南方，这九张桌子，有三个服务员就够了，又不是高档酒店，不需这么多人的。他这是南方思维。就让喊来经理，当面要教育他一下。不大会儿，经理来了，也是十分热情。永基说，你这么点地方，用不了这么多服务员的，每人一月才二百多元，如果少用一些人，他们工资不就高了吗？经理笑了，说客人你们不懂，这地方就这样，只能吃大锅饭，多用几个人，大家多少都能拿点工钱，不然失业的就多了。听听也有道理。我笑陆永基水土不服，江南那一套在这里不适用，一个地方有一个地方的情况。永基也笑了，说人家给咱上了一课。

2005 年 7 月 23 日

早起上厕所，要排队，客栈里住了二十多人，连洗脸都要排队。

昨晚和永基去吃饭，多日凑和，肠胃不适，想喝碗粥。在街上找了半天，果然找到一家香港人开的粥斋，有各种粥，果然好吃，一人吃了两碗甜粥，又要一个韭菜盒，一笼蒸包，很可口，花了二十九元，很奢侈了。二人这么一元一元地省，不禁好笑。

陆永基身份证还未到。如果到了，下一站准备去榆林，可以看到明长城，那是个令人向往的地方。

没个安静的环境。想在路上看手写《地母》三部曲最后一卷，题目叫《木城木城》，不知怎样。还没想好，但内容差不多了。为了《地母》三部曲，我从1985年就开始做准备。九十年代，我已陆续完成第一卷《黑蚂蚁蓝眼睛》和第二卷《天地月亮地》。第一卷原名叫《逝水》，由作家出版社出版的，卖得不错，还发现了盗版。第二卷写好，交给了安波舜。安波舜在春风文艺出版社，这是个出版界的能人，文坛很有名气。安到南京来拿第二卷《天地月亮地》，就在宾馆连夜看，很激动，说赵老师能不能把第一卷《逝水》给我看看？我找了一本给他，又是连夜看，一气看完，仍是激动，说赵老师我要把《逝水》重出一次，和第二卷一块出，只是《逝水》要改个名字。我说好，就改成了《黑蚂蚁蓝眼睛》，一二卷同时出版，且又再版一次，各印三万册，也卖得不错。这让我增加了写好第三卷的信心。迟迟不敢动笔，就是怕写坏了。一般三部曲写到最后会塌下来，虎头蛇尾。我这次一定不能塌下来，一定要扬上去。这是我一生最想写的一部作品，一定要把它写得自己满意再出手。

昨晚小虎打来电话。小虎七岁了，很懂事，极为聪明。他是听说爷爷想家了，特意打来电话慰问一下的。一时很感动，这小家伙长大了。小虎是外孙，按老家的规矩应叫我外爷爷，南京叫外公。可这个外字就显得不亲了，平时就让他叫爷爷。这是我的第一个孙辈孩子，看得很重，常逗他玩。我曾为他写过一首打油诗：

"紫金山下一声响,冬日无雷费思量。爷爷推窗遥看云,怀中小童放屁忙。"因小虎属虎,我还曾写过一副春联,贴在了他卧室门上,上联是:"此地有虎,尚幼。"下联为:"他年下山,当心。"

早饭后再去爬宝塔山。上次没去成,是因为嫌票价太贵,今天决定逃票,和永基沿另一座山头,从小路爬上去。宝塔山,既是革命圣地,就应属于全国人民,现在连延安人进去也要收钱。生气。

我们辗转两个小时,终于抵达宝塔山。游人不多,估计也是嫌票价太高。宝塔山始建于唐,重建于宋,也有一千年历史了。塔下有腰鼓、民歌表演,多是些老年人,也有年轻人,生龙活虎。但民歌不如那天在山区窑洞的老汉唱得好。这是表演,没有用心去唱。各买一瓶冰绿茶,慢慢喝,走得实在渴了。

晚上回来,看皇马和北京队足球友谊赛,北京队2∶3落败,有点可惜,两次都是先进球。虽然败了,还是好看。解说员说皇马不可能尽力,屁话,凭皇马这样的大牌球队,在哪里都不想输球。现在的解说员,都自视甚高,知识结构、解说风格比宋世雄那代人大有不同,有长处,但过于自恋,解说自说自话,坐在那里闲聊,眼里没有观众。有时会怀念宋世雄,他会不断报出比赛球队,什么比赛,比赛进程,打开电视,几分钟之内全明白了。老宋有老宋的长处。

对中国足球,一直骂声多,但我一直没有失去信心。在等待比赛的漫长时间里,我都保持愉快的心情,只在比赛输掉时才郁闷一下。而那些对足球悲观的球迷，则永远是郁闷的，气愤的，就很不合算。这么大国家，这么多人口，足球人才很多，关键在组织管理，在教练。俗话说，兵熊熊一个，将熊熊一窝。教练太重要了，此外，后备人才太少，是因为中小学几乎没体育课了。我上中学时，当过五年体育委员，所以一直热爱体育运动，也爱看体育节目，打开电视，首先是央视五频道。我上中学时，有一半时间在玩，组织体育活动。全校热火朝天。篮球、足球、乒乓球、田径，几乎每礼拜都有比赛，我在中学时，还拿过乒乓球比赛第三名。那时人人自觉锻炼。现在还有吗？

2005年7月25日　晴

天晴了。昨天去木兰祠。

当地人说花木兰是延安人，万花乡。还是头一次听说。说花木兰是本地人的，全国肯定不止一个地方。这几年争历史名人的很多，不是坏事。每个地方民间传说，都有一定依据，各说各的就是了。

万花乡距延安城三十多里，坐公交车去。有一些后来的建筑，并无特别之处。随便看看转转，十分清静。在一处石鼓桌前坐下闲聊，享受乡间的清新空气，倒也难得。饭后决定走回延安。一路上访问了一些农家。在一处高坡上，排溜有许多人家，只是不大能看到人。爬上土坡，就是一户人家，一条凶猛的大黄狗狂叫起来，直往人扑来。好在是拴着的。这条狗很大，看来平日就凶，说不定咬过人，一般乡下是不拴狗的。我喜欢狗，从小养过很多，还养过大狼狗和真正的猎狗，小时带着抓野兔，一天能抓七八只。

狗正狂叫着，一个女孩子闻声从窑洞里走出来，大约二十多岁，忙着喝住黄狗。看了我们一眼，有点局促，什么也没说，就伸手摘梨。院子里有几棵梨树，挂果很密，大如鸡蛋，还不太熟。就让她不要摘。姑娘说这是夏梨，平时要到中秋才摘，现在也能吃了，有点甜。一时很感动。素不相识，见面就给摘梨吃。又出来一个四十多岁的妇人，很热情打招呼，原来是母女俩。见有客人来，很高兴的样子，还有些害羞，特别是姑娘。两手抓几个梨，一时不知如何是好。姑娘走过去洗梨，才看出她腿有点瘸，不知她遭过什么罪，为她惋惜。我们假装没看见，坐下吃着梨，和母女闲聊。四十多岁的妇人这才问我们从哪里来？我们说是旅游的，刚去过木兰祠，一路走来看看乡间风景。妇人笑了，说这有啥好看的，这乡下可没有风景。我说这乡下到处都是风景啊，城里的风景多是人造的，这里都是自然的，好看。娘儿俩都笑了。问起她们家的情况，妇人说她还有个儿子，十八岁了，跟父亲外出打工了，家里就她们娘儿俩看家。

我问还要种田吗？妇人说家里本来有十几亩山地，可现在上级不让种庄稼，都栽上树了，每亩田补贴二百斤粮食，也够吃的，就是没钱花。我问总体补贴收入，比过去种庄稼怎么样？她说比不上过去多。不过，现在看看这满山都是树木，青枝绿叶的，还是很开心。过去满山都是黄土坡，刨一下就一股尘土，干得冒烟，现在真是好看多了，你们说这是风景，还真是风景呢！说着又笑。姑娘也笑，就是不说话。闲聊好一阵，吃了几个梨，也不口渴了，临告辞要付钱给她们，妇人却真生气了，说，你们城里人，啥都用钱算呀！是啊，这份善良、热情、真诚，真的不能用钱算，妇人的话让我们脸红。娘儿俩依依不舍，送到高坡沿，走出好远了，回头看，她们还站在那里。

沿山路走了一段，进入一个山凹，一小片平原，玉米长得很旺盛，叶子深绿发黑，估计这样的玉米地，一亩能收上千斤。过了玉米地，是一片西瓜地，有七八亩，全是西瓜，已到了成熟期，满地都是，看着太让人喜欢了。路边树下，一个瓜农正在卖瓜，地上堆了十几个西瓜，有人在路上买了带走，有人就在原地现开了吃。这样的场景不能错过，我们本也走得渴了。走过去问瓜农，这地里瓜也是你的吗？瓜农约五十多岁，说都是我的。我说能到田里自己摘西瓜吗？瓜农说行啊，你随便摘，看中哪个摘哪个，是这啊，你要是自己摘，摘生了你自己负责，也要买的。我说行啊。永基有点没底气，说你懂得生熟吗？别摘生了。我笑道，你放心，这个我是内行。

我的确是内行。在老家丰县时,祖辈都会种西瓜,我爷爷、父亲种的西瓜能排成行。父亲告诉过我,西瓜秧拖开后,用土疙瘩压紧了瓜秧,一是长起来有劲,二是不怕风刮,到第十七片叶子拿住瓜妞,故而西瓜能整齐地排列成行。父亲说"拿住"瓜妞,这个"拿"字用得特别好。"瓜妞"就是小瓜,拟人化的叫法,爱称。这些场景我都见过的。西瓜生熟也特别好辨认,用指头弹敲一下,声音发硬,当当响,无弹性,就是生瓜;声音发闷,有弹性,就是熟瓜。此外,还可以看颜色,色浅则瓜生,色深则是瓜熟。还可以看出西瓜皮的厚薄,声音清脆且瓜屁股圆浅,必定皮薄;如果声音沉闷,瓜屁股深凹,一定是皮厚。我讲给陆永基听,他是无锡城里人,自然不懂,听得一愣一愣的。我们两个走进瓜园,一个个滚圆的西瓜真是爱煞人,多年不下地摘西瓜了,那感觉真好。我在瓜丛中挑了两个西瓜摘下,各有七八斤重,其实吃不了,只是眼馋,有点贪了。这瓜太新鲜了,一看就好吃。俗话说,歪瓜正枣,歪瓜是指甜瓜、菜瓜,而西瓜不然,必须是正瓜,瓜形越正越好。

两人抱着西瓜回到了路边,瓜农接过,一边称一边夸,这瓜摘得好,是行家嘛!我就有些小得意,说我还会种西瓜呢。瓜农看看我,不相信似的,说看样子你们像城里人,咋会种瓜?我说我在农村干过,瓜农这才信了。两个西瓜才五块多钱,两人借瓜农一把西瓜刀,砍开就吃,汁水四溅,沙甜可口,一阵大吃。可是太多了,两个瓜各吃一半就吃饱了,可是又舍不得扔,就去附近玉米地撒泡尿,回来接着吃,撑得两人东倒西歪,不能动了,终于吃完。这一顿西瓜真叫过瘾!我和永基像两个孕妇,捧着肚子摇摇晃晃,又上了路。一路又钻了几次玉米地,才稍微轻松一些。一时高兴,两人沿山路大喊:"噢!——噢——!"像两匹野狼,都是西瓜闹的。

回到延安,已天黑了。这一天快活呀!

到了客栈,还得到一个好消息,陆永基补办的身份证寄来了,明天就可以去榆林了。

2005 年 7 月 27 日

离开家整整二十天了。

昨天早上离开延安,乘火车到榆林。一路上陕北风光无限,黄土高原千沟万壑,植被很好,不断有些大川,川里是绿油油的庄稼,多是玉米,也有大豆。坐在火车上比坐长途汽车舒服多了。

到榆林住金龙宾馆,一个房间一百一十元,带早餐,两个床位,也有卫生间,很好了。午饭后当即逛了市区,感觉比延安大了许多,街道也空阔干净。榆林还有不少古城墙遗存,一段一段的。其中不少是土城墙,居然保存得很有模样,土城墙里夹杂着一些树枝杂物,是当初垒城墙时加固用的。有些地方土城墙有外包砖,但破损严重,感到一种斑驳沧桑之气,估计是明以前的城墙。那些土城墙似乎应当更早。榆林是塞北重镇，当年金戈铁马，不知发生过多少战争，现在有点沉静了，当年可是个热闹去处啊！听说城北有个镇北台，是古长城的一部分，要去看看。

上午九点到城北镇北台，距城四公里，交通很方便。

镇北台东西有长城相连，是明万历三十五年（1607年）所建。战国时魏、秦、隋、明四代长城皆经过此处，可见历史之久。现在横贯榆林约七百公里的长城，是明成化时修建的，算起来也有五百多年了。

登上镇北台，果然壮观。镇北台很高，要爬很多台阶。镇北台很完整，想是整修过的，不过还好，修旧如旧。站在台上放眼北望，一派塞外风光，隐约能看到毛乌素大沙漠。对塞北这两个字素有好感，是个让人动心、动情、热血沸腾的字眼。有首歌叫《塞北的雪》，很爱听。眼前一派雄浑苍茫，历史上这里是个经常杀戮的地方，多少人在此征战杀伐，当时好像都是不得不杀，不得不战，几百年过去，又觉得毫无意义。但历史又似乎不能这样评价，人们多是活在即时，活在当下，很少有人会想几百年后人们怎么评价。当然也会有这样的人，他们是为青史留名而选择一种生命方式的。当年战死在这里的人何止千万，如今却连一根枯骨都找不到了，他们是谁？他们叫什么？他们有后人吗？他们的后人在哪里？他们还记得有个先人是在这里杀过人又被人杀死的吗？那些死在这里的先人们是为简单的吃饱饭而来吃粮当兵直至战死，还是为了精忠报国、建功立业而来这里征战的？这不是一下能说得清的。

但站在镇北台上，我似乎看到了当年残酷的战争场景，也听到了人喊马嘶、金鼓齐鸣的喧嚣。我年轻时做过梦，梦见自己的前世曾是一位青年将军，也是战死沙场的，是这里吗？我腹部的左右两边，有两个对称的窝凹，像是被枪扎过的伤疤，一切仿佛都对应着我的梦境。我当时为什么而战？几百年后战地重游，我的兄弟们在哪里？我的尸骨在哪里？我忽然眼里涌出泪水。那一刻，我不是矫情自恋，也不是脆弱，而是置身这片浸透了血迹的荒原，让我感到了时光的苍茫。一束荒草，一岁一枯荣，经历过多少年月；一把黄土，又经历过多少聚散。这里的一草一木皆是从远古而来，人类也是从远古而来，但世上万物，所为何来？

下了镇北台，决定沿长城走一段。全是土长城，过去想象中高大雄伟，眼前全不是那样子，大部分都已坍塌了，只剩下一些残墙断壁，大部分地方都是触手可及顶部，或者一纵身就能跨上去。当然，我们没有敢跨，怕那些已经松散的长城遗存经不住压力。墙角两边都是塌下的散土，人踩上去也是小心翼翼。散土上零散长些荒草。一条花蛇盘在墙角的草丛里，大概在避暑，我们没敢惊动它。发现一处烽火台，稍高，还能看出它当初的模样，也是土墩，大约七八米高。我们绕着它看，下头有残砖，想来当初也有砖包皮的，只是已经散落了。从乱砖豁口处可以爬上去，四处一片空旷，当初敌情紧急时，在上头放一把火，浓烟直上云霄，很远处可以发现，就知这里战事吃紧，会紧急派来援兵，又是一番厮杀。边关无宁日啊。我们扒扒浮土，想找出一点当年的灰烬,当然是梦想。几百年过去,一切早已烟消云散。但发现浮土下有些土是浅褐色的,想来灰烬已浸入土中,这让我们十分惊喜。

下来烽火台,又走。还是沿着长城走,已不知走了多远,四野不见人影,也没有村庄,只有些零散的小树林,如果从林子里跳出个打劫的,一点也不意外。肚内饥肠辘辘,已到下午一时,不知不觉又走了几个小时,也不知到了哪里,决定找个地方吃饭,便离开长城,踩着荒草往下走,终于发现一条小路,这路上也长着一些荒草,看得出平时少有人迹。往远处看,完全看不到村庄的影子。有些发愁,又走得累了,决定歇一歇,也许能等来人,也好问问路。真是运气不错,等了大约一个小时,远远看到一辆毛驴车正往这来,两人高兴坏了。走得近了,才看清是个近六十岁的老妇人,坐在毛驴车上赶车,一辆平板车,车上有两个筐,都是空的。我忙上前打招呼,问老人家从哪里来?能不能捎一段路,把我们带到一个有饭店的地方,我们可以付钱。老妇人看到两个陌生人,先是有点警惕,但看我们和善,又听说是外地来旅游的,走迷了路,一时又热情起来,说上车吧,我送你们到一个大路口,有六七里路远,那里可以吃饭。我们千恩万谢,上了车。刚上车,突然接到大女儿允芳电话。这里居然有信号,大约是因平川之地,没有大山。女儿问我在哪?家里一直担心我安全。我说没事,出了长城,刚坐上一辆毛驴车。女儿吃一惊,说你怎么坐的毛驴车?我说这里没有别的车,坐上毛驴车还等了半天呢,又安慰她几句,便挂了。毛驴车走了几公里，果然到一个三岔路口，有公路，有饭店。我们下了车，永基塞给老妇人十块钱。饭店叫"蓬莱仙"，饱吃一顿，又来了精神。在门口发现有长途车，也不知从哪来的？要往哪里开？我说上车！咱们继续往前，到沙漠里看看。永基说好。两人上了车，开出几十里地，忽然发现一个沙漠旁的小村庄，忙叫停车下来。

两人步行走进村口。看来村子不大，约有二十多户人家。前头一个老妇人和一个小媳妇各背一筐草，发现我们尾随，不时回头看。老妇人一脸纳闷，不知两个陌生人要干什么？小媳妇二十多岁的模样，很俊俏，皮肤白白的，没想到这种地方也有这样的美人儿。她不时回头看我们笑，笑中有好奇，有羞涩，有野性，还有挑逗，但绝没有轻浮，是那种纯净而天然的表情。我和永基对视一眼，都笑了，说这小媳妇太有意思了。走一段路，老妇人岔道回家了，小媳妇仍在村道上走，更频繁地回头冲我们笑。我们也便一路尾随。我说，碰上狐仙了。陆永基笑道，还真是，这大漠边塞，什么稀罕事可能都会有。

小媳妇离开村道，往右一拐，显然是到家了。那里有一溜房屋。但她没有进家，放下草筐，站在墙边拭汗，回头看着我们，眼睛亮晶晶的，一言不发，显见是在等我们，或者在期待什么事发生。正好也走得口渴了，这时再装，就太假了。于是我走上前，很客气地说，我们是外地来旅游的，口渴了，能不能到你家找点水喝？小媳妇顿时眉开眼笑，说好啊，你们跟我来吧！说着欢愉地提上草筐，转身前头带路，往家里走。陆永基拿出掌中宝摄像机，一路跟拍，她回头看到了，也不反对，羞涩地笑了一下，转头又走。我在后头跟着，转眼到了小媳妇院子前。

并无院墙，只是一大片空地，屋前一个菜园子，菜园子前头紧挨着就是沙漠，可以看得到一个一个巨大的沙丘，放眼望去，十分辽阔。一个典型的沙漠人家。如果不是即兴式漫无目的的旅游，断然见不到这等景色和人家。我只顾从院子里往四处张望，陆永基已随小媳妇跟进堂屋。这一排就是四间堂屋，很气派，但并无人迹。只有几只鸡在院子里懒洋洋漫步。我进屋时，小媳妇正在换衣服，就在正堂客厅，脱去打草弄脏的上衣、裤子，只穿着内裤和胸罩，近乎赤裸，居然不避人，也无防范，只管换她的衣服，偶尔抬头笑一下，一切自自然然。我在心里赞叹，这小媳妇实在太美了，而且心无杂念，对两个陌生男人竟然毫不设防。

小媳妇换好衣服，洗把脸，让我们坐下，转身出屋，去了菜园子，不大会抱来一个圆滚滚的大西瓜，足有十几斤，显然是刚摘下的，说别喝水了，你们吃西瓜吧。砍开了，竟是黄沙瓤，捧起来咬一口，又沙又甜，满嘴流汁。小媳妇看我们吃得开心，笑起来，说别吃呛了，这瓜汁水多。结果半个西瓜没吃完，就吃撑了，后来就聊起天来。我问，家里怎么就你一个人，这么大片房屋怎么没人住？小媳妇说公婆原来也住这里的，后来搬到别处去了，家里只有她小两口，丈夫外出打工了。现在就她一个人在家。

还说她是榆林郊区的人，和丈夫结婚才两年，还没有孩子，说丈夫有点懒，硬让我赶出去打工的，一个大老爷们守着女人在家没出息。她直言不讳，说和丈夫关系不太好，嫁过来就后悔了。这么说来，她从榆林郊区嫁到这沙漠边上，算是下嫁了。连夫妻关系不好，都告诉我们，真是快人快语。但她似乎又并不消沉，一脸阳光灿烂，一笑甜甜的。

我们问你一个人在家都干些什么，不闷吗？小媳妇笑起来，说我不闷，养了几只羊，几只鸡，门前还有个菜园子，闲着就绣鞋垫。我说能不能让我们看看你绣的鞋垫？我知道陕北女人都会绣鞋垫、剪纸什么的。小媳妇正要向我们炫耀她的手艺，便招呼我们进里间，爬上炕，打开炕头的箱子，拿出一双双鞋垫。足有几十双，各种花鸟人物栩栩如生，针线做得精妙之极，全是艺术品啊！我们一双双看着，目瞪口呆，惊叹不已。小媳妇看我们夸她，高兴得红了脸，说要一人送我们两双，我们赶忙谢绝了，说这东西太珍贵，我们不能收。她就有点失望的样子。但我们终于还是没敢要，这已经很打扰人家，看架势给她钱肯定不收的，吃了人家西瓜，再要人家鞋垫，就过分了。而且据说，在陕北，女人只给情郎送鞋垫的，别闹出什么事来。后来，她又带我们参观她的菜园子，果然有好多蔬菜，都长得很好。还有十几棵西瓜，上头都结了西瓜，刚才给我们摘吃的那个西瓜，显然是最大的。

告辞时，小媳妇眼泪汪汪的，我们心里也有些依依不舍，平白无故，欠了人家一个大情，这么一个沙漠人家，这么一个寂寞而野性的女子，这么一副善良而多情的心肠，真是叫人感动无语。在城市大街上，见惯了妖娆的女人，但却像在雾里看花，你永远都不知道各人心里在想什么，许多人的言谈举止中充满功利之心。而眼前的这个小媳妇，却通透明亮，狐仙一样妖媚，却纯净得如一汪清水。临走时，我们问了她的名字，却忘了问她这个村庄的名字。但我们会记得这个毛乌素沙漠旁的小村子，记住那个俊俏的小媳妇，并给她永远的祝福。

离开小媳妇家，我们直接去了沙漠，在里头转了一圈，看天已晚了，赶忙回到村口。天快黑时，终于等到一趟长途汽车。回到榆林，差不多晚上十点了。

2005年7月28日　晴

今天去了米脂。

米脂是个了不起的地方。当地有句话：米脂的婆姨，绥德的汉。是说米脂的女人漂亮，绥德的男人威猛。据说貂蝉是米脂人，吕布是绥德人有关。这两位都是三国人物，貂蝉是中国四大美人之一，尽人皆知。而吕布同样有名，在《三国演义》里，有"三英战吕布"的故事。以刘、关、张三人的武功围战吕布，尚且不能取胜，可见吕布之威猛。可惜吕布屡屡易主，有奶便是娘，被称为三姓奴，似乎人品不好。但历史上的事谁说得清呢？这么一条大汉被曹操杀死，而曾被吕布救助过的刘备却端坐一旁，落井下石，吕布也够可怜的。

李自成也是米脂人。这是个曾经灭了大明，在北京做了十八天皇帝的人。史学家对他后来的失败有种种解释，但老百姓说得简单，说李自成本来可以坐十八年江山，可他到了北京，天天吃饺子，以前穷，过年才吃饺子，李自成吃了十八天饺子，就是过了十八年，结果他又被赶出北京。对于后来李自成的下落，有种种猜测，也有种种证据，有说他隐居了，有说他出家了，反正当时没死。老百姓总希望英雄活着。

到了米脂，先去参观了李自成纪念馆，都是后建的，也有些文物，并无特别的感觉。

在米脂县转了转，并没有发现多少美人。和一个茶馆老板聊天，老板倒是健谈，说咱们米脂过去出美人，是因为地处边塞，多民族杂处，混血多，所以美人多。但美人留不住，都被外地人娶走了。以前是镇守边关的将士，服役期满，带个美人走了，一个朝代一个朝代，镇守边关的将士不知多少万，得带走多少女人？当年红军、八路军在陕北，也娶了不少米脂女人。米脂美女再多，也经不住这么一茬茬往外走。汉子又一次感叹：现在没剩啥了。但我们想，米脂肯定还是有美人的，只是我们没看到罢了。

2005年7月30日

　　昨日离开榆林，乘长途车往宁夏银川。大约三百多公里，行程五个半小时，很累。又一次经过那个沙漠小村，又一次想起那个小媳妇，你又去割草了吗？祝你快乐幸福！

　　去银川的公路还不错，车子开得又快又平稳。沿途人很少，车也少。公路右侧，残破的古长城一路相伴，一时近了，一时远了，但都能隐隐看到。戈壁、大漠就在公路两旁，荒无人烟。戈壁上零星长一些小灌木，偶尔会发现一棵参天大树，看到几只鸟飞过，更显得空旷辽远。看多了江南的桃红柳绿，倒觉这里更为壮美。

　　我喜欢这种粗砺的感觉。

　　在南方住久了，会发腻。那里人口稠密，经济发达，可谓衣锦繁华之地，温柔富贵之乡。南方过于精致，衣食住行都有讲究。经济文化发展到一定程度后，就开始讲究了，人也是如此。但讲究过分就显得假了，甚至有点作。景点也是，一棵盆景老树，一问三百年了。就是说一棵盆景造就了十五代园艺家，或者说十五代园艺家造就了一棵盆景，愣是不让它长，还折成九曲十八弯，说是艺术。但似乎就没人想过那也是一个生命。这是虐待。我欣赏不了，没有快感，只有别扭和压抑。

　　江南多景点，一砖一石皆有说道。园林更是如此，弹丸之地浓缩万里江山，走在园子里，你永远不知道下一步会碰到什么，弯弯绕实在太多。噢，走到桥上了，桥是直的吧？可桥是弯的，叫曲桥,直着走会掉下去。假山假石假河假景,旁门左道花窗矮墙，密不透风。最绝的是借景，远处一架山，根本不搭界的，可是抬头一看，却发现那架山不仅是园子的背景，而且是园子的一部分。正是借助那架山，小小园林突然膨胀了无数倍,俨然一个庞然大物。正如人在社会上，有背景和没背景太不一样了。由此让你想到，园林艺术其实也是欺、瞒、骗、偷的艺术，园林设计师既是艺术大师，又是洞悉人间机巧、城府极深的人。看了园林，会让人觉得一切都不真实，甚至会感到恐惧。

可眼前的塞北，却是纯自然的。没有人的刻意，一切都自自然然，心里会特别放松。我天生是自然之子，大地之子，没有什么能束缚我，我的灵魂永远都是自由的，就像这一路的戈壁荒滩。右手隐现起伏的古长城，曾是人为的产物，政治的产物，军事的产物，当年是那样雄伟坚固，可几百年过去，仅仅才几百年过去，它已断成一截截残破的短墙，岁月已把它风化成一个苍老矮小的老人，趴伏在大地上。晨钟暮鼓，地老天荒，什么才是最强大的？人类曾人为制造了多少东西：政权、城堡、建筑、艺术等等，每一样都希望永存不朽，可还是在一天天消失，而一旦被毁掉，就万劫不复。但大自然却每天都在创造奇迹，一场风，一场雨，就能再造一个风景，因为大自然是活着的。

下午三时来到银川，果然又比榆林气派，到底是省会城市。

长途车经过市中心广场,看到一座类似天安门的建筑,两旁有观礼台,中间悬挂毛主席像,两边的标语,也和天安门一样。一问车上人,说这个"天安门"是个古建筑。

住进隆中大酒店,一个房间两张床,房价一百元。洗洗手脸换换衣服,稍事休息。傍晚出去转转,看到一家驴肉馆,好几天没吃肉了,进去干切一盘驴肉,又喝二两酒,解解疲劳。

今日起床,天又阴了,到中午飘起几粒小雨,小雨又随我们来了。

上午和永基去看了清真寺,很气派,里头一股肃穆之气。之后去看古玩市场,并无让人心动的物件。去博物馆,看西夏文化,有些石雕令人叫绝,卧马、鎏金卧牛,都极精美。

有些累了。下午休息。本想给张贤亮打个电话,还有宁夏作协的余小惠,都很熟的,想想算了。人家一招待,就变味了,一切自理,这是出来时的原则。

明天准备去西夏王陵,这是要看的,还有贺兰山岩画,据说很神秘。仅仅贺兰山就值得去看。那在历史上可是一个座名山。最早知道贺兰山,还是小时候读岳飞的《满江红》:"……靖康耻,犹未雪;臣子恨,何时灭。驾长车,踏破贺兰山缺……"那是个让人壮怀激烈的地方。

2005年8月1日

昨日去了沙湖、西夏王陵、西北影视城。

沙湖很美,有很多芦苇,水面很大,远远超过西湖。水也清澈,捧水可喝。过湖就是沙漠,就在贺兰山下,背景很厚,又一次感到了遥远。不仅是距离的,而且是时空的,仿佛回到了古代。

早就听张贤亮说过西北影视城,那是他的骄傲。在中国作协工作会议上,张贤亮是最善于侃大山的。他说在宁夏,几乎没人不知道他,上至省委书记,下至荒原上的野狗。这是个很真实的人。五十年代,他曾被打成右派,遭了不少罪。八十年代,他的小说《绿化树》《男人的一半是女人》等,当时在全国引起轰动。西北影视城也是他的杰作,电影《红高粱》就是在这里拍的。影视城有些明清古兵堡遗存,他利用这片地方搞出这么个东西,倒是下了不少功夫。他搞了一个很大的文化产业,只是不知赚不赚钱。文人经商,没几个成功的。

西夏王陵很叫人震撼。现在的坟是后人重筑的,在贺兰山下,有些苍凉的味道。游人不多,和永基在附近散步,十分清静。西夏立国二百多年,和宋同一时代,和中原发生了很多战争。又是战争。如今西夏呢?宋朝呢?都远去了。买两方镇纸,贺兰石做的,很有分量,黑乎乎的。

2005年8月2日

今天在银川休息，没有远行，只在市内转转。这里有许多回族，羊肉馆很多。又去小天安门实地看了一下，果然是古迹。中国古代建筑，许多都是类同的。

昨天傍晚在小饭馆吃一碗面条，出门看有小摊卖酸奶的，临时制作，很新鲜，买了一杯，味有点重，不大好喝，也喝下去了，别浪费。

2005年8月3日

今天从银川去腾格里沙漠。看黄河。来回一千多公里。

在沙漠里晒太阳，晒得流油。沙很细，躺在上头软软的，就是有点烫。对于大沙漠，我有特别的喜爱。上世纪九十年代，我写小说《天下无贼》时，里头有沙漠的场景，但那时还没见过沙漠，只是想象中的景象。几年后，大约是1999年，我带江苏作家一个团十几位作家去新疆采风，原计划就是去南疆的，因时间关系，来不及跑遍全疆，新疆太大了。可是过了库尔勒，进入戈壁以后，大部分作家不愿往前走了，因为前头就是塔克拉玛干沙漠，他们说沙漠里没啥看头，还是回头去北疆吧，北疆山清水秀。这就是江南作家的口味，太沉迷自己生活的环境。陪同的兵团文联主席老曹告诉我以后，我断然说：不行！要看山清水秀就不要来新疆，江浙地区哪里都山清水秀，来新疆首选就是要看沙漠，看荒凉！大家看我态度坚决，只好服从。可是继续往前走后，大家高兴起来，荒凉的戈壁，惊人的胡杨，无边无际如瀚海般的大漠，把所有作家都惊呆了。那景象实在壮美！我们还在沙漠里住了一夜，那是一个油田招待所，很简陋，但大家还是很开心。傍晚到达宿营地，大家忙不迭放下行李就钻进沙漠，爬上沙丘。万里辽阔，沙丘起伏，连个飞鸟都看不到。时值太阳正在下山，一轮浑圆正缓缓西去，正是"大漠孤烟直，长河落日圆"，景色之震撼令人窒息。突然，大家忍不住欢呼起来："噢噢噢噢！……"

第二天继续赶路，一条沙漠公路没有尽头，除了偶尔碰到一两辆飞驰的车子，路上看不到一个行人。那条沙漠公路一两千里，都是无人烟的地方。现在修的公路好多了，以前根本就没有路，如果孤身一人进沙漠，只有死亡，无法走出去的。在沙漠里，当地人的救助意识很重。走到半途时，两部车子停下来休息，让大家活动一下。陪同的朋友抱出几个西瓜、哈密瓜，砍开了让大家吃，瓜皮扔了一片。当时我们想，反正是无人区，又没个垃圾箱，就随手扔了。可是临上车时，兵团文联曹主席却做了个出乎意料的举动，他把我们扔掉的瓜皮一片片全捡起来，归拢到一块，外皮朝外，内皮朝内，拱成一堆，放在路边。我问他你这是干什么？

老曹说，这些瓜皮不能乱扔，会污染沙漠。还有，捡起来放在一堆，瓜皮能保持水分好多天，万一有人车经过这里，没水了，这些瓜皮还可以啃一啃，能救人一命。一席话说得大家都感动起来，也有些惭愧。这就是当地人，他们会为一个未来可能的落难者着想。在西部，在沙漠，人和人离得很远，可是心离得很近。可在我们生活的南方，人口稠密到打个喷嚏能溅旁人一脸，在城市门对门的邻居，十几年了不知对方姓什么，也不打交道，各自关门过日子，人和人离得很近，心却离得很远。人和人见面都板着脸，一脸冷漠，一脸防范。如果有人突然弯腰系鞋带，说不定旁边的人会立刻来个旱地拔葱。高度戒备啊！

在宁夏境内，黄河属中游，水还很清，我们看到的这一段黄河，流水也平缓，好像大水库一样。可惜再往下游就不行了，途经黄土高原，黄河越发浑浊。历史上，素有"天下黄河富宁夏"之称，可见黄河对宁夏多么重要。宁夏秦属北地郡，汉属朔方，宋为西夏和秦凤路地，元置宁夏路，明清置宁夏府，一直是大西北一个重要的地方，境内名山大川很多，比如贺兰山、六盘山、鄂尔多斯高原，太多了，可惜不能一一到访。那天去贺兰山，没能看到岩画，当时向当地人打听，说在深山里，很远，要有人带路才行，只好作罢。

2005年8月4日

今天离开银川，来到兰州。路上火车八个小时，坐在车厢走道下围棋，打发时间，引得乘客侧目，不知两位高士何方来路。社会上会下象棋的很多，会围棋的则少得多。一位女乘务员因我们坐在走道下棋，来回不便，却没有要赶的意思，只冲我们笑，我们也冲她笑笑，有点小巴结的意思。我们下棋，都是落子如飞，二十分钟就可下一盘。下完两盘，就罢手了。虽说已是晚上，很

1999年，在新疆交河故城，四周，触目可谓惊心。

少有人走动，但毕竟落子有响动，影响旅客休息。

早上到达兰州，由一出租车带着，找了几家宾馆，不是太贵，就是位置不好，最后住进滨河饭店。饭店很老旧，房价只有五十元，没有卫生间，在延安时就住在没有卫生间的客栈，这没什么。这里临着黄河，景色不错。房间倒很宽敞，有桌子。这些天一直奔波，很累。计划在这里休整一下，也可以安定下来写点东西了。

今天心情不错。洗洗手脸，趴在窗口看黄河，黄河穿城而过，黄水滔滔，泥浆一样，但也不失气势。兰州是甘肃省会，是一座古老的城市，汉为金都郡，隋为兰州治，清为兰州府治。甘肃古为雍、梁二州地，春秋时属秦和西戎，秦置陇西郡，西部属月氏，汉为凉州。甘肃得名于甘州（张掖）、肃州（酒泉）两地首字。这也是一个多民族的省份，据说除汉族以外，还有回、藏、东乡、裕固、保安、蒙古、哈萨克、土、撒拉、满等民族，稍懂历史，就会知道古时这里也是一个刀马雄风之地。

宾馆对面，除了能看到黄河，还能看到一架古老的风车，这也是兰州一景。去年，我曾带江苏作家团来过兰州，看到过风车，不想今年又来到这里，住在它旁边。

人生如梦，我在何方？

2005年8月6日　阴　小雨

兰州今日小雨，濛濛数滴，连绵不断。小雨一路随我走，极是高兴。我喜欢雨。在家时，每逢雨天，我总会出来散步，走在雨中的感觉特别舒适。

住在黄河岸边，日夜闻涛声，总有一种说不出的苍茫。我去过三江源，滴水汇成江河，实在是一个神奇的景象，千百万年，潇洒自由流淌，沿着它选择的路线，奔向大海，没有什么能挡住它们。水是最柔的，又是最强悍的。

昨天傍晚去河边广场散步。所谓广场，就是大堤下的河床，一片很大的空地，还长着一些零星的水草，河水涨时，广场被淹没，河水小时，就是广场。兰州黄河大堤做得很牢固，也高。黄河穿城而过，不牢靠是要出大事的。昨天还没下雨，这部分河床就成了广场，许多市民在此散步乘凉。河边有风，很凉爽。见一群女大学生，大概有七八个，在水边广场上用很多蜡烛摆成一个心形，说是为一个同学过生日。我们好奇，就和她们聊天，开始她们不愿说，后来有人悄悄指指一个女大学生，说为她男朋友过生日的，可是约好了时间，至今没来。那个女同学果然特别急，脸色很难看，不时往岸上瞅，却不见男孩子来。后来，她们还是把蜡烛点燃了，引得许多人围观，永基忙着拍照。可是直到蜡烛燃尽，那个男孩也没来。那个女生哭了，几个女同学也陪着她哭。我们就很同情，心想什么人啊，这男生也太不懂事了。猜想是恋爱出了问题，拒绝来见，但也不必这么处理吧，这让那个女生太难堪了。另外的女生都劝她，说咱们再也别干这傻事了，然后就相拥着走了。一场本来很有情趣的活动，搞得十分没趣。

今天雨中游兰州。市区狭长，因房屋都在黄河两岸，黄河及支流形成不少峡谷与盆地，市区就在一大片盆地上，东西长有几十公里，南北就很短，只有几公里。西北有山环抱，依山傍水。只是城市有些老旧。来到兰州郊区，走进一户人家，夫妻二人都有六十多岁了。男人很木讷，女人很有风韵，看得出年轻时是个美人，说话也慢声细语，还有点羞涩。二人信佛，用茶招待我们，聊了很久。临走时，女人带我们来到她的佛堂，从供桌上拿下两个最大的苹果送我们，说佛会保佑你们。感动。道谢。告别。

回来休息，睡一觉，醒来看收藏书籍，玉器、瓷器鉴赏，很有趣味。又拿出在延安买的玉器，把玩一番，还是觉得不错。

明天是小虎生日，给家里打电话，向小虎祝贺七岁生日。和夫人、女儿、儿子、小虎都通了话。离家一个月整了，都盼我回去，我也有点想家了。去年新买了房子，春天已装修好。夫人说这月二十日搬家，希望我回去。我说一定，搬家是大事，我不能不回去。

过几天去西宁。也许能见到青海诗人王歌行。八十年代去泰国访问时，我们都是中国作家代表团成员。王歌行是个很老实的人，那次一路从曼谷到帕塔亚，他都和我住在一起，只要出门活动，他总要牵着我的衣服，老怕把他丢了。王歌行又很有才气，闷声不吭写出过很多好诗，还是藏族史诗《格萨尔王》的整理者之一。访友当是题中应有之事，那老诗人太可爱了。

半下午开始，雨下大了，算中雨。对面黄河中间的两块沙滩已被淹没，昨晚女学生点蜡烛的广场也不见了。河面陡然宽阔起来，水也流得急了，能看见漩涡，这才有了黄河的气势。

2005年8月8日

今天从兰州来西宁，一路风光和兰州已然不同，这边山石多是赫红色，棱角分明。多年前我来过西宁，那次是带一个作家团去西藏，十几个人，男女老少都有。当时我怕大家从南京直接去西藏，不能适应高原缺氧，就先来到青海热热身，适应一下。西宁海拔两千三百多米，没有太大不适。毕竟我去过西藏，到过五千多米的地方。

青海有七十万平方公里，很大。黄河、长江、澜沧江都发源于此，但人口很稀少，只有五百万人左右，相当于江苏的一个市。也是个多民族杂居的地方。青海古为西戎地，汉为羌地，隋置西海、河源等郡，唐宋为吐蕃地。青海在青藏高原东北部，海拔在三千米以上，很多地方是无人烟的。真想去那些地方看看，可是凭我们两个五十多岁的人，单独去是很难的。

　　火车到西宁是中午十一时半，住在车站旁边的宾馆。一个很乱的宾馆，出租车司机争着拉我们，说这里不能住，不太安全。永基有些犹豫，我说就住这里，正好看看这种地方能发生什么事。五十元一个房间，很小，但有卫生间，有床无桌子。的确人员很乱，光膀子穿拖鞋，到处乱窜。经过一个房间，大敞着门，里头一股烟火气，煤油炉在烧饭，男人光着膀子，女人敞着怀奶孩子，一股臭烘烘的味道。真不知道这里怎么会允许烧煤油炉做饭，不怕失火吗？

　　住下后，下午给青海诗人王歌行打个电话，居然通了。他很快来看我。一进门就从一个破烂的拎包里往外掏东西，我以为他掏什么宝贝，结果掏出来一条皱巴巴的白色哈达，挂在我脖子上。这其实比宝贝还宝贝，我一时很感动。两人坐下说了一些话，他说早已退休了。我看他身体还不错，很高兴，说王老师你保重身体。他话很少，基本上是我问一句，他回答一句，但看出来他很高兴。分别快二十年了，他真的变化不大。

　　晚上，我又给青海作家梅卓打了个电话。梅卓很快也来看我。我们是"9·11"事件发生的第二年一块去美国访问的，当时还有贵州的何士光、四川的杨牧、山西的阎晶明等人。当时美国还余悸未消，安检十分严格，鞋子都要脱下来检查。我和何士光住一屋，他已参禅数年，每天晚上和我谈经论道，士光是个很温和的人，我们一直谈得十分投机。梅卓是藏族女作家，很有才气，平时话很少，见了谁都是笑笑。这次来西宁，应当打个招呼。梅卓见到我们很高兴，说可以抽时间陪我们到处玩玩，我忙说不必，我们就是自己随便走走，你尽管忙你的事。当晚聊了一阵，她也建议我们换个地方，说火车站附近宾馆大多都很乱，出门在外，还是当心一点好。我说没事。

梅卓走后，我和永基洗洗澡，又在车站广场遛了一阵。

当天夜里，我睡得正酣，有人砰砰敲门，我被惊醒了，但不知是什么人，一时不敢开门。门外喊是警察。门上没有猫眼，我没法确认，还在犹豫，敲门还在继续，而且急了。我听到楼道里不止一处在敲门，还有杂乱的脚步声。我想如果是歹徒，不敢这么大规模来抢劫吧，就慢慢打开一条门缝，两个警察猛地推开门，差点碰到我的头。我有点火，大声问，半夜三更你们什么人，干什么？一个警察说我们是警察，治安检查！一个警察让我拿出身份证，另一个警察已开始在房间里检查，这里摸摸，那里看看，还要我打开行李箱。这时我有点担心了，箱子里有我在延安买的一套玉器，不会有什么犯忌的吧？我打开行李箱，自然没有什么。我主动拿出玉器，说我在延安古玩店买的。他们没说什么，检查完就走了。我松一口气，正要关门睡觉，忽然听到楼道里一阵厉声呵斥："老实点！别动！"我赶忙伸头看，发现警察不少，正扭着三四个光膀子的男人和一个女人，押着往外走。很多房间都有人伸头看。我有点兴奋。对门一个男人问我,刚才抓走的是什么人？

我摇摇头,就和他聊了几句,原来他是生意人,来青海收蜂蜜的。永基也来了,到我房间聊了一会。

大家无事。睡觉。

2005年8月10日

昨日去青海湖。

我以前去过青海湖的,但永基没去过,专门陪他走了一趟。一路风光极好,沿青藏公路走,大约一百六十公里。路上停了几次车,看了一些景点,乱收费很严重。中间有一座寺庙,是新修的文成公主庙,收钱很多,买一炷香上百块、几百块都有,还帮人占卜凶吉,也是收钱,好像已不是佛教。我不知这些人哪来的,他们是在亵渎佛教。

青海湖依然漂亮,水面浩大。我们沿湖走了很久,湖畔有沙丘、草原、牛群、羊群。草原沙化很严重,时常看到青色田鼠,肥得像小兔子,打了许多洞,钻来钻去。传说当年周穆王去瑶池会西天王母就是这里。说起来这故事还和我们赵姓大有关系。周穆王会西天王母,七日不归,世上已七年。忽一日接报,偃王造反,天下大乱,要他赶快回朝。周穆王的车夫叫造父,此人爱马善驭,随穆王在西域期间,选了八匹骏马,可以日行千里。穆王乘着马车昼夜驰奔,赶回都城镐京,很快平息了叛乱。造父因此立下奇功,周穆王把造父封在山西赵城,以赵为姓,从此天下才有了赵氏一族。赵家是大姓,在中国历史上两次建国,一是战国时的赵国,二是宋代。也出过许多典故,如赵氏孤儿、胡服骑射、围魏救赵、纸上谈兵、陈桥兵变、杯酒释兵权、狸猫换太子等等,都和赵家有关。对错荣辱,都成历史。我站在青海湖边,眺望辽阔的水面,有点晕。我的老祖造父曾在此留下过足迹?

今日休息。买了从西宁回南京的机票,是十七日晚间的。再有一个礼拜,就要回家了,不知不觉,离家四十三天了。真的有点累了,到底年岁不饶人。

明天由梅卓陪同,去她的家乡湟源。她太好客了,执意要送我们。我说你帮助找个山区偏僻处住下,你不用陪同,尽管回去。我们想在山里隐居几天。

西宁街头早点有油条、豆浆,很对味口。油条三毛钱一根,豆浆三毛钱一碗。

2005年8月11日

今天从西宁出发到湟源,是梅卓找了一辆车送的,中午就到了。湟源是军阀马步芳的老家。当年的马步芳在青海可是个狠角色，曾残酷堵截屠杀西路军战士，许多女红军被杀害、强奸，被逼嫁给他的军官和士兵。湟源县城有许多高大的树木，看样子很有些年头了，梅卓说这些树都是当年马步芳派人栽的。他还在整个青海省栽了很多树，不少至今还在。

没怎么在县城停留，看上去比较破旧，但这里也有他们的特点。

车子穿过湟源县城，又行二十多里，到了一个叫"农家院"的地方，一个大院子坐落在两架大山之间的平川上。里头有餐厅、客房，据说主要是吸引湟源县城的人来消费。梅卓把我们送到，就让她回西宁了。中饭有点晚了，没见到多少客人，只一桌客人刚吃完中饭，说是来玩的，这里有野味。一会儿他们就乘车走了。

一人一间房，住宿费五十元，无厕所，也没有水，不能洗澡。喝的热水也没有，叫了几次才送来一瓶。菜也有点贵。出去转转，外头有大片麦田，长势还不错。麦子还未成熟，但粒粒饱满，看样子距收割还要十天左右。这里季节比江苏要晚两个月。现在南方秋庄稼都应是绿油油的了，这里却还没收麦子。远处两架山，问了一下说是日月山。日月山很长，延绵可以到青海湖附近。以前还真是没听说过这座山。院子后门外有滔滔水声，信步走过去，原来是一条小河，河不宽，却水流湍急，水量很大，发出很响的声音，分明是山洪下来了。昨天和今天上半天，这里一直在下雨，中等雨量，不算小了。雨水一路跟着，真是高兴。温度有点低，要穿一件薄线衣。小河两旁有不少树木，青山绿水，异常安静，有小鸟在树上啁啾。以前不会想到，此生会在这里住上几天。

房内无桌子，经过交涉，有人送来一张小课桌，宽约四十公分，小学生一样坐在桌前，和永基下了几盘棋。晚上要写小说了。《地母》三部曲最后一部已开头。以前写过十几万字，不满意，废了。这次重来，不知能否写开。

2005年8月12日

今天外出，几里路外有个小山村，信步走进去，见人就给人打招呼。出门在外，不比在家，可以一天不说话，在外就不能不说话。尤其在这种山区，又不是旅游景点，突然出现两个陌生人，人家会生疑。村子不大，约有几十户人家，这在山区算不小了。村道在半山坡上，路有些脏，也泥泞，头天下雨还有些积水。和一个四十多岁的汉子打招呼，对方疑惑中又有些好奇，我们解释说是江苏人，来旅游的。没想到汉子一下热情起来，说我儿子就在江苏徐州上大学。我也高兴起来，说真是巧了，我就是徐州人！汉子慌忙请我们到家坐坐。我们正想寻访农家，就跟着进了院子。院子里还有些泥泞，汉子很抱歉，连说你看你看，早知有客人来，我就收拾一下了。我说没事，绕着走进堂屋。女主人和一个十多岁的小女孩迎出来，都有些害羞。女主人说，你看俺家乱的。我们忙说，不乱不乱。其实真的不乱，屋子里也是泥土地，但打扫得干干净净，一根草棒也没有。迎门一张老式橱柜，上头摆放着茶瓶、茶碗，旁边一个玻璃瓶里，还插着一束野花。女主人看我注意那瓶花，笑道，是丫头弄着玩的。我忙说，这花真漂亮，丫头放假了吧？丫头害羞地点点头。夫妻俩忙着让坐，原来是让上炕。一盘大炕在里间，里间和当门通着，有帘子相隔，帘子是束起来的，里外畅通。炕上被子叠成长条形靠墙放着，墙上贴着红色剪纸，十分漂亮。我和永基都很吃惊，这房内搞得像新婚房一样，连连夸赞。我问女主人，说这剪纸是你剪的吧？女主人害羞起来，说我瞎弄的。我说这可不是瞎弄的，都是艺术品啊！不由心里感慨，民间艺术真是有生命力，这小小山村，大概随便拉出个女人，都是剪纸艺术家。男主人还在忙着让我们上炕，便也不客气，脱了鞋，上炕盘膝而坐。中间有一个小炕桌。永基腿长，盘坐有点困难，但还是努力盘好。我说，咱这是贵宾待遇了。

和男人闲聊，原来夫妻俩有一双儿女，都在上学。女儿上小学，儿子上大学。我问应当放暑假了，你上大学的儿子呢？男人说今天不巧，去走亲戚了。又问到家里生活，男子说家有几亩田，还养了一头奶牛、几只羊。他在一个镇上打工，一个月七百块钱。我说工钱不高哇，男人笑笑，说这里都这样，我一个月七百块算高的了。我想起在延安时，饭店女服务员一月二百块钱，比起来，七百块真算不错了。我们四处看看，没发现放粮食的地方。我问你家粮食呢？男人说在山上放着。我们不解，说粮食怎么在山上放着呢？男人笑了，说村里人都这样，粮食放在山洞，又干燥又不用占家里地方，要吃时就去山上取下一些来。我说有人看管？男人摇摇头，笑道，没人看管。没人偷粮食吗？男人摇摇头，说这里没人偷东西。我们正感叹这里民风淳朴时，女主人端上两碗热气腾腾的奶茶，放在炕桌上，招呼我们喝。说着又走开了。天有点寒，这碗热奶茶送得太是时候了，连忙谢过，端起就喝，热乎乎香喷喷的，真好。

又和男人聊天，聊起他儿子。男人吞吞吐吐起来，说儿子在那么远的地方上学，真的不大放心。我立刻懂了他的意思，忙说你儿子在徐州上大学，那是我老家，熟人很多，有什么困难，让他给我打电话。当即要过纸笔，把我的手机和家里电话都给了他。我还告诉他，将来大学毕业了，如果想在江苏找工作，也可以来找我，我可以带帮他想办法。男人千恩万谢，捏着那张纸，手有点哆嗦，说你们真是好人。我们笑起来，说你们才是好人！男人坚持说，你们真是好人！我们也坚持说，你们才是好人！大家互不相让，说了几个来回，发现像吵架一样，于是大笑起来。正笑着，女人又用大盘子盛了一个大面饼过来，说快吃馍吧，趁热好吃！这更让我们感动。这山村里不比城里，招待客人有水果糖块什么的，这大饼就是最好的点心了。可这么大，就是饿时两人也吃不下。但盛情难却，我们各掰了一块吃起来，又香又有咬劲。

后来告辞时，永基在盘子底下偷偷放了五十块钱，却被男人发现了，很生气地又塞给永基。

当天晚上，男人带上儿子到我们住的地方来，让我认识一下。真是不错的一个小伙子。他说爸就是担心我，其实什么事也没有。伯伯你放心，我不会给你添麻烦的，将来工作的事我会自己去找，男子汉应当去闯一下。我拍拍男人的肩："老弟，你儿子有出息啊！"男人也笑起来。

白天在他们家时，聊到平日的生活状态。男人说，没事时，就是在家放放奶牛，他和老婆轮着放，有时也带上孩子，两个人放。两人放一头牛，一放一天。在我们看来，实在效益太差。我当时很想问问，放牛时，会不会想些什么？可到底没问。因为我发现这问题很傻，人家干吗一定要想点什么？就像你常见到记者问救人英雄，当时你想到了什么？其实当时什么也顾不上想，救人是个很当紧、也很自然的事。这户人家放牛不也是很自然的事吗？有一头奶牛在安静地吃草，头上有蓝天、白云、飞鸟，全村人都这么放牛的，祖辈也是这么放牛的。放牛就是放牛，多美的一件事，一想什么就糟蹋了，可见想什么是个坏毛病。即使生活很坏，也不要想什么。中国人多少年不都是这么过来的吗？

2005 年 8 月 13 日　晴

仍在"农家大院"。

这里原是一个废弃的水站，后经人改造一下，才成这个样子的。但距县城远了点，加上当地生活水平不高，因此生意并不好。一连几天都很少有人来。负责人说逢大礼拜会好一些，两天能有三十桌，二三百人来吃饭。

前晚散步，走了有十里路，到一个小镇子。那里并不繁华，有杂货店，买了两包烟，几块钱一包的。一路上带来的烟早就抽光了，沿途就买当地一些很便宜的烟，两三块钱一包。一些偏僻乡村的杂货店也卖好烟，比如"中华"，但不敢买。因为山区消费水平低，店里好烟卖不动，有的在杂货店放一年半载也无人问津，这种好烟一般早已过期，不能抽了，还不如买便宜的，流动快，烟叶也很新鲜。

昨晚又外出散步，天气晴好，繁星满天。大山黑乎乎的，我是第一次发现，大山的轮廓晚上看比白天更清晰，一条山脊的线条蜿蜒曲折，在半月下伸向远方。沿一条山路步行约五里路，没有碰到一个人。坐在小路边休息片刻，抽一支烟，看山区的夜，真静，静得不像在人间。起身又走，不远处看到一个小山村，看样子也不大，隐约能看到一些房屋，没有灯光。也没有狗叫，没人惊扰它们，叫什么呢？忽然听到一阵窃窃私语和低声的笑，便有些惊诧。悄悄走近了，原来在村头有五六个年轻人，有男有女，正坐在一起聊天。就凑上去和他们搭讪。他们很吃惊，这种地方也会有外地游客。他们很局促，不大和我们说话，问一句愣半天也没人回答，几个女孩就吃吃笑，好像我们成了主人，他们反倒是客人。我问你们怎么坐在村口聊天？闷了一阵，一个男孩说，这里没大人管。我问你们都谈对象了吗？没人回答，一个女孩低声说了句：咱们走吧。几个年轻人站起身，慢慢走开，走出几步，突然跑起来，好像我们是俩鬼子，鬼子进村。

看来，是我们不好，打扰了人家。这偏僻的山村，大概没什么娱乐，更没什么夜生活，人家孩子聚在村口聊聊天，怎么就把人惊了呢？

继续往前走。大约又有六七里，一座山崖徒然立在面前，黑压压的，好像要倒下的样子，很吓人。看样子山路到尽头了。我们坚持走到底，走到山根，再往回走。可走到山根，发现还有路，只是拐了一个弯，从山崖一个缝隙间穿过去，很狭小，也更黑了，几乎伸手不见五指。幸好我带了一支小手电筒，正好用上。两人打着手电，扶着山崖往前走，脚下有些打滑，石路上还有水。终于走出崖间小路，豁然敞亮。远处又是一条山影，近处半山坡上有一户人家，几间房屋。真是无语惊叹。你以为你走到了天涯海角，不会有人烟了，可还是看得到人迹。你不得不从心底感叹人类的生存能力，在世界上任何地方，只要有一点生存条件，哪怕再险恶，再贫瘠，都会有人居住。这不仅是生存能力，也是生存智慧，更是生存态度。生活在这里的人，和城市人比起来，无论物质生活还是娱乐生活，都有天壤之别，但谁觉得更幸福呢？幸福是幸福感，你感到幸福就是幸福，那是内心的东西，和外在的物质、地位、金钱、名气都没有关系。其实，生活在半山坡上的这户人家，也许根本连幸福不幸福的话题都没有想过，他们只是安静地生活在大山里，与世隔绝，伴着大山、白云、溪流、星星、月亮，一辈辈在这里繁衍生息，活着就活着，老死就老死，一切顺其自然。城市人一天到晚为屁大的事痛苦得死去活来，想去过自然人的生活，是一种真情，也是一种矫情。真想离开城市，没人拉着你，可你准备好了吗？我们可以像那天在毛乌素沙漠小村随意下车，并永远住下来吗？也许，根本就没有标准去界定哪一种生活更好，关键在于，你想要什么样的生活。你想得到很多，就会产生许多烦恼，这是不可避免的。像这户生活在深山里的人家，想要的一定很少，所以他们选择住下去，也不会有那么多心思。如果想要很多，在现在的社会环境下，完全可以走出去，过另一种生活。

如今，多少山区农村的年轻人都到城市去了，说不定这户人家的孩子也出去了，只有父母还守在这里。年轻人走出大山，走在一条艰辛的路上，求职、苦累、思乡、孤独、白眼、歧视都在等着他们。他们必定要经历这一切。他们中有许多人会最终走向所谓成功，定居在城市，也会有许多人只是在外头走一遭，又回到生活的原点，但大多数人心里已无法那么安宁了，睡觉也不像当初那么安稳了。他们会梦到城市、街道、楼房，会梦到袒胸露背的女人。只有这大山里的父母像岩石一样，保留着固有的分量、单调、沉稳和色彩，就像岩石上的岩画，记录着他们古老的生命形态，历千万年风雨而不褪色。

我和永基决定往回走，再也不去惊扰山坡上那户人家。对他们来说，我们只是入侵者，和鬼子没什么两样。

回来的路上，忽然听到夜半歌声。迎面黑暗中走来两个小姑娘，一边走夜路，一边唱歌。原来是"农家大院"的服务员，她们家就在那个小山村，晚上加班再晚都要回家住。她们也认出了我们，说这半夜三更的，你们乱跑什么，就不怕遇到狼呀？我们吃一惊，这里有狼？两个姑娘笑起来，说我们大声唱歌，就是吓唬狼的。像是印证她们的话，突然远处隐隐传来一阵狼嗥，悠长而凄厉。真是奇怪，先前咋就没碰到呢？我说，要不要送送你们？两个小姑娘说不用，我们路熟，这不手里拿着棍子呢。仔细一看，果然，她们一人手里握一棍子。告辞。

来回加起来，这一晚走了有三四十里路，真的很累了。远远看到旧水站的灯光，竟有回家的感觉。一身大汗，衣服也湿透了，可是无水洗澡，只能倒半盆水，胡乱擦一把，睡觉。

半夜突然醒来，拉开窗帘，荒山野岭，林莽憧憧，一如天地初开，一片混沌。又一次不知身在何处。

2005 年 8 月 15 日　晴

　　昨天和永基来湟源县城，在山道上搭乘一辆摩托。主要是看看这座县城，顺便洗个澡，好几天没洗澡，浑身像结了痂。选了个听上去比较正规的宾馆：湟源宾馆。一问原是招待所，房间很破旧，也很便宜，四十元一晚，有卫生间，是蹲坑，用完要从别处端水冲洗，更是无法洗澡。问服务员，服务员很热情，说你们赶巧了，明晚烧水，就可以洗澡了。听口气，我们是很幸运的人。不知多少天没烧水了。只好耐心住下。可到第二天晚上，并没有烧水，说还得等三天，真不知为什么。我们当然不能等了，只好出去找了个澡堂，泡了个痛快。出来澡堂，看到一个河南人开的肉食店，有猪头肉，买了一块切好。又买两瓶啤酒，就蹲在路边，用手捏起猪头肉吃起来，感觉很过瘾。正吃着，忽然发现马路对面有人打架。先是两个人，不大会变成十几个人，打得很凶，有人拿着刀子，有人受伤流血了。眼看打过马路，到我们这边来了。我们连忙包起猪头肉，拿起酒瓶，躲得远一点。这时有警车开来，那伙人四散奔逃，我们也赶忙走了。

　　离开湟源前，看到一处卖房子的广告，说一个老院子，有二十多间旧房，开价六万，真是太便宜了，差点动了心思。可想想这么远的地方，买了这个院子，怎么利用呢？只好打消念头，又有点后悔。

2005年8月17日

这趟西行历时四十二天，终于结束了。是今天晚上从西宁到南京的飞机。

中午就回到了西宁，到达机场等候。看到一个小和尚，大约十七八岁的样子，一脸稚气，就和他闲聊起来。原来他是外出旅行的，吃住都可以到当地寺庙，很省钱。我问他平时有收入吗？他说有啊，一年可以分六七万，大都寄给家里父母。

不由想起善男信女们，进庙施舍，慷而慨之，献给佛祖的钱，都由和尚们代花了。不然，那么多钱怎么办？世上人走投无路时，去当和尚也不失为一种选择。当今社会，很少有安静的地方了，深山古刹都成了景点。好吧，好吧。

要登机了，回南京，那里有我的家。

2005年12月1日

经过几个月的休整，身体感觉好多了。上次从7月7日出发到西部，8月17日回家，历时四十二天，的确很累。回家后，还要上班，经常要开会，听一些放之四海皆准的废话。我不会去讲那些话，可你得听，这是义务。

上次在延安买的一只玉琮和玉制文房八件，请南京几位收藏家看过，一致认定是对的。那只琮是商代的。玉制文房八件为明代。他们都吃一惊，说我捡了个大大的漏！我真是高兴坏了，但他们又告诫我，没那么多的漏好捡，买东西还是要小心。我想这是缘分，它们在延安等我好久了，终于等到了我。

新买一处房子，回南京后搬了家。

参加工作后在县城安家，从乡下搬到县城，那是1971年。当时房子是一间，单位借用的。夫人第二年进城。当时还只有大女儿允芳这一个孩子，仍留在老家，由母亲带着。星期天夫人回去看孩子，孩子都生分了，老远看见她，跟跟斗斗跑回家，给奶奶说：她又……来了！一惊一乍的。

母亲也够劳累，那时已经五十五岁了，还要帮我们带这么小的孩子，而且一带就是两个。另一个是我大姐的孩子。当年，大姐公公是地主成分，又被打成"历史反革命"，从徐州一所中学被开除回家，从此一家人被压得喘不过气，两个大外甥上小学，连红小兵也不让参加。大姐天生好强，忍不下，就自杀了。大姐有四个孩子，最大的才十二岁，最小的外甥女仅七个月，只好由我母亲抚养，晚上睡觉一边搂一个。两年后把孩子接到县城，母亲和小外甥女也一块来了。后来相继又有了二女儿寒露和儿子林泉，四个孩子，三口大人，挤住在一间房里。再后来改善了一些，有了一个四间房的小院，宽敞多了。小院在一个大池塘边，母亲和夫人养鸡养鸭，补贴家用。父亲隔三差五从乡下送菜来，也送面来，都是粗粮，一家人掺着吃。上下十几口人，衣服鞋子都是夫人手工做，加上她是妇产科医生，要上夜班，多时一夜可接生七八个孩子，很累。我又因站错了队，连续六年被赶到乡下工作队蹲点。那是一段艰难的日子，但熬过来了。

后来，我调到省作协，1992年搬家到南京。那是一次大搬家，离开了故乡。那次，本来想搬好家再接母亲的，可她放心不下，大儿子一家去那么远的地方，心里极不踏实，一定要跟着一块来。那时母亲已经七十多岁，上千里路，居然连个盹也没打，一路就是看着方向，好像要记住路。在南京安好家，母

七十年代　外出采风

亲住了两个多月，一切踏实了才回去。之后，母亲又来过很多次，她还是牵挂我们一家，但每次都住不长久，因为老家还有弟弟一家，她更是放心不下。父亲早已去世，母亲总是操不完的心。这次搬家，算是小搬家了，毕竟还在南京。明年，会把母亲接来，让她看看我的新家。

从今天开始，要第二次西行，准备去重庆一带转转。今晚的火车，第一站先到开封。算是路过，准备停下来看看。开封古都，应当值得一看。这一趟是我一个人，没有再找伴，肯定会有许多不便，自己克服吧。

2005年12月2日

坐一夜火车，从南京经徐州去开封。

一路是慢车，站站停，不断有人上车下车，乱哄哄的。因担心行李箱被人拿走，夜里两点多就醒了，再没有入睡。独自坐在靠窗的小凳上，望着夜色中朦胧闪过的树木、村庄，有一种自由、放松的轻快，又有一种深深的孤独。这种孤独并不让我痛苦，我享受这种感觉。几十年来，火车也坐得多了，都有明确目的，要去干什么。这次没有。就是去流浪，去一个未知的地方走一走。火车几次停在野外，不知发生了什么事，但终于还是走起来。经过徐州时，有一种亲切感，这是我的家乡。过了徐州，下一站是一个叫黄口的小镇，勾起我无数的回忆。这个黄口镇属于安徽的肖县，和我老家丰县紧邻。肖县原本也属于徐州的，历史上徐州有八个县，其中丰、沛、肖、砀被称为徐州的上四县。后来，行政区划调整，肖县和砀山同被划归安徽的淮北地区，但地理位置却无法分割，肖县和砀山自然仍和丰县紧邻，风俗习惯，说话口音都差不多。著名煤矿诗人孙友田，老家就在这个黄口镇。黄口小镇是陇海线上的一个小站。北距丰县县城不过四十多公里。因为丰县没有铁路，就在黄口镇设了几个转运站，包括粮食、木材、煤炭、棉花等。外地来的木材、煤炭等在黄口卸货，丰县再用汽车拉走。丰县运往外地的粮食、棉花也从黄口站往外运。

黄口镇所以引起我无数回忆，是因为我曾在这里住过差不多半年时间。那是"文革"中的1967年秋到1968年春天，当时我是丰县中学的高二学生。

"文革"初始的1966年冬天，我第一次外出大串联，也是从黄口镇出发的。当时和几个同学爬上一列运煤的货车，是在晚上十点多钟，大约十一月中旬，天气很冷了，火车开起来，寒风刺骨，躺在煤堆上，煤屑飞舞，衣服、头脸、鼻孔都成了黑色，浑身都冻僵了，经过一夜，到第二天中午才到郑州。我下了车已不会走路，还是同学搀扶着走出车站。找到接待站，吃了一点东西，又回到车站，终于爬上一列客车，虽然拥挤，但总比在煤车上好多了。那一次是去湖南韶山的。将近四十年过去，我再一次经过黄口镇，不能不勾起许多回忆。那时，我还是一个十几岁的少年，如今已年近花甲。在外漂泊几十年，说起来，这里应是我第一次走出故乡的出发地。

火车经过黄口镇，稍停了一下，有人下车，我差一点也想下去。这里距老家丰县县城只有四十多公里。这也算过家门而不入了。夜已深，母亲睡了吗？我知道，母亲生活在故乡，最牵挂的还是我。

火车前行经过砀山，到达商丘。这是个古老的城市，商始祖契曾居住在此，商时封为商丘邑，周初封微子于此，国号宋，在此建都，名为商丘。这里名胜古迹甚多，有文雅台、八关斋、三陵台、阏伯台、微子墓等。这里距我家丰县不足三百里。1985年，我带一个小伙子沿黄河故道考察，曾骑自行车来过这里。车过商丘，又先后经过兰考、民权。这些地方我都来过，也是那次骑自行车来的。那一次在苏鲁豫皖交界处，骑车跑了两千多里路，收获极大，正是那次考察采风，决定了我后来写作《地母》三部曲。

早晨六时五十分左右，终于到达开封，中国又一个古都。中州河南是中国文明的发祥地，不仅古迹众多，而且有重要的战略地位，古人逐鹿中原，争夺天下，多从这里开始。开封也是北宋的都城，赵姓天子们在此曾辉煌一时，也曾备受屈辱。张择端的《清明上河图》描画的就是开封。宋徽宗的瘦金体、《芙蓉锦鸡图》等，都产生在这里。徽宗是个艺术天才，可是不幸做了皇帝，他一介文人，哪是做政治家的料？可见人成才要对路。像徽宗这位人物，就是成才不对路，才做了亡国之君，被金人掳去，封为"昏德公"，死在异乡，悲夫！

开封东站很破旧，天还没大亮，朦胧中有几十个人下车。走过地下通道，还是破旧，仿佛又回到几十年前。出了车站，一排出租车等在那里。一个中年妇人热情上来打招呼，就上了她的车。按照我对住所标准的要求，拉我到了一家宾馆，是开封市税务宾馆。也很破旧，一个三人间，一百元，有热水、暖气、卫生间，还算干净。洗完澡，一夜劳顿消了不少。泡一杯从家乡带来的蜂糕茶，喝下去很舒坦。去大街吃早点，问人，很热情，说话如乡音，一下子感到十分亲切。回来补个觉，一夜几乎没睡，有点累了。

2005年12月3日

开封还是个陈旧的城市，灰蒙蒙的，今天在街上转了一圈，并无多少真正的古迹。当年黄河决口，开封城数度被淹被毁，古迹损毁严重。现存古迹有铁塔、龙亭，相国寺算最有名的了。还有禹王台、延庆观等，逐一参观，还有些旧时模样，可以想象到当年北宋的繁荣和文化气息。据说，现在的黄河还是比开封高出十多米，一旦决口，仍是不堪设想。决定去黄河看看。

黄河在开封北边，有一段距离。坐车到达黄河边，河面宽阔，水势浩大，有很大风，河边波浪翻滚，不断冲击河岸。河岸还是原始土岸，不时有岸上的土块塌落河里，样子很凶险，照这么冲击下去，还是会有危险，为什么不在河堤砌上石头呢？这一条中华民族的血脉河，我到过它的源头，也在青海、宁夏、甘肃见过它的流淌，我的家也曾是黄河下游，它在那里流了将近八百年，后来无数次决口，终于改道。改道是因为淤塞，水是自由的，总要寻找出路，从源头一路下来，多少大山都没有挡住。下游多是平原了，泥沙淤塞，只好抬高大堤，渐渐成了悬河。一旦决口，就如天河倒悬，千里平原尽成泽国，那是毁灭性的。

在附近黄河公园转了一圈，就是栽了一些树木。

回到开封，在街上随便吃点东西，倒也可口，都是面食，口味和我家乡差不多。去御道街，气势很大，可惜却是新建的房屋街道，并无古迹。沿街不少古玩店，转了几家，看得出多是假货。在一古玩店看到一方小叶紫檀八仙桌，包浆、木纹都对，做工也精，问价，四十万。这对我来说是天价，但十分动心，如能买到手，将来当会大大升值，这类紫檀家具是中国文化精品，会越来越值钱。它不止值钱，更是一件艺术品。可惜，失之交臂。也许十年后，会十倍、百倍升值。

2005年12月5日

前天从开封来到郑州。今日到少林寺一游。少林寺名气太大,已成旅游景点,靠少林吃饭的人何止数万。少林寺比想象中要寒酸,许多房屋是新建的,有些院子不能进,想是和尚参禅之地。少林武功名扬天下,只是不知究竟能达到什么程度,电影、小说中的武功是经过特技处理的,真功夫远不是这样。看了真功夫也许会令人失望。真正的少林和尚武功,世人已无人知晓。不见也好,保有一点神秘和期待。

1982年,我曾写过唯一的一部武侠小说,发表在《钟山》杂志上,还被收入江苏一家出版社出版的小说集内。小说集叫《青锋剑》,里面除了我那篇《古黄河滩上》,还有古龙、梁羽生各一篇小说。我这部武侠小说,先后被多家出版社改成连环画出版,只是都没拿到稿酬。我还无意间发现,买过几本。最可恶的是,上世纪八十年代,有一部当时很轰动的武侠电影,人物关系、情节内容完全是剽窃我的这部小说,有些对话竟原封未动。许多朋友告诉我,连作家张弦也对我说,这部电影就是偷了你的作品。张弦和我住一个院子,他后来主要搞电影了,对情况很熟悉。我没有说过此事,更没有去打官司,一是那时版权意识不强,二是打这种扯皮官司太耗精力。最后也就不了了之。

今晚到达洛阳。

宋代历史上，开封称为东京，洛阳称为西京。夜读书，读到袁枚论及诗文，说："凡作诗文者，宁可如野马，不可为疲驴。"是也。现在就是野马太少，疲驴太多。社会总希望规范人们的一切行为，被规范的结果都成了疲驴，而创造历史的其实都是野马。

2005年12月6日

今日天气晴朗，太阳暖洋洋的。现在龙门石窟外小憩。一路过来，伊水河空阔清澈，没想到洛阳还有这么好的水，看了叫人舒服。石窟十分壮观，为北魏至唐雕刻，大多保存完好。我去过敦煌，也到过云冈石窟和其他一些石窟，石刻大多都已毁了，敦煌壁画也大多毁了，只剩下一些残迹，十分可惜。

龙门石刻不同于别处，多有人间烟火气，佛像表情生动，微笑可亲。在洛阳买了一块古玉，龙门石窟间有温泉水，清澈可人，把玉放在水里浸泡一番，就算开光了。佛门净水，不可错过。

到下午一点多了，买一盒方便面，吃了充饥，顺便写此一笔。

下午游天王殿、罗汉殿。罗汉殿很小，有一联曰：

名寺万千　唯此间小中见大

高僧十八　向彼岸迷里求真

又有一联：

稽首礼古佛

掬水洗尘心

大雄宝殿威风气派，也有二联：

一曰：空色圆融何由来去之路，

　　　我人顿息本无生灭之门。

一曰：有感即通千江有水千江月，

　　　天机不破万里无云万里天。

天王殿则有：

到处能安皆乐土

此心无降是菩提

妙哉！妙在何处？莫名其妙。

2005年12月8日　晴

昨日去三门峡。

三门峡水电站记忆中是五十年代建的，至今看仍然雄伟。黄河水被闸住了，放水提闸，出来的水充满泡沫，波浪翻滚。上游则一片平静，最奇特的是看到了几千只白天鹅。

早晨十点去时，白天鹅似乎还没有醒来，围成一圈圈，或一片片，静静地卧在薄冰上，或浮在水上。二十分钟后，天鹅醒来，开始活动，一片叫声不绝。可惜离得较远，站在黄河岸边，相距约千米，又有水气，不能清晰看到个体，只见白茫茫一片，飞起时看得清楚一些。零星有十几个来看天鹅的人。一个老人在岸边放一架望远镜，看一次两元。我交上两元，从望远镜里看，反倒什么也看不见了，望远镜实在太差，不知是因为太破旧，还是因为没调好焦距。另一个游人和老人吵起来，说他糊弄人，要求退钱，老人不退，说是你眼睛有问题，我怎么看得见？这老人有点不诚实了，但为了两元钱吵架，有点煞风景，我赶忙劝那游人，算了算了，这样用眼睛看不也很好吗？游人气不过，问我说，你看清了吗？我只好实话实说，也没看清。不过，我又补充了一句：也是我眼睛不好。周围人都笑起来，那人才悻悻而去。老人看我为他解了围，就有点感谢的样子，主动介绍说，从十五年前开始，这里出现几十只天鹅，后来逐年增多，先是几百只，现在最多时可达几千只。我看到的大约有上千只，也很壮观了。老人这番介绍，也值两元。

晚上坐火车去西安。傍晚在车站广场突遇一件惊险的事。几个人在追打一只花白狗，喊叫着让人闪开，说这是一条疯狗，已咬伤几个人！大家纷纷躲闪，被疯狗咬了可不是玩的。疯狗就从我眼前几米的地方窜过去，我只用行李箱挡在身前，并没有太惊慌。几个人拿着棍子一直追过去了。

我小时候在老家曾多次见过疯狗，因此并没觉得十分可怕。一次是春节前，邻居家杀猪，大家围着看热闹，也有许多狗围着凑热闹。突然跑来一只疯狗,大家都不认得,个头不大,却眼睛浑黄,阴沉暴躁,直冲狗群咬去,凶猛无比,一群大小狗居然吓得四处逃散。大家立刻认出这是条疯狗,一时都叫起来,到处乱跑。还是杀猪的屠夫沉着,只见他把手中的杀猪刀冲疯狗扬手一甩,一刀扎进疯狗肚子,疯狗一阵惨叫,挣扎着跑出十几步就摔倒不动了。当时我大约八九岁,就在现场,那一次很恐怖。第二次是在我家,一条黄狗卧在我家堂屋前,这条黄狗和我叔叔家的一条狗极相似,以为是我叔家的狗,它平时也常来的,家人并没有在意。可过不一会,我叔来我家有事,发现了这条狗,就奇怪道,这是谁家的狗?父亲说不是你家的狗吗?叔说不对,我家的狗在我家呢,我刚才还看到的。叔这么说着,就弯腰细看了一下,突然说不好,这是条疯狗,不知哪里跑来的,你们快躲到屋里去!原来这条疯狗正在爆发前期,阴郁、昏睡。我这个大叔当过兵,胆子很大,看我们都已进屋,他悄悄抓起一把铁锨,猛向疯狗砍去,不料疯狗反应极快,一下跳起来,把锅屋门撞开,钻进了锅屋。锅屋是两间,里间架着一盘石磨,是平时磨粮食的,外间是锅灶、碗洞。这时,我和大姐正躲在锅屋里,一看疯狗进来了,赶快跳上石磨。大叔随后追来,用一把铁锨乱铲一通,疯狗围着石磨转了几圈,向碗洞躲去,被大叔一锨铲住,死死按住,父亲也赶来,拿一根木棍,二人合力把这条疯狗打死了。第三次见到疯狗是在村外的寨墙上。我老家村子赵集是个有五百年历史的古寨,周围有高大的寨墙,到上世纪五十年代,已残破成一段段的,孩子们常在寨墙上玩耍，放风筝，射箭，玩攻占游戏。这条疯狗就是我和小朋友在寨墙玩耍时发现的，赶紧跑回家告诉大人。我的几个叔叔拿上家伙赶去围捕，疯狗冲下寨墙飞奔，大人们追了五里多路，终于在另一个村子里把它打死了。第四次是我家养的一条大黑狗，已有十多年了，后来发现疯了，父亲和叔叔们想把它抓住，并且已关上院门，但它却跃上极高的院墙逃走了，父亲带人追了六七里，还是没有追上。不知它后来伤到人没有。

我在少年时代，亲眼目睹了四次抓疯狗的事，并有两次还吃了疯狗肉。那时不知疯狗病的巨大危险，主要是贫穷嘴馋，打死疯狗舍不得埋上，就剥了煮熟吃了。后来知道，只要人的皮肤不破，不让人的血液沾上狗的血液就不会有问题。但如果被狗咬破了，哪怕它是一条正常的狗，也会潜伏着狂犬病的危险，必须打狂犬疫苗。现在人的防范意识强了，并且有了狂犬疫苗，但五六十年代就没听说有这种针剂。七十年代，我在报纸上看到山东一个老中医，贡献了一个治疗狂犬病的秘方，当时还抄了下来，至今保存着。据说狂犬病潜伏期，有的几个月，有的可达几十年。如果有一天我疯了，肯定还是狂犬病。不过，我吃疯狗肉有五十年了，至今还没疯，家里亲朋也没人出事。这说明，把狗肉煮熟了就不会有事。但这毕竟太玄，现在肯定不会再吃了。

从三门峡到西安，已经不太远了。我买一张火车票，317次，从南宁方向开来的。我买的是站票，上车后却发现座位都空着，每车厢只有几个人，几乎是专列了。上车前，我已做好准备站几个小时。"文革"大串联时，人多拥挤，连厕所里、行李架上、座位底下都是人，一车厢可以塞进四五百人，那种车我都坐过，还怕站几个小时吗？

夜到西安，在车站不远处问一家宾馆，一天二百元，太贵。又去远处另一家，一天一百二十元，住下。

2005 年 12 月 10 日

昨看西安碑林，大饱眼福。这是第二次了。买了几幅拓片，有王羲之的"永和"二字，甚好。出自《兰亭序》。又买了几幅别的字。当场看他们拓字，熟练得眼花缭乱，这是个手工活，要很高的技巧。

又爬大雁塔、小雁塔，也是第二次了。

在大雁塔看到下头几个小男孩，大约八岁、十岁的样子，在树旁撒尿，并肩而立，屁股一拱一拱的，好像在比谁尿得高。臭小子，我当年比你们尿得还高。

后天去重庆，已买好机票，便宜得惊人，只花了三百元。

2005年12月11日

今日在西安钟鼓楼大商场闲逛,看到两块和田玉璧、新工、青白玉,摸着尚可,油性很大,手续齐全,两块玉开价一万多,讲价后两千八百元买下。不知是不是被骗了。

在西安城墙下转了很久,不少地方是补修的,但城墙下的感觉还是很好,有几棵老树,苍劲挺拔,地面也干净。西安在汉唐时称为长安,是古都,曾是世界上最大的城市,政治、经济、文化中心。汉唐之后,逐渐衰落,但今天依然很有气势。加上周围的汉唐陵墓,你仍然感到这是个有力量的地方。

2005年12月12日

今日飞到重庆,住长途北站附近小客栈,每晚四十元,单间,干净,但不安全,门锁有些问题,门也关不严。外出吃了晚饭后,赶忙回来,刚好看到一个三十多岁的男子在拧我的门把手,门哐当哐当的,估计再一使劲就拧开了。我心想幸好回来了。我不能确定那人是小偷,就走过去问:"你找谁?"那人一回头,发现我站他身后,有点慌张,吞吞吐吐说:"我找……我找……"却一时说不出名字。我心里有数了,就很和蔼地对他说:"想好找谁,再来敲门,好不好?这是我的房间。"那人急忙走了。看来,这家伙准备不足。后来,我让服务员叫来保安,修了一下门锁,才安心睡觉。

2005 年 12 月 16 日

这几日一直在三峡库区转悠。去了一趟宜昌,大坝果然雄伟壮观,但没让我激动,总觉得它像强大的人类一样自以为是。的确,单从工程的角度,它是壮观的,是力量的展现。但因为有了它,长江的自由,长江的雄风,长江的气势没有了,长江变得半死不活。当然,这也许只是一个文化人的看法。

我在万州看了一些安置区。三峡移民大都移到外地去了,也有一部分就地安置,集中在一些新小区。我拜访了几户人家,屋里除了一些带来的旧家具,很少添置新东西,屋里大都很空。问起他们的收入来源,主要就是外出打打工。

他们原先的家有院落,有土地,有树木花草,有江岸的风景,有大江的涛声,有鸟有蜂有蝶。院子里有猪有羊,屋子里有摆放了几辈人都不动的家具,有一种老味,有岁月沧桑,有记忆,有生命的轮回,那叫日子,叫过日子。过去的日子依然顽强地恍惚着在脑子里转,一时半会回不过神来,新的生活也应是充满希望的,但他们还在适应。

万州就是以前的万县,位于长江之畔,为川东重要河港。古城最早建于东汉建武之年,初名羊渠县,其后改名为南浦、鱼泉、万川、万安、万州等。明洪武六年,改万州为万县,现又改为万州。万州景点很多,万州八景、西山公园。沿江上行,有建筑奇特的"石宝古寨"。下行有张飞庙、白帝城,以及大小三峡。那日在万州老城区闲逛,因地形落差太大,从街里到江岸边,要拾级而下,层层石梯,错落有致,房屋还有许多老房子。下到江边的房屋旁,抬头往上看,上头的房屋如天上宫阙,眼看要坠落的样子,十分惊险奇特。

在稠密错落的民居间,半山坡上发现一家租书屋,进去看看,有不少文学作品,居然发现一本我的小说集,还是九十年代由江苏文艺出版社出的文集中的一本,里面有我的头像。我问主人,这本书借阅的多吗?主人说开始不多,后来传开了,借读的不少。他说,我有一套四本,其他三本还在读者手中。他还滔滔不绝向我介绍,这个作家赵本夫的作品,我看过很多,他早期的小说《卖驴》《"狐仙"择偶记》《绝唱》《寨堡》,我都看过。他的《天下无贼》去年拍成电影,可轰动了。看来,这位店主人还真是熟悉我的作品。

主人说着话,随手拿下我那本小说集,的确已很破旧了。他随手翻了一下,看到我的照片,忽然抬头看看我,有些疑惑,又看照片,又看我,说你和这本书的作者有点像,就是你比他要老一些。我心想,当然要老一些,文集是九十年代出的,快十年了,还能不老吗?况且,自从到万州这些天,我一直没有刮过胡子,满脸花白胡子已长出很长,比实际年龄又老不少。店主人听我不是本地口音,猜到我是旅行的,就问我是哪里人,我说我是江苏来的。店主人一下又兴奋起来,说这个赵本夫也是江苏人哎!我笑笑说,我们是老乡。店主人又盯住我看,忽然说:"你就是赵老师吧?"两次西行,去过许多地方,我从来没有暴露过身份,现在不想装了,再装下去就假了。我笑道,你看我真的像吗?他又仔细端详了一下,说虽然你满脸胡须,眉眼还是能看出来。我只好承认了。店主人非常惊喜,连忙把我让进里间,又是泡茶,又是拿烟。两人聊了很久。店主人有四十多岁,当初也是个文学青年,但没写出来。还是放不下,就开了个租书店,也出租一些碟片,收入很微薄,可他知足。我说,你为什么不做些别的生意呢?他叹口气,说文学这东西也害人,像吸食鸦片,喜欢上了,很难放得下。我开这个店,就是能有空自己看看书,不指望它赚钱。我问你靠什么生活呢?他说我靠卖三峡石,这里捡石头卖石头的很多,我也捡,也收购,做这个生意,收入还不错。的确,我在万州看到不少摆放三峡石的店,也进去参观过。店主人说着,又邀我到另一间屋看他收藏的三峡石,果然漂亮,各种形状,各种色彩。他指着一块三峡石说,这一块可以卖十几万。我看大大小小有上百块都很精彩,他说有些舍不得出售,就留着自己玩,看来他的日子过得还挺逍遥。

临告辞时，店主人拿出我那本小说集《绝唱》，让我签个名，留作纪念。我欣然答应。这次邂逅，让我很高兴，店主人也很高兴。在这么偏远的长江边，看到一个自己的读者，让我很有成就感。

2005年12月17日

昨天告别书店主人后，我就到了江边。江边水面很大，这里属三峡大坝上游了，水面十分开阔。看到岸边很多人在捡石头，我也去捡。天下着毛毛雨，心情很舒畅，我历来喜欢这种雨天在外头淋雨。也没打伞，就在江岸乱石滩上寻找，居然发现两块石头，一块像一个鱼头，十分光滑，上头有些黑白纹，很抽象，一时说不清像什么，但很漂亮。另一块也很光滑，大小和头一个差不多，都有七八斤重，纹路比较清晰，是一头大棕熊抱着一只小棕熊，憨态可掬，可爱极了。这两块石头在相距不远的地方捡到的，前后用了十分钟。再找，找不到好的了。我想，这是石缘。不少捡石头的围上来看，连连称奇，都很羡慕。我自然也高兴坏了。有人当场要买，我当然不卖。人不能太贪，有这两块三峡石，就是很大收获了。两块加起来有十七八斤，抱回住处。洗洗干净，再看，还真是相当不错。

抱石回来的路上，看到有万州画展的广告，决定去看一看。

我喜欢看画展。平时每到一个地方，只要有博物馆、画展，我是必定要去看的。北京沙滩的中央美术馆，我不知去过多少次。我在住处放下三峡石，又循原路找到办画展的一个大厅，里头布置有上百幅书画作品，迎门一幅最大的作品是《苏武牧羊》，显然是作为最重要的作品向观众推荐的。可我稍稍一看，立刻大失所望。原来这幅画完全不对头，作者只知这个历史题材，却完全不懂历史和苏武这个人。画面上苏武红光满面，裘皮绒帽，手执节杖，上头的缨穗完好无损，鲜艳如初。苏武周围围着肥壮的羊群，面前青草茵茵，天空碧蓝如洗。这哪里是苏武牧羊？应当叫《一个放羊的幸福老头》。看来，作者完全不了解当年苏武出使匈奴被扣押，流放北海（今俄境内贝加尔湖）牧羊，十九年不能归汉的凄苦和磨难。苏武对故乡故土故国的孤苦思念，完全没有表达出来。对整个画展，我顿时失了兴趣，真是一级就是一级的水平。画展上也许会有较好的作品，可惜我没有心思再看了。

这趟西行，历时十七天，今天要回家了。万州居然有飞机场，不过没有到南京的，只到上海。到上海也行，回南京就方便多了。飞机是晚上的。白天在万州一些古玩店转了转，听说此地有个大收藏家叫王士惇，很有钱，开了个汉马酒店。慕名去访，汉马酒店果然气派，大厅装饰古色古香，有古代马车、石雕等。这次我没有隐姓埋名，报上姓名，王先生很客气，放下手中事接待我，还请我吃了一顿饭。他果然藏品丰富，玉器、青铜器、木器、瓷器、佛造像、石雕，样样都有精品。他拿出几件精美的玉器，令人叹为观止。其中一件白玉璧，十分精美。王先生说，这块玉璧就是中国历史上那块有名的和氏璧。这话有点玄了，因为没有任何证据可以证明它就是和氏璧。说起和氏璧，那可是大名鼎鼎。春秋时，楚人卞和在山中得到一块璞玉，献给周厉王。厉王让玉工辨识，说是石头，便以欺君之罪砍去卞和左足。后武王即位，卞和又献璞玉，又说是假玉，右脚也砍掉了。到文王即位，卞和抱玉，哭于荆山下。文王得知后，派人去问他为什么哭，卞和大体是说哭人不识玉。文王使人剖开那块所谓的石头，果然里头是上好的玉，自此称为和氏璧。和氏璧后来又发生很多故事，终于失传失踪。几千年过去，出现在万州王先生手里，绝对是个千古奇闻。说它是没什么道理，但说它不是也没什么道理。说那块玉璧确实好，应当是没错的。

晚上登机时，遇到一点麻烦，就是我在江边捡的两块三峡石。我怕装进箱子压坏箱子，就随身用一个袋子提上过安检。不料安检员发现后，不让过。他看我满脸花白胡子，就笑眯眯说，老大爷，你带的是三峡石吧？我说是，我在江边捡到的。安检员说这东西得办托运，不能随身带。我说为什么？他笑笑说这是规定。我猜可能是怕我拿它当凶器。这没办法。安检员服务态度很好，帮我拎起石头，送到托运处，办了托运，才顺利登上飞机。

第二次西行，就此结束。这次是孤身一人，十七天，到底上了岁数，有点累了。但我还是盼着能有第三次。

上世纪八十年代　在老家丰县书房

2006年6月14日

昨晚到成都。

这次是应中国作协邀请，参加中国作家重走长征路活动。正好出来，待活动结束后，开始第三次西部行。当然还是孤身。

昨到成都后，休息一晚。我是9日离开家的，先到浙江舟山去了一趟。舟山一直是我想去的地方，那个岛上有南海观音和众多海岛风景。在岛上住了四天，去了普陀山。正逢大雨，淋得像落汤鸡。当地人说，在普陀山遇雨是大吉。那一带其实雨水很多，三天两头要下雨，那么，大家都是大吉。这个说法会让许多人高兴。

在舟山岛住在沈家门渔码头，住临街一个饭店，可以看到大海，看海鸥，看渔港。每天许多大小船只，十分繁闹。晚饭接着夜宵，可以通宵吃海鲜。这才叫海鲜，都是刚从海里现捞出来的。我本不爱吃海鲜，但到这里却胃口大开，买了一瓶白酒，慢慢喝到很晚，大约到夜里两点了，差不多喝了八两，醉醺醺回去睡觉。

在海边就有喝酒的欲望。九十年代，一次中国作协工作会议在厦门召开。海边干净得叫人不想睡觉，半夜十二点，我喊上《作家》主编宗仁发，去海边小馆子喝酒，叫了四个菜，喝到天亮方归。那次是小宗掏钱的，很合算。

舟山在东海海域中，是我国最大的群岛。古为甬东之地，甬是宁波的简称。舟山群岛有大小1339个岛，常有人住的有一百多个，其余都是无人岛。我其实很想租个船去那些无人岛上去看看，可惜来不及了。

来到成都，见到鲁院同学高洪波、乔良，这次就是洪波带队。明天从成都出发，去四川阿坝，来回历时十天。

2006年6月15日

今晨从成都动身，走长征路，过巴郎山（4532米），四姑娘山（6250米）。缺氧，大家都带着氧气袋的，独我自认为身体好，就没带，上山后才发现有些呼吸困难。车子开上巴郎山，在山顶间走了一段路。山下是松树，半山是灌木。到了山上，已没有乔木，连灌木也没有，只有些贴地花草。花草又多是野罂粟，小黄花居多，鲜艳极了。据说，有毒的东西都美艳。民间种这东西是犯法，这里却有大面积野生。鸦片这东西实在太害人。解放前，我家颇有些田产，曾祖父去世早，曾祖母年轻守寡，守着大片土地，家里老是被土匪绑票，受尽欺凌。我父亲就被土匪绑过两次，三个爷爷小时候也都多次被绑票。曾祖母只好求人，一次次卖地赎孩子。三个爷爷长大后，先是买枪和土匪干，但三兄弟三条枪，加上几个伙计，还是干不过土匪，只好妥协。土匪来了，送钱送粮，陪着抽大烟。三个爷爷都染上了大烟瘾，终于家道败落。到解放后

红军长征胜利70周年　在阿坝地区采风

"土改"时,三个爷爷两个划成贫农。我爷爷是老大,还有些田产,划成中农。爷爷的大烟瘾一直很难戒掉,解放后还专门进过县里戒毒所,关了一年才戒掉。"文革"时,有人说,我爷爷解放初蹲过共产党的监狱。我母亲就和人家辩论,说那不是监狱,是戒毒所。这的确是不一样的。

巴郎山还有很多积雪,很冷,加上空气稀薄,人很难受。不少人都取出氧气吸氧。我仗着身体好,没带氧气袋,有点气闷,喘不过气,但还好,尽量减少活动。之后,很快下山了。

在上巴郎山之前,先去了卧龙自然保护区,看了大熊猫,实在可爱。但愿这些可爱的宝贝不要灭绝。

2006年6月16日

今天去四姑娘山,看峡谷风景区。

四姑娘山比昨天的巴郎山还高,海拔6250米,当然不可能上到顶峰最高处,但也到了四五千米的地方,从这里可以看到一挂冰川。据说是第四纪的,有二百多万年了。冰川有点发黄了,让人想起古玩的包浆,经历过岁月的浸染,一副饱经沧桑的模样。距冰川还有一些距离,但已能感到一股逼人的寒气,那寒气也是二百万年前的吗?应当是,老寒气了。凝望冰川,有一种地老天荒的悠远感觉，感到人之生命的短暂。

下山到峡谷风景区，中饭吃藏家饭，主要是烧烤，还带了一些下山来。晚上看世界杯，有吃的了。

给家中打电话，二女儿寒露说电视剧《城市版图》合同已从北京寄出，很快就要到家了。这是我写的一部电视剧，表现中华人民共和国成立后一个城市户口本给城乡带来的撕裂，非常感人，不知何时能拍出来。现在影视制作公司方是强势，作家、编剧都处在弱势地位，谁有钱谁是大爷，几乎一切由他们说了算。但中国的影视如果没有作家和文学的介入，注定不会有好作品。影视是文化产业，老板当然是要赚钱的，但如果只想一味赚钱，影视的品质就很难上得去。

夜宿半山腰一个宾馆，也有三千多米。山外很热了，这里却要盖被。

和乔良同居一室，得知他即将升少将军衔，很高兴。乔良是我同学，是一位战略专家，为他骄傲。

2006 年 6 月 17 日

今日行程二百多公里，经过长途跋涉，到达达维，红一、四方面军当年汇合的地方。又到小金（即懋功）。又到阿坝。

当年红军一路千山万水，开始是没有明确目的地的，到了这一带，才得知陕北有个刘志丹，有一块根据地。沿途听基层党史办介绍，说红四方面军其实打了许多大仗、恶仗。

不容易，都不容易啊！

2006年6月18日

昨天住马尔康，阿坝州府所在地。阿坝地区比江苏省面积还大，只是人口稀少。马尔康城市不算很大，藏家风格明显，人口只有几万，藏、汉、羌、回、满、蒙、朝鲜、土家、布依族都有。大家各穿各的衣服，又很和谐，看了很觉奇特。

昨天在路上，沿当年红军长征路线走，参观了卓克其、官寨，还参观了一个小庙。小庙很小，只有几平米，当年毛主席曾在此住过七日。那七日，除了挠痒、捉虱子，他还想过什么？

在一个院子里，看到一些写在石头、木门上的红军标语，都是后来收集的，多是些"打土豪""分田地"之类的话。

今天三百公里，从马尔康到红原，若尔盖大草原。路经黄河、长江分水岭，十分辽阔壮美，一条水各奔东西，一条成了长江，一条成了黄河。我和它们有缘，小时候在家乡，就住在黄河沿上。现在住南京，又在长江边上，不过已到下游。

若尔盖大草原，就是当年红军过草地的地方，死人无数。这一段路，有四川作家阿来陪同，他开了一辆越野车，一路陪同。阿来开车有点野，问我敢不敢坐他的车？我说这有什么不敢，就上去了。阿来是藏族人，家就在阿坝地区。他说当年红军过草地很惨，当地藏人不知红军是干什么的，又受人煽动欺骗，把能吃的都藏起来了，人躲在高处，看到红军就打。红军过草地，已溃不成军，零零散散，藏民用猎枪瞄准了，一枪一个，像打西瓜一样。现在在草地里扒拉扒拉，还能找到很多枯骨。后来又听当地党史办的人介绍，红军当年真的饿死很多人。饥寒交迫，很多人都病了，即使吃了东西，也会拉稀拉出来，不消化，有的搞到青稞了，顾不上弄熟就往肚里吞，不一会又拉出来，粮食还是整的。后头的红军发现了，捧起来在水里洗洗又吞下去。我们拜访了一位老红军，这位老红军快九十岁了，当年是红小鬼，只有十几岁，病倒了，就留在了当地，娶了个藏族姑娘，繁衍了一大家人。老人对留下来有些后悔，他已浑浊的眼里，全是茫然。

中午，祭拜红军过草地的纪念碑，有周恩来总理的题词。

祭拜结束，坐在纪念碑旁休息。低头间，忽然发现我两个手背全黑了，一块一块的黑斑，深浅不一，我吓了一跳，比老人斑重得多。当地陪同有经验，说这是缺氧造成的，手面上毛细血管堵塞了。我回想一下，还是在巴郎山、四姑娘山过雪山时留下的后遗症。这也算我重走长征路上一次纪念吧。

这次重走长征路，很是感慨，当年一支破破烂烂的队伍，为了一种信仰和理想，历尽千险万难，九死一生，就像一群乞丐，一群傻瓜，就像历史上的夸父追日、精卫填海、愚公移山，但这种愚拙和韧性，正是中国的核心精神。没有这种傻瓜精神，是无法成就大事业的。世上有志之人，应当去这条依然充满艰险和荆棘的路上走一走。

中午吃高原无鳞鲤鱼，味极鲜美。有藏民献上哈达，惭愧！

今晚住若尔盖县城，这里以前住过的。

2006年6月19日　星期一

昨晚住若尔盖县城，很冷清，缺人气。

今天白天去了大草原湿地，中国最大的高原湿地。不大看得到鸟，更看不到鹰。这些年生态破坏很严重。草原都被分掉了，很多牧民用铁丝拦起来，防止别人家的牛羊进入。但这样一来，对野生动物、飞禽的活动造成很大麻烦，弄不好一头撞上去就撞死了。野生动物日渐稀少。只是田鼠多起来，和去年在青海见到的草原一样，到处是田鼠，站在那里看，目力所及，能看到几十只，飞快地跑来跑去，它们打了很多地洞，钻进钻出，一个个肥嘟嘟的，一只怕有七八两重，像灰色的小兔子，非常漂亮，完全不像城市老鼠尖头小尾，面目可憎。它们缺少天敌，比如鹰、蛇等，就肆无忌惮繁殖、活动，对草原破坏极大。西部草原很多，但大都不成样子了，当年那种"风吹草低见牛羊"的景色已很难看到，到处光秃秃的。牛羊太多，草原不能负荷，人为破坏、污染每天都在发生。最好的办法应当把牛羊实行圈养，让草原休养生息。对草原保护最好的办法，就是不作为，只要人畜退出来就可以了。

大自然有强大的自我修复能力，封闭十年、二十年，草原就会大变样，草会长好，那些动物飞禽也会自由繁殖，鹰、鹞等猛禽会增多，田鼠有了天敌，就会实现生态平衡。这是一个生物链。现在生活链破坏了，草原就毁了。可是，牛羊牲畜实行圈养，饲料从哪里来？其实很简单，东北、华北、华东、华南地区有大量庄稼秸秆，都是可以做饲料的。现在这些东西在当地只能沤了烧了做肥料，做柴草。有些地方焚烧稻草、麦秸,造成空气严重污染，有时飞机都不能过，成祸害了。为什么不组织力量，把这些广大地区的庄稼秸秆变废为宝呢？可以粉碎了压缩后运往西部，再多的牛羊也够吃了。有时冬天能看到这样的报道，说西部大雪封山，当地牧民的牛羊缺少饲料，冻死了，饿死了，我就想怎么没人做这饲料生意呢？我真想自己去做，赚头可能小，但量大一样可以赚钱。这个需求量太大了。只要收购庄稼秸秆，粉碎压缩打包，用火车运送到西部，就是一个了不起的大生意，还救了西部草原。

2006年6月20日　星期二

今日到九寨沟,又经大草地。路上山体滑坡、塌方,有点险。夜小雨。出门走了一圈,碰到一个喝醉酒的人,歪歪斜斜走路,不时摔倒,爬起来又走,一身都是泥水。忽然听他唱了起来,听不清词,调子也很乱,不知在唱什么。但能看出,他今晚很尽兴,也很高兴。人大概只在这种时候,才能放开自己。中国人一向活得小心,给你的面孔多是假的。我年轻刚入社会时,父亲曾告诉我,说一个人喝酒又从来不醉,不能交朋友;一个人天天醉酒,也不能交朋友。后来想想很有道理。从来不醉,其实是说这人太理性,太理性就有点可怕。天天喝醉就是醉鬼了,太不理性。这两种人都不适合做朋友。老人说得很对,应当称他为哲学家。

2006年6月21日　星期三

昨夜雨,今晨阴,感觉很爽。穿一件外套出门,去九寨沟。

以前来过九寨沟。这里山很有层次,属岷山山脉,水流通长江。原始森林540公顷,海拔306米左右。树有冷杉、云杉、忍子、杜鹃、箭竹、花楸等。

九寨沟水美,清澈可见14米,蓝天白云、森林倒影,鱼在云中游,鹰在水中飞。云雾、山林、水泊相依缠绵,有点腻歪了。九寨沟之美,过于阴柔而有阴气。如果这次不是集体出行,我不会来第二次。

2006年6月22日　星期四

今到松潘。我喜欢这两个字。莫名。

松潘在九寨沟南,不太远。这是个古老的地方,有些陈旧老房。还有古玩店,买了一杆老秤,应是清代的。

风景区有别于九寨沟,似乎阳刚一些。据说这里有兽类41种,7科18目:大熊猫、金丝猴、斗羚、云豹、小熊猫、大圣猫、猞猁等。鸟类据说有二百多种。但都没看到。

2006年6月23日　星期五

昨天一路沿岷江走,回成都。夜宿茂县。和几个四川朋友渴酒,到深夜。

今天上路，参观羌寨，看羌楼，很震撼。羌楼有点歪。据说上世纪三十年代，这里曾发生过大地震，死伤很多人，至今仍能看到当年地震的痕迹。这一带是地震多发地，一直到汶川一带。但愿这样的悲剧不再发生。

羌寨在山上，羌寨都在山上。羌族历史十分悲情。历史上他们也曾生活在广阔肥美的草原上，但被外族追杀驱赶，就在这一带定居，住在山上是为了安全，易守难攻。这一带山多贫瘠，可知羌人之艰辛。传说，大禹是羌人的先人，大禹是从母亲背上破脊而生，力大无穷，后来成就神州治水之伟业。这个伟大、勤劳、剽悍的民族，让我肃然起敬。

在羌寨买一只泥巴做的埙。很古老的乐器。

2006年6月24日　星期六

昨日经汶川，在映秀镇吃午饭。过都江堰，到成都。

以前去过都江堰，又参观，还是很喜欢这个地方。岷江经此，水势浩大。长江有三大支流：岷江、嘉陵江、汉江，岷江水量最大。当年李冰父子在此建成一个伟大的水利工程。四川盆地成天府之国，和它有绝大关系。

重走长征路集体活动结束，各自散去。我留下来，准备再转几个地方。今日有朋友陪同，去三星堆参观古文化遗址和文物，叹为观止。这里玉器和青铜器大大有别于东部和中原，造型奇特，工艺精美。

2006年6月25日　星期天

今日去四川雅安。

雅安，一座很美的小城，二十几万人。解放初这里是西康省的省会。古迹甚多，有上里、中里、下里。有乾隆古桥，有汉阙，最为难得。在全中国，唐宋建筑已极少，何况汉阙？照了几张照片。在羌江边茶楼，和雅安的几位作家一块喝茶，别有一番情趣。

2006年6月28日

这几日在成都休整，连日奔波，有些累，在房间里看世界杯。昨夜两场，巴西2∶0胜澳大利亚，法国3∶1胜西班牙。后一场看得眼花缭乱。法国过关进入八强，几乎所有传统强队都过关了，英、法、德、意、巴西、阿根廷、葡萄牙、乌克兰。后两队水平稍差一些。

今天将独自一人去贵州，下午一点多的飞机。

2006年6月30日

来到贵阳已是第三天，住金黔宾馆，还算干净。开始躲在房间里，续写《地母》第三卷，又想了个名字：《木城的驴子》。这名字很文学，待写成后，也许会想出更好的名字。看来，我和驴子有不解之缘。当年发表处女作《卖驴》，获全国优秀短篇小说奖，这部长篇又以驴子为名。好玩。

下午打电话给贵州作家何士光。

我和士光兄相识二十多年了，他是我敬佩的一位作家，当年他的《乡场上》《种苞谷的老人》，都在文坛引起轰动。他的语言很有特点，平和、散淡、自然，但又十分讲究、干净、有筋道，一看而知是有很深语言功底的，就像汪曾祺先生，语言更是如此，有功底而不张扬。事实上，有功底的人都不张扬，张扬的人都缺乏功底，因为他需要这个吓唬人。这和平日做人大体相同，凡有力量的人，几乎都是平静的。大凡平日张牙舞爪的人，一般都是没底气的人，虚张声势。一个人为人为文，是深是浅，说到底是瞒不住人的。天下之大，能写的也许不算多，能欣赏的人太多了。

人不能欺世。现在有些作家名气很大，但语言实在差劲，要么平淡如水，索然无味；要么蠢笨呆板，毫无灵气；要么啰啰嗦嗦，不得要领；要么做作刻意，用力过猛；要么油腔滑调，混同幽默。很少有评论家专门研究语言，大多是从内容上进行社会学的批评。文学说到底是语言的艺术，而中国的语言文字又是如此丰富多姿，每个作家都应当能找到属于自己的语言特色。但现在许多作家的语言都混了，语言都差不多，甚至完全一样，这就大大影响了作品的品质。何士光的语言特色、节奏、用语，一看而知就属于何士光，比如他最喜欢用的两个字就是"日子"。他把日子这个最简单的词弄得韵味无穷，以至平时我一听到或一看到"日子"这两个字，就会想到何士光，"日子"两个字似乎已成为他的专有财产。

士光兄曾长期担任贵州省作协主席，我也在江苏作协主持日常业务工作，每逢中国作协开工作会议，都会相遇，又都是写农村题材的，共同语言很多。但和士光兄真正畅快相处，是在美国的十七天。那一年，我们参加中国作家代表团，共同去美国访问。头一年，美国刚刚发生"9·11"事件，虽然事过半年多，还是感到美国人高度紧张，机场检查极严格。在美国半个多月，访问了很多城市，我和士光兄一直同住一个房间，不论是外出参观访问、座谈，还是晚上同居一室，几乎形影不离。那时，士光兄言谈间多有禅语。他以佛释万象，我以文学谈人生，居然发现有诸多契合之处。两人聊得十分投缘，有时抚掌大笑。

当天下午，士光兄知道我到了贵阳，当即来看我，并带了一筒贵州新茶，然后带我去贵阳最著名的甲秀楼喝茶。几年不见，士光兄越发清瘦了。我问及身体状况，他说很好，只是多年吃素，长不了什么肉。士光说他已从工作岗位上退下来，公务活动一般不再参加，只朋友有私人活动，偶尔去捧个场，日子清闲惬意，更有时间研究佛经了，有时也去寺院给和尚们讲讲经，上上课。世俗生活对士光已无任何诱惑，他身在市井，而精神已在世外。他说，有一次在街上走路，看到一个人迎面走来，忽然感到佛光四射，顿时觉悟到那个人就是佛的化身，只因为一段因果来到人尘，便立刻跪倒在那人面前，当街磕头。许多路人都很惊诧，不知所为何来。士光兄悠悠地说，佛就在我们的日子里。在他看来，一切都有因果，都有玄机。不由感叹，世事滔滔，何处安身立命？也许士光兄是对的。

今夜看世界杯四分之一决赛，德国对阿根廷，会很好看。

昨接北京人文社脚印电话，说《天下无贼》小说集有台湾书商联系在台出版一事，回复同意。

2006年7月3日

这几日，士光兄又来看我，或喝茶叙谈，或在南明河边散步，其待友之情，令我感动。

前天打电话给家中，外孙小虎放假了，让夫人和大女儿允芳一块来贵州玩几天，然后取道湖南，一块回去。

今天去了贵阳古玩市场，旧东西很多，买了几件玉器，一方青白玉砚，不是老的，但也不是新的，上有一层薄薄的包浆，估计是解放后做的，买下。另一只小玉碟，菊花纹，很精美，后有乾隆款，不太看得准，也许是仿做。但看看还是喜欢，买下。又一方玉砚，白玉，工不很精，但像老东西，买下。三样东西花了几千块。

2006年7月4日

今天一天在房间写东西。

晚上出来散步，附近有一小广场，不少人出来乘凉。

回到宾馆，突接广东一个电话，说是要在广东韶关举办一个笔会，想请我去，受邀的还有北京著名评论家何镇邦先生，又说了几个作家，都是熟知的。广东韶关，我还真想去看一下，因为有点奇缘。我曾写过一篇小说《名人张山》，这部小说的主人公张山是个不安分的人，长大了时常外出，倒卖山货什么的。也时常带一些莫名其妙的人进山来，说一些在山里人看来没头没脑的话。后来，他忽然意识到村里山上到处长满了奇形怪状的石柱和山洞，就请来一个北京的教授来考察。教授考察后大吃一惊，他说这些都是男性图腾和女性图腾,在世上绝无仅有,有极大的研究价值和旅游开发价值。张山大喜过望,准备开发,而村长和村里人却欲哭无泪,觉得全村人都受到了羞辱。

这本来是一篇虚构的小说,不想后来被广东韶关旅游局的领导看到了,就给我寄来一些资料,说韶关有个名山丹霞山,山上就有许多男女图腾,还打电话问我,是不是来过韶关,依照丹霞山写的小说,并热情邀请我去看一看。我看了他们寄来的图片,果然形神兼备,心里暗暗称奇,真是世界之大,无奇不有。一个虚构的地方,居然在世上有一座山和它对应。这次韶关举办作家笔会请我去,估计就和这段因缘有关。但我考虑再三,因家人就要来贵阳相聚,时间排不开了,只好婉言谢绝了。我答应他们,以后有机会,一定会去参观,而且会以虔诚之心。天地造化,不可有任何亵渎之意。

2006 年 7 月 8 日

5 日到贵阳机场,接到夫人、大女儿和外孙小虎,一家人团聚,异常高兴。在贵阳住下,晚上去吃大排档。次日在贵阳看看市容,也休息一下。

昨天去黄果树,风景甚佳。飞瀑从天而降,珠玉满天。沿一条山路爬上去，进入瀑布后一排水帘洞，极惊险，全身打湿，不断有人尖叫。如果失足掉下去，断然送命。

离开黄果树瀑布，又去天星桥，可谓世界奇观。万丈峡谷之上，横空架一座天然石桥，如在云端。石桥两端撑着的石墩有些老旧了，好像随时垮塌，人走在桥上，胆战心惊。小虎很勇敢，自己就跑过去了。从桥上看两面山，山像镂空了，有浅雕、浮雕、透雕、圆雕。看两面峡谷，纵深不见尽头，下有许多流水、池水，水流湍急。下了石桥，沿峡谷往下游走，水清澈透明，水量也越来越大。路遇一老妇人，一看服饰便知是苗族大妈，背一个背篓，手拿一弯镰刀，很有民族风情，便和她商量，能否合照一张相。老人倒也爽快，说行，但要每人十块钱。我就和她合照了一张。

今天到天龙屯堡古镇。

这里有一支人，自称老汉族，一路上就看到一些，在贵阳也曾见到，主要是一些女人，仍穿着明代服饰。今天在屯堡，看到女人几乎都这样穿戴。据史载，洪武十四年，征南大将军傅友德率三十万大军来此，清剿元朝残余势力，在此屯垦驻兵，从此留了下来。当时兵源多来自南京，所以屯堡人多称祖籍南京，主要有四大姓：张、陈、沈、郑。走访了一些人家，都还能说出祖籍南京的一些街名。一个叫冯端端的讲解员，就说自己祖上就在南京丹凤街。这令我们感到十分亲切。我们虽不是祖籍南京，但现在南京住着，也算南京人了，丹凤街至今也是个热闹去处。

屯堡街中有驿茶亭，客人可以免费在这里喝茶解渴。我和夫人走过去,喝了一通免费茶水,一位穿明服的老年女人听说我们是南京人,甚是热情。

在屯堡看了一场傩戏,这是一个古老的戏种,最早是祭祀鬼神的。不怎么说话,由屯堡人保留下来,演变成了武戏,是反映当年军士练兵生活的。据说曹禺曾来此看过,说:"中国的戏剧史有改写的必要。"

抄一副屯堡对联:

滇唯屯甲源出洪武十四年

黔中寓兵流长华展千秋史

洪武十四年,即公元1381年。

与凤凰民间艺人交流

在凤凰沈从文故居

2006年7月11日

　　离开贵州,这几日住湘西凤凰城,沈从文先生的故乡。看老街,看沈先生故居,拜谒沈先生墓地,一块普通的石头做石碑,在沱河南岸。前面路口有一块石,上有黄永玉先生的题字:"一个战士如果不能战死沙场,就应当回到故乡。"这话令人动容。

　　墓地有一个看墓人,老人有六十多岁了,干瘦干瘦的,交谈之下，他说是义务看墓的，只为尊敬沈先生。女儿拿出一百块钱送给老人，聊表敬意。

凤凰城古色古香，只是游人太多，几乎挤得喘不过气。

今天去了吉首，现在在火车站旁的一个茶馆里。九时，将坐火车去长沙，明日转道回南京。

后　记

2005 至 2006 年，三次西行，加起来有几个月，然意犹未尽。以西部之大，藏龙卧虎，妙处无数，所走所见，九牛一毛。即便这样，也已让我感触良多，受益匪浅，西部将永远是我梦牵魂绕的地方。

西部行，并非仅为写作积累。更准确地说，是一次身体和心灵的回归。我出身布衣，生于破落之家，长于苦难动乱之中。父亲和母亲都生在大家族，母亲同父异母兄弟姐妹十三个，其中八个舅舅生生死死的故事，以及父亲家族惨痛的经历，都成为我童年和少年的滋养。这些过于沉重的东西曾压得我几成哑巴。小时两次大病差点死掉。整个童年和少年时代，最清晰的记忆就是饥饿，吃过树皮草根，柳叶槐叶榆叶，野菜已算佳肴。小时最恐怖的记忆，是黄昏时村里有人吊死后喊魂的声音。亲眼目睹过家族中二爷、姑妈、大姐自杀的惨剧。大姐自杀后，我代替她幼小的孩子，在雨水泥泞中倒退着一步磕一个头，磕了三华里，把大姐送到坟地。

之后，和父母妻子在贫困中把大姐留下的几个孩子抚养长大。

少年时，我曾在风雪中跌跌爬爬一夜走过七十里，在外省流浪大半年，衣食无着。参加工作后，被下放到农村工作队，一干就是六年。后发奋自学，走上文学之路，又因发表小说《"狐仙"择偶记》，在当地受到反复批判，其中一次批斗会延续十天。

在我人生的旅途上，也并不都是苦难，作为一个大家族的长门长子长孙，受到了父母和家族的尽力呵护。在我人生最凶险的时候，总有一些素昧平生的长者和朋友，向我伸出援助之手。在文学的道路上，也遇到过许多贵人。我从故乡的土地上终于走出来了。走到一个更大的人生舞台上，生活也安逸了，可谓苦尽甘来。但我却越来越觉得生活得不真实。也许是因为一生经历过太多的磨难，便把磨难看成生活的常态和理所当然，而安逸的生活反让我每每不安。

在南京生活二十多年了，依然是一个精神的漂泊者，无法真正进入都市生活。尽管我也会坐马桶。我一直住在郊区，和城市保持着距离，也对城市保持着警惕。从这里，可以看到城市的灯红酒绿，也可以看到乡野的四季景色。在心理上，觉得这是个安全的地方，因为我可以随时逃回大地，消失在青纱帐里。

当年的西部行，是一次逃避，也是一次回归。还不能算一次真正的流浪。我从人间走来，还回人间去。一路并没有觉得多辛苦，因为我一生吃过太多的苦，这点苦不算什么。当时沿途写了一些日记，回来后一直放在那里。事隔八年，终于把它整理出来，希望和关爱我的读者分享。

我还要在此说一句：感谢西部！

2012年5月20日

下卷

碎 瓦

在我童年的记忆里，父亲老是不着家。

父亲除了种地，还做些小生意。贩卖粮食、麻花、木器和一切能赚钱的东西。自然是小本经营。推一辆独轮小土车，或者挑两只筐子，在苏鲁豫皖交界的几十个县之间往往来来，一趟就是十天半月。

家里很穷。两间草屋做居室兼厨房，半间草棚子放些农具杂物，一个土墙小院，院里一棵弯枣树，树底下卧一条狗。全部家当就是这些了。家里老是断炊，老是半饥不饱的。晚上没有吃的，肚子饿了就喝点水。我那时还小，饿了就哭闹，母亲放下纺车，把我揽到怀里哄一阵，解开怀塞我嘴里一个奶头。其实母亲的奶早就没水了。我吃奶吃到八岁，到入学才断奶，还是母亲在奶头上抹上锅灰，又让姐姐们羞了一通才从此不吃奶的。

父亲又是好多天不在家了。全家人都盼他快点回来。因为父亲一回来，就意味着有了吃的。

那是一个大雪纷飞的隆冬之夜。

傍晚时积雪就已很厚。林里到处静悄悄的，屋后路边的杂货店里透出一小片灯光。几乎没什么生意。几个老人倚着柜台聊天。庄稼人都瑟缩在自己的草屋里。这么冷的天，很少有人外出。关上院门，男人转动着拧车拧绳子，女人纺线，而且多是摸黑做事，油灯也舍不得点的。孩子们不怕冷，不时跑到院子里玩一阵雪。我小时体质很弱，曾有两次差点病死。天冷加上肚饿，我没有心思玩。父亲不在家，家里就格外冷清。母亲和大姐都在纺线，我和二姐早早就睡了。纺车声嗡嗡的像催眠曲。母亲又在低声哼唱着什么，调子非常凄婉。母亲纺线时常这么唱，唱给自己听，像是倾诉，又像是叹息。天还在下雪，鹅毛似的，越发紧了。有树枝折裂的声音。北方雪大，压塌草屋的事也是有的。不知什么时候，我带着泪痕睡着了。母亲说，睡着了就不觉饿了，睡吧。

母亲和大姐还在纺线。她们同样空着肚子。

已过半夜了吧。除了簌簌的落雪声，外头世界已在漫天大雪中沉入深夜的静寂中。突然一阵敲门声，然后是大黑狗兴奋的咆哮，父亲回来了！

父亲整个成了雪人，挑两只筐踉踉跄跄栽进屋，眉毛都是白的，嘴里哈着寒气，一副极疲倦的样子。赶到这时回家，肯定是走了很远的路。一家人都惊醒了，那份欢悦是可以想见的。大黑狗吱吱叫着跑里跑外，不时往父亲身上乱扑。大姐忙着为父亲打雪，母亲则忙着烧水去了。我迷迷糊糊刚坐起，父亲已转身从筐里端出两个大壮馍。这是四省交界地特有的一种面食,每个壮馍要四斤干面做成。像一块豆饼那么圆那么大,放在特制的平底锅上烤熟,结实耐嚼,刚出锅的更好吃。父亲带回的壮馍当然早就冷硬了,放在案板上"嘣"一声响。父亲用刀砍开,一块也有一斤的样子,拿起来塞到我手里,我赶忙接过,用手背擦擦嘴就啃起来。一家人都在吃,真香啊!

其时大雪仍在下,门缝里挤进的雪积成小雪堤,冷风不时灌进屋子,但全家人都感到暖烘烘的。外间屋灶膛里火光一闪一闪的,母亲要为父亲烧大半锅热水,盛出来半盆让他洗脸洗脚,剩下的再烧点面汤。那时父亲坐在一旁,抽着烟看我们吃东西,一脸疲惫中透着满足和安详。偶尔说几句话,大约就是外出的见闻和经历之类。父亲口拙,不太爱说话,他一生对儿女的爱都是体现在行动中。即便这种全家团聚的时刻,他也不太说话。他默默地抽着烟,一屋子都是咔嚓咔嚓的咀嚼声。看我们姐弟狼吞虎咽的样子,父亲忽然有些心酸,他掩饰地撸一把脸,说:"甭慌,够你们吃的。"

后来的几十年中,我经历过困窘,也经历过辉煌,住过豪华宾馆,吃过珍奇佳肴,其中许多东西父亲连见也没有见过。但我永远忘不了那个隆冬之夜,那是迄今为止一生中最幸福的时候,没有什么东西比得上父亲给我的壮馍更好吃。

歇息几天,父亲又上路了。挑两只筐,风风火火的,像是要去捡拾什么。他总是这么来也匆匆,去也匆匆。

母亲和大姐依然在家纺线。摸着黑纺线,一纺就是大半夜。那时大姐不过十来岁。

村里人说,这家人疯了。

父亲母亲黑夜白天没命地干,就是为了买地。

土地于庄稼人像命一样重要。而父亲母亲都曾是庄园的主人,失落的庄园是他们永远的梦想,他们要捡回那个梦。

曾祖父曾有一千多亩肥沃的土地和一片青砖瓦屋,人称大瓦屋家。那是他的父辈三门合一传给他的。日子相当富裕。可惜曾祖父三十九岁病逝,撒手西去了。从此曾祖母以寡妇之身带着三个儿子和一大片庄园,开始了艰难的人生。在半个多世纪的时间里,大瓦屋家已有一个庞大的家族。曾祖母子孙满堂,却无力保护他们。几十年间,这个家族曾十二次被土匪绑票。曾祖母没有别的办法,只能一次次割地赔款,用大把大把的票子把儿孙们从虎狼窝里赎回。其间的屈辱是无法尽述的。

三个祖父渐渐长成汉子,胸中涌动着无数仇恨。他们决心要用自己的力量保护这个家了。

那一年,一个土匪头儿又去家要粮,带着几个人,一人一条枪。曾祖母不敢得罪他们,亲自灌了两口袋麦一口袋秫秫,让人搬到他们车子上。事情就出在那一口袋秫秫上。土匪嫌给了杂粮,气哼哼走了。爷爷赔着小心送到门外。土匪头儿却突然转身,对着爷爷打了一枪。爷爷一闪身,幸亏缩得快,躲回门后,一枪打在墙角上:"噗!"一股尘土,溅了爷爷满脸。土匪扬长而去。这正是日头正南的时候。爷爷看看日头,一口血喷出来。他反身回到院里,冲二祖父三祖父说:"卖地,买枪!"

爷爷是长子,爷爷说一不二,一辈子都是火爆脾气。

半个月后,枪买来了,三条。三个祖父一人一条枪。

又两个月,炮楼修起来了。两座。在院子里对角矗立。院墙也加固加高了。炮楼上三条快枪,加上几门土炮,一家人胆气壮了。果然,三五零星土匪再不敢大白天骚扰。夜晚捣乱,一阵枪打出去。大瓦屋家不再逆来顺受。

但好景不长。三兄弟也就三条枪。对付小股土匪还行,有大队土匪前来,就只好开门迎盗,不然一座庄园都会玉石俱焚。

绑票的事仍在继续发生,曾祖母又在卖地了。

父亲就曾两次被土匪从被窝里拉走。第一次才七个月,回来时已经会喊奶奶了。父亲被土匪抱走后,寄养在皖北一个孤老太太家。每日喂三次面疙瘩,吃罢就扣在粮囤底下。那是一种条编的大粮囤,扣在底下,别说七个月的婴儿,就是七八岁的孩子也爬不出来的。父亲在粮囤底下生活了一年多。这期间,曾祖母费尽千辛万苦,到处托人打听,是哪路杆子抱走的,要价多少。方圆几百里内都寻找了,却一直没有下落。父亲是长门长孙。曾祖母为找回父亲是不惜倾家荡产的。后来曾祖母的娘家人也出面寻找。一个偶然的机会,终于在皖北的砀山县找到了父亲。原来,一年前的那个夜晚,土匪把他寄在一个偏僻的小村后,自己也找不到了。他们早就知道我们家的人在找父亲,也知道曾祖母开了个很大的价钱，却只好装聋作哑。父亲第二次被绑票是三岁。这一次很快就赎回了，曾祖母卖了十亩地，把两千斤麦子交给土匪，保住一条命。

曾祖母的土地在一年年缩小，是被人一刀一刀割走的。

三祖父说："我去当兵！"

曾祖母舍不得。三祖父才十七岁。肩膀还嫩得很。

爷爷说："娘，让他去吧。"

曾祖母说："你说得轻巧，那是要在枪林弹雨里钻啊！"

爷爷说："娘，不该死老天爷会保佑他，该死在家待着也会遭祸。"

曾祖母抹抹泪不吱声了。曾祖母直发呆。

多少年来，她像老母鸡护小鸡一样护着她的儿孙，还是挡不住一次次被狼叼走。留在身边，的确也不保险呢。

曾祖母终于同意了。

夜晚，爷爷把三祖父喊出来，兄弟俩在院子里站着。

爷爷好一阵没说话。

三祖父有点怕爷爷。长兄如父，爷爷规矩很大。

夜很黑，星星显得特别亮，只是被风摇得厉害，像是要从上头掉下来。

三祖父抱住膀子有点冷。

爷爷说："三，当兵要打仗的，你不怕死？"

三祖父说："知道。我就是想去打仗！"

爷爷说："打仗好玩？"

三祖父说："打仗不好玩。我就是想死个痛快！"

"啪——！"

爷爷甩了三祖父一个嘴巴子。

"哥，窝囊气我受够了！"

爷爷转身找到一条绳子，指指旁边的树："想死容易，上吊！我看着你上吊！"

三祖父哭了。三祖父还是个孩子。

爷爷扔掉绳子，叹一口气。

爷爷一阵子没吱声。他在想让不让他去当兵。

爷爷知道这条路很险，几乎是一条绝路，但他终于别无选择。

"三，去当兵吧。好好当兵，能混个连排长回来，就没人敢欺负咱家了。"

三祖父点点头。三祖父曾三次被土匪绑票。

爷爷说："三，别光想到死，要活着回来！"

三祖父去当兵了，在距家一百多里路的山东省鱼台。

三祖父打仗很勇敢，又爱结交朋友，在兵营里有一帮拜把子兄弟。打起仗来互相照应，受过几次伤，却无大碍。一年多时间里，三祖父摔打成一条黑大汉。不久被提升为排长。

这一年多里，家里安稳了许多。大瓦屋家有个在外头耍枪杆子的，土匪们有所顾忌了。

曾祖母天天烧香磕头。

忽然有一天,三祖父跑回家来了。

三祖父前脚刚到家,一顿饭还没吃完,抓逃兵的就追来了。三祖父是逃兵。

队伍要往山西开拔,那里距家太远。三祖父当兵是为了保家护院,当兵去那么远的地方,还有什么意义呢?于是他跑了。

那时候,逃兵被抓回去是要枪毙的。何况是一个排长。

三祖父被夺下饭碗,当即捆起来就要带走。

曾祖母给人磕头求情。磕得披头散发,额上冒血。

乡邻们也帮着说好话:"你们行行好,就当没抓住他不中吗?""不中。我们抓到了。""行行好吧,抓回去就是个死。""军有军法!"爷爷请来了寨主。寨主是赵家的头人,有点身份的。但他无法阻挡抓人。就向带头的说:"长官,请你们路上走慢点,我去求个人情来。"然后示意爷爷,爷爷明白,赶紧送上一袋钢洋:"路上喝茶用,请诸位慢点走。"

那带头的还拿捏着不接,被一个也是小头目样的人伸手拿过去,笑嘻嘻说:"我们也是听差,你们求人情要快!"后来才听三祖父说,小头目样的人是他把兄弟。

抓逃兵的把三祖父带上路的同时,一顶小轿抬着寨主也飞快地往县城奔去。寨主和县长是把兄弟。赵家寨主在当时是体面人,一个寨子两千多口人,加上分布在全县的赵家,有数万人之多,大寨小寨常联手和外姓人打斗,人多势众,不免有些霸气。但为官的却爱和这类人物结交,不然这官就做不稳当。寨主就是去县长那里求人情的。自是爷爷一路同行。

一路上爷爷捏一把汗，因为他不知能不能求到县长的人情。即便求到，又不知县长和那军队的长官有多大交情。那时天已落黑，到处一片苍苍茫茫的，一行人走得好急好快。

没想到顺利得很。小轿把寨主抬到县衙后门，通报过后，便立刻被请进去了。爷爷在外头候着。两盏茶的工夫，信拿出来了。爷爷拿到信揣进怀里，立刻打马出城，往鲁西南一路飞奔。这一夜，几乎是马不停蹄。一百多里路，全是生路，不时跑迷了，只好叩开人家的门打听，几经辗转，赶到时天已微明。军营外一里多的一处荒冈上，三祖父和抓逃兵的一干人马正在等候。原来他们早就到了，都没有进兵营去。幸亏三祖父的那位把兄弟从中打点说情，如果进了兵营，而人情又求不来，便只有死路一条了。

爷爷看到他们，纵马跃上荒冈，扬扬手中的信说："我已经求了人情来！还烦诸位稍候，我去去就来！"拱拱手掉转马头，直奔兵营去了。这一夜跑得人困马乏，爷爷已是心力交瘁。但没人能代替他。

果然县长的面子大。这位军队长官曾带兵在丰县驻扎过，和县长交谊颇深，当即允情，派了一个军官随爷爷来到那座荒冈上，命令松绑放了。

爷爷带上三祖父千恩万谢，一同辞归。走出很远了，突然听到一声枪响。

后来父亲曾经对我说过，如果小时候好好读书，或许会有点别的出息。他说这话的时候很平静，并没有多少懊悔的意思，只是淡淡的有点伤感。那时他已差不多走完了一生的路。

父亲小的时候，家里还很富。只是没权没势，老是被兵匪衙门敲诈。于是曾祖母和爷爷就老是被这个问题困扰，老是想着家里出个有本事的人，好能保护这个家。父亲是长门长子，希望便寄托在他身上了。

学而优则仕。这是古今多少平民家庭的幻想，多少有抱负的少年苦苦追寻的一条路。然则云泥殊路，又谈何容易！父亲上了三年私塾。父亲悟性很高，是那种漫不经心的聪明。他少年时并没有什么大志，只是随心所欲地生活。家庭的屈辱磨难，于他并无多大关系，爷爷的用心他还不能理解。那都是大人的事。两次被人绑票，他都觉得很好玩。父亲最早学会的话是"奶奶"。奶奶就是第一次被绑票时寄养的那个老人。那位老人没有家庭儿女，孤身一人度日。她很喜欢父亲，每天拌疙瘩汤给他喝，白面或者杂面疙瘩。父亲一生爱喝疙瘩汤，就是从那时开始的饮食习惯。家里找到父亲时，老人家大哭一场，她舍不得让他走。后来还来看过父亲。父亲长大一点后，又由家里人带着去看望过老人家。他对"奶奶"很有感情。

父亲上私塾后，不知怎么迷恋上了戏曲。

那时乡间社戏很多，有大台戏，也有地摊曲种，梆子、四平调、柳子戏、花鼓、拉魂腔、评书，各有各的迷人之处。特别农闲时节，这村那村到处都是锣鼓声声。冬天到了，一些大户人家就请来戏班子,在野外的麦地里搭台唱戏,吸引十里八村的庄稼人都来听戏。一是显示仁德,二是联络感情,和乡民搞好关系,三是借听戏请来一些头面人物炫耀势力。还有一个好处是肥田。那时土薄,即使大户人家也无法块块田施肥,冬小麦就长得稀稀拉拉。于是搭台唱戏,让人在田里乱踩。自然是一片狼藉,但人的脚气却有肥田特效,加上粪便污物,一块薄田便一夜之间注入肥力。别看当时一片狼藉,等开春一场雨,麦苗就会返青猛长,放眼绿油油一片,和别的田明显不同。这就是古话说的"麦收战场"。

哪里晚上有野台戏,父亲是必定要去听的。白天有地摊曲艺,他也常去听。胳肢窝里夹着书,杂在大人堆里席地而坐,托着腮听得入神,时常误了上学。有时干脆就不去先生那里,吃完饭直奔戏场。家里以为他去上学了,先生以为他在家,两头都被蒙着。但这把戏不久就被发觉了。父亲被扒光了衣裳,爷爷用皮鞭打,打得在地上翻滚,血痕横一道竖一道的。父亲记住几天,不久又去听戏了。于是爷爷又打。父亲老是想不通,书念得并不差,为什么就不能听戏呢?他固执地这么想,也固执地这么做,终于改不了。他身上的鞭痕一道一道的,有时几天走路都困难,可他还是要去听戏。爷爷那么暴烈的脾气,都无法改变他。看他摇摇晃晃又去了戏场,大人们只好摇摇头,谁也不知他心里想的什么。

一个乡村小子对戏曲音乐的迷恋几乎是不可思议的。流浪艺人怀里的马头琴,游方和尚手里的木鱼,都能引起他极大的兴趣。

他时常懵懵懂懂地随在他们身后，从这家走到那家，从这村走到那村。痴痴的，呆呆的。终于，流浪艺人走远了，从荒草野径中消失在旷野尽头。那时父亲便爬到树上摘一片树叶，含在嘴里吹起来，吹得呜呜咽咽的，孤独而宁静，他就这么在野地里吹着溜达着，追逐着飞鸟、野兔，随手捡拾一片碎瓦放在口袋里。直到日暮黄昏，才蹒跚着回家。

等着他的又是一顿鞭子。

爷爷到底不能容忍他的固执。父亲退学了。

爷爷心里很难受。

他望子成龙的殷殷之心，像被扎了一刀。这意味着他的家族只能继续败落下去，再也无法挽回。父亲自小喜欢捡拾碎瓦的癖好，则似乎是一种预言。

他同样不能改变他。

父亲成了小小的农夫。

其实他从八九岁就能吆牛耕地、驭马耙田。他喜欢农事。喜欢旷野。喜欢庄稼。喜欢日出日落。喜欢风雪秋雨。他天生就是个农夫。他的性格中没有掀天揭地、经邦济世的气质，他只是温和、平静而执着地生活在自己的世界里。

他依然喜欢捡拾碎瓦片、烂砖头。路上碰到捡起来，耕地翻出捡起来，回到家归拢成堆，逐一拍去泥土，翻来覆去地看。有什么好看呢？一片碎瓦，一块烂砖，破旧而丑陋。但在父亲眼里，却是无价之宝。

"你摆玩个啥,喂牲口去!"爷爷猛喝一声。

父亲吓得一哆嗦,冷不丁的。赶紧藏好他的破烂宝贝干活去了。

有好多事其实不必一定要父亲做的。家里有大领、二帮和其他雇工。他满可以享受小少爷的生活,但爷爷不允许。既然念书不成,就要把他调教成一个真正的庄稼人。

事实上,曾祖母和三个祖父一直都是和佣工一样干活的。特别爷爷是一个庄稼好把式,一个优秀的庄稼人。直到爷爷七十多岁去世,都没有停止过劳作。

父亲很快学会了所有的农活。

父亲依然喜欢捡拾碎瓦。

父亲还是到处去听戏。

他温和而平静,从容而悠闲。

父亲又是孤独的。他不爱说,却喜欢唱。在乡村小路上,在风雪旷野里,在莺飞草长时:"萁荚更新,流光过隙,桑榆日沂西山,有女无家……"

爷爷怀疑他迷上了哪个小戏子。

这类事是时常发生的。

唱戏的女子风情万端,且多穷家女,可爱而又可怜。真正唱出名堂的并不多,很多是为了混一碗饭吃,冬练三九,暑练三伏,稍有松弛,师傅动辄一顿鞭子,打得红粉飞花,皮开肉绽。到得前台,演一出公子落难小姐养汉,叫一声"苦啊——"哭得泪人一样,颤颤摇摇,摇摇颤颤,叫人心疼。听戏的只沉在戏里,唱戏的女子却借戏中人倾尽苦情,其间滋味有谁解得?遇上痴情的后生,这村跟到那村,一路尾随着听戏,看得人都呆了。台上的女子直和那后生眉目传情,飞眼闪闪,越发显得水灵。终于有一晚,上得台来,只顾神魂颠倒,把戏词都忘了,引得一阵倒彩。下台被老板一顿鞭子,打得哭爹叫娘。那女戏子卸了妆溜出门去,后生等个正着,一把牵了就走。于是一件梨园新闻不胫而走,成就了一对小冤家。

自然,唱戏的女子也有上当受骗的,被人玩弄又抛弃,那结局就惨了。

那时人们都爱听戏,却又普遍瞧不起唱戏的。为什么瞧不起?没什么道理。好像大家都这么说,你也得跟着说,不然也成了下九流。其实戏班子是很受人欢迎的。哪里搭台唱戏,周围村庄的人这一个白天都像过节,晚饭后骑驴乘轿、扶老携幼,说说笑笑,从四面八方汇集来,为多少人带来欢乐。普通人从戏里了解历史,从戏里接触艺术,从戏里宣泄情感,于是历史活了,生活有了色彩。

但人们还是瞧不起唱戏的,真是怪没名堂!

爷爷也是没名堂。

他急急忙忙为父亲操持婚事,就是怕他被小戏子拐跑了,学坏了。

父亲成亲时十五岁。母亲大父亲五岁。

爷爷说,大几岁能管住他。

父亲早早结束了他的少年时代。

那是个朦胧而富有幻想的时代。在那个时代里，他只属于他自己。属于他的戏文，他的木鱼，他的碎瓦。

母亲兄妹十三个，其中兄弟八个，姐妹五个。在姐妹中，母亲是老三，被称为三小姐。兄妹十三个是异母所生，但处得极好。特别外祖父去世后，这兄妹十三人更是相濡以沫，共同经历了一场场灾难。

外祖父家的败落，是从一场大火开始的。后来母亲说那场火是鬼火，是天意。

外祖父除了有几千亩地，在县城还开了个很大的土烟店。赚得的钱不计其数。乡下有一座庄园，县城还有一大片房子。母亲小时候很得外祖父宠爱，一直跟着住在县城。那条街叫火神庙街，在火神庙街的那片房子里，母亲度过了她的童年和少女时代。

五十多年后，我又住到这座小城的火神庙街附近。母亲通常住在乡下家里，有时也到县城住一些日子。母亲已是个完全意义上的乡下人，但童年和少女时代留给她的记忆却依然清晰。傍晚，她时常在火神庙街慢慢走动，或者坐在路边的一块石头上久久发呆。老街已经不存在了，只有些零星旧房子夹在楼房和店铺之间。我不知道母亲在想些什么，流逝的岁月已把她一头青丝染成白发，这里勾动她回忆的往事太多太多。

母亲说，那晚外祖父从县城回家。乡下那座庄园是他的根基，他时常回去料理一下的。

县城到乡下的家只有七八华里，走得熟了，他没带任何人。母亲说，外祖父喜欢一个人走夜路，走黑漆漆的夜路。他的土烟店既给他带来无数财富，也带来无尽的烦恼，他知道烟土是个害人的东西，却又经不住财富的诱惑，那是一朵恶之花。他时常受着良心的责备，却又不能自拔。他知道他的财富终有一天会毁了他。

那晚有一弯残月，残月在薄云里游动，夜色朦朦胧胧的。外祖父忽然发现前头小路上有一个半截人向他作揖。半截人无腿，头戴一顶辣椒帽，怪模怪样地冲他笑。外祖父以为眼花了，揉揉眼再看，半截人不见了。他胆子极大，向来不信鬼的，也就不以为意。可是走出几十步，那半截人又在前头的小路上拦住了冲他作揖，还是怪模怪样地笑。外祖父大喝一声："什么人挡路！"再看，又不见了。如此三番。外祖父有些心惊肉跳。夜风凉凉的，他却出了一身冷汗，他觉得真的撞上鬼了。这是个不祥的预兆。

外祖父回到他的庄园，站在过道门下，想抽口烟喘喘气。他装好烟袋，摸出火镰，"嚓！"打出一束火苗。这一瞬间，似乎有一股冷飕飕的风拂面而来，接着那火苗腾地蹿上房，变成一团火球在房上跳跃，从过道门滚开去，整个庄园顿时变成火海。

母亲说，那是阴火，无法扑救的。大火烧了一整夜，庄园化为废墟，遍地尽是烂砖碎瓦。除了抢出一些金银首饰，其余东西全烧光了。侧院的二十多匹大马在烟火中嘶鸣咆哮，终于挣脱缰绳踏出火海，已是烧得浑身流油，不久都倒毙在村头野外。

这是当地有名的一场大火，老辈人说了几十年，并成为纪事的一个标志："侯家起火的那年……"外祖父姓侯。

母亲说，那天晚上没人救火。外祖父不让人救。他和他的一群儿子下人，眼睁睁看着大火如龙滚动一直烧到天亮。没救火，也没搬东西。金银首饰都是女人们抢出来的。外祖父坐在数丈远的一块石头上，抽了一夜烟。火光一闪一闪地映到脸上，火星子在他周围迸射，他一动不动，脸像一块生铁。

天明回到县城的时候，满城人已传得沸沸扬扬。

外祖父两眼发乌，什么话也没说，倒头睡了半个月。

那场大火并没有让他伤筋动骨。他的数千亩地还在，他的土烟店还在。只要他愿意，钱财还会滚滚而来。

但外祖父却关闭烟店，打起了一场莫名其妙的官司。那是大火半年以后的事。

对方是福建的一个烟贩子。

关于那场官司的起因，母亲已记不清楚。那时她还小，并不懂大人的事。母亲只记得，当时外祖母和舅舅们都来劝他不要打官司。打官司要花很多钱。对方是个贩卖烟土的头子，生意从福建沿海一路做到中原几省，手底下有一帮心狠手辣的人，不仅有势，而且富可敌国，和他打官司是耗不起的。

但外祖父不听劝，他决意要打这场官司。

打官司在苏州府。

从苏北的丰县到苏州府有一千六百里之遥。我不知外祖父当时为何要到那么老远的地方打官司。只听母亲说,那场官司打得极苦。

开始,外祖父往来于丰县和苏州之间,在那条漫漫古道上由秋到冬,由春到夏。后来。他有些跑不动了,就住在苏州府,让家里人给他送钱。外祖父和那个福建烟贩子比耐性,也是比财力。这场官司既然无法阻挡,外祖母就只能源源不断地派人给他送钱。常常是下人们赶着十几头毛驴,用驴褡裢为他送钱,再雇几个镖手一路护送。母亲说,谁也记不清到底耗去多少钱。有一次半路上钱把驴子压死、累死了。驴子倒在热浪滚滚的古道上,铜钱淌了一地。

官司持续了七年。

这期间,外祖父和家里保持联系就靠他的一条狗。母亲还记得那条狗是黑色的,细腰长腿,平日很温驯,就像一条很普通的狗。其实却是一条优秀的猎狗,在野地里异常凶猛,奔跑起来四肢扯平了像一条线,你几乎看不到它是怎样落地又怎样腾空的,只见它在草叶上低空飞行,无声无息地飞行。外祖父很喜爱它,叫它"大鸟",一只无翅的黑色大鸟。

自从外祖父到苏州府打官司后,就苦了大鸟。它在丰县和苏州之间充当了信使的角色,几乎每个月都要去一趟。脖子上系一个很小的牛皮袋,里头装上信。拍拍脑袋,它便日夜兼程直奔苏州府去了。一路上跋山涉水不说,单是村狗的骚扰堵截就够难为它了。有时途经一个村庄，会有一群村狗把它包围起来，大鸟就只得进行一场恶战，然后从村狗们的头顶凌空而去。大鸟常常遍体鳞伤，但终于没有什么能挡住它。它跑得太快。没有哪条狗能追上它。它跑累了就在荒山野岭间隐蔽起来休息，舔去身上的血。饿了就抓一只野兔子吃，那对它来说是一件易如反掌的事，在一千六百里路途上，要经过运河、淮河、长江几条大水，还有数不清的小河。遇小河，大鸟便凫水而过；遇上大江大河，它懂得寻找渡口。外祖父第二趟去苏州府就是带上它去的。大鸟特别记路。几趟往来，渡口的船家都认识它了。看它风尘仆仆的样子，知道它从远方来要到远方去送信的，是条义犬。也猜到它的主人肯定是遇上了麻烦事，便让它上船送到对岸。大鸟跳上岸，回头看看船家，转身又飞奔而去。

一年又一年，大鸟在千里古道上穿行。忠实地执行着使命，没有出现过一次差错，最紧急的时候，大鸟五天打过一个来回，一天一夜六百多里，天知道它是怎么跑的！

外祖父在苏州府打了七年官司，居然奇迹般地赢了。

大鸟首先跑回来报了信，是二舅带人把他接回来的。外祖父去的时候还很健壮，回来时已是白发苍苍。七年的官司把他变成一个垂暮老人。

赢了官司，外祖父并不欢喜，也无悲伤。这场官司的输赢并没有什么意义。也许他从一开始就没考虑过输赢，他只是为了耗尽家财才打官司的。那七年真正折磨他的仍然是他自己。

外祖父的土烟店早已关闭，卖烟土得来的无数钱财滚滚而来，又滚滚而去。外祖父只不过经了一遍手，却完成了一个过程。那终究成了身外之物。他的几千亩地也大多卖掉，赔进那场毫无意义的官司里。

但他似乎因此从重负中解脱。官司打赢的第二年，外祖父无疾而终，平静地离开了人世。

大鸟也随后死去。

也许，世上没有哪条狗比它跑过的路程更长。

我不知道外祖父是否真的能因此而解脱，也不想重新评判他的一生再去搅扰一个早已安息的灵魂。事实上，我对外祖父还是知之甚少。母亲零星的回忆，并没有为外祖父掩饰什么。她说过，你外祖父卖烟土是不名誉的，发的都是不义之财。这是母亲的品性。她一生耿直而近偏执，常在村里为邻里排解家庭纠纷，只以是非为标准，并不顾忌得罪谁。

我不想再责怪外祖父什么。他离我已十分遥远。人间的许多是是非非，随着时间的流逝都会淡漠而轻飘。何况他生活在那个社会。我只想说，那是一段历史，一部沉甸甸的人生。在那条风雪弥漫的千里古道上，起码留下两行清晰的脚印，一行属于外祖父，一行属于大鸟。

外祖父去世后，外祖母也一病不起，常年卧床。家中事里外都由二舅操持。其实外祖父在世时，家里的数千亩地也一直由他经管的。现在还剩百十亩薄田，光景一落千丈，下人们大都散了，二舅便带领一群兄弟亲自耕耘收获,过起俭朴的日子。

大舅早年在外求学,后来投笔从戎。最初几年还常有书信,后来便不知去向。二舅成了整个家庭的主心骨。母亲说,二舅是个拿得起放得下的汉子,在场面上也极有威信。外祖父为一场无名官司需要大批钱款,二舅一句抱怨的话也没说过,一片片卖掉土地,源源不断地把钱送去。外祖父过世后,他格外孝敬并非生母的外祖母,爱护一群异母弟弟妹妹,他像一棵大树,为这个败落凄凉的家铺下绿荫,遮风避雨。二舅仁爱大度,却又持家严厉,不允许弟弟们沾染一点恶习。那是个五毒俱全的时代,破落子弟们稍一放纵,就会陷入泥潭。外祖父的教训是刻骨铭心的,二舅希望从他手上能重整家业。后来舅舅们相继成亲,二舅也不准他们出去,一家人仍在一起,一口大锅吃饭。虽说清苦一点,但吃饭没有问题。一个大家庭依然是完整的。在外人眼里,侯家兄弟拧成一股绳,家业振兴指日可待。这期间,母亲和她的几个姐妹也相继出嫁,都是二舅一手操持的。

但振兴家业谈何容易!在那个时代,仅靠正道是难以发财的。百十亩薄田,打发日子而已,再想有外祖父时的财富,绝无可能。多少年下来,日子依然清淡,舅舅们都有些灰心了。而且家庭太大,兄弟们待久了,免不了要磕磕碰碰的,闹些纠纷。外祖母卧病在床,没有精力也没有能力治家,几个小儿子都不是亲生。媳妇更远一层,深浅都不是。二舅竭尽心力,维持这个家,但内里已是千疮百孔了。舅舅们尊重二舅,顾着面子,可媳妇们早都三心二意了，吵吵闹闹的事不断发生。其中有个五姥子性格最烈，最看不下这种表面和和气气，内里伸拳动腿的事。她说话不饶人，横眉冷目，三天两头和人吵，芝麻大的事也要动火。母亲回忆说，我性子也不好，从你五姥子嫁过来，就常和她吵架。吵完就好，过几天又吵，是最好的朋友，又是最大的冤家。家里一天天不安宁了。终于，四舅和五舅各自带上妻小，离家出去了。两个舅舅是怕有一天兄弟们伤了和气，再闹分家就没意思了，不如索性出走，另奔天地。

一个完整的家破碎了。

有一年忽然传来大舅的消息，却是个噩耗。带信人说他死在上海附近，让家里人去运他的尸骨。这消息一惊一乍的，全家人都呆了。二舅赶紧收拾马车，带上三舅和一个伙计去了上海。按地址找到人，一个杂货店的老板热情接待了他们，说明天一早我带你们去，要是路上有人盘查，你们就说是我的伙计，出外去进货的。二舅看他神神秘秘的样子，心里犯嘀咕，就问他：怎么回事。那人说你就别问了，今晚早歇息，明天照我说的办。

第二天微明，老板带上二舅一行人上路，出了上海一直往远处走。到荒郊野外的路上，老板才说出实情。原来大舅早去江西参加了红军。长征开始后，他被组织上留下来坚持地方斗争，发展游击队，因为他在旧军队里干过团长，打过许多仗，有相当的组织才能。国共合作后，活动在南方八省十三个地区的红军游击队，被改编为国民革命军新编第四军，奉命向皖南、皖中集中。那时大舅是一个支队的团长。他带的部队到达皖南的岩寺地区就地待命。数年征战，都是在极其艰险的环境中，大舅九死一生，也异常疲惫。部队短暂休整后即将奔赴抗日前线，战士们都在休息。那天傍晚，大舅带一名警卫员在附近的一条河边散步，心里很宁静。这是难得宁静的片刻，后来他的警卫员回忆说，那晚他显得特别亲切，向他说起远在苏北边陲的老家，说起他的童年，说起他参加革命的经历。而这些话平日是绝少向人说起的。他渐渐有些激动和伤感。苏北老家早已断绝了音信，感情上也早已淡薄，那个地主家庭和他的革命道路是水火不相容的。但他从小上学，一直到清华学堂，又是由外祖父的不义之财供养的。那里还有他的一大群兄弟姐妹，作为长子，理应还有他的家庭责任，但他无法回去，也不能通信，那会害了他们。就要去抗日前线，等待他的是拼杀、流血和死亡。那种为国捐躯的悲壮感和飘零感，使他重又想起故乡。他说如果有一天死了，还是希望能把尸骨埋在老家。那是一份割不断的乡思乡愁。那会儿他并没有想到，隔河对岸的树丛里，正有一支枪管一直随他移动。就在他们散步结束就要往营地回转的时候，对岸的枪扣动了扳机，大舅当即倒地再没有起来。不知是谁打的黑枪。大舅死得突兀而简单。

　　二舅很悲痛。虽说大舅失去音信多年，可他相信他一直活着，而且在外干着一件轰轰烈烈的事业。他知道大哥是个有学问的人，他年轻时的举止言谈都那么与众不同。他一直是二舅心目中的偶像。外祖父死后，二舅便格外想念他的大哥。他无数次想象着他在哪里，在干什么，希望有一天，他会戴着荣耀辉煌归来。可现在一切都结束了。那一声黄昏的枪声断送了大舅的性命，也断送了二舅的梦。当他们赶着马车，离开上海几百里，在一条河边找到大舅的坟时，那上头已长满荒草。二舅和三舅扑到坟上放声大哭起来。他们没想到，思念大哥多年，会是这样相逢、这样结局的。

这是一个荒凉的河坡。周围连个村庄也没有。二舅死死盯住对岸的那片丛林，一把泥土被他攥出水来。

大舅的尸骨被运回家，来回用了三十九天。

埋葬过大舅后，二舅病了一场。之后，他像换了一个人，沉默寡言，常常闭门发呆，除了一日三次去外祖母屋里请安坐一会儿，几乎不和人说话。

那时母亲和她的几个姐妹已出嫁几年，知道二舅这样子，都有些担心，便常回娘家看他。二舅说，我没事，你们安心过日子，不要挂念我。我会好起来的。母亲说，我们都知道，你二舅的心冷了。我们都希望娘家能再发达起来，而这只能靠你二舅，他一垮，就几乎没有可能了。大家心里都不好受。那时的女子，哪个不希望娘家是一座山呢。娘家富有强盛，在婆家就不会受欺，就体面，遇上三灾两难的，也好有地方求援。

一家上上下下凄凄惶惶的，整个家庭笼罩着幻灭的气氛。压抑得人受不了。

又一场更大的灾难终于来临。

事情的起因是二舅的一个堂弟被人杀了。他的那个堂弟是棵独苗，没有兄弟姐妹，没有什么亲人。对方杀他的时候很放心，像捉一只鸡捉去杀了。这是一场私仇。

二舅对外祖母说："娘，我不能孝敬你老人家了。"

外祖母知道他要去干什么，但无法阻拦，也拦不住。按当地的规矩，他为堂弟报仇是天经地义的，不去会被人瞧不起。二舅是场面上一条铁骨铮铮的汉子，他不能被人笑话。

二舅把几个弟弟叫到一起，说你们别恨我，我揽了个麻烦事，几个舅舅说，二哥你去吧。大家都很平静。大家都知道二哥定能为堂弟报仇。大家也知道这场仇杀会没完没了。夜幕降临时，二舅揣一把短枪出门去了。那人在一个地方杂牌军的兵营里，是个小军官。二舅的堂弟就是他喊几个当兵的捉到野外弄死的。

小军官常溜出兵营喝酒，赌博，嫖女人。

二舅候了四个晚上，在赌场上一枪打碎了他的脑袋。

小军官也是当地人，也有一群兄弟。

自然要报仇。

二舅枕枪睡觉，深居简出，几个舅舅轮流值更，一人一把枪。都很兴奋。已经很无聊的日子忽然有了滋味。

但二舅不愿老是躲着。他想快点了结，就走出去了。他说我去他们家，和他们弟兄谈谈，能了就了，不能了也没啥，你们都有枪。

几个舅舅说，二哥你别去，没个好！

二舅笑笑，去了。

对方很客气。让座。倒茶。递烟。

二舅说，我们家死一个，你们家死一个，扯平了，往后怎么说？

往后？

你是说这事算完啦？

我没说算完。随便。

这事没完。

那就下手吧。

"叭！"

二舅倒下了。

办完丧事，三舅对外祖母说："娘，我不能孝敬你老人家了。"

外祖母哭了，摆摆手。

三舅提一把短枪走了。

三舅杀了对方一个兄弟。

三舅后来又被人杀了。

四舅五舅早已出走。轮到六舅为三舅报仇了。

六舅才十九岁。

六舅向外祖母告辞的时候，外祖母没哭。她只是说，你才十九岁，行吗？

六舅说，娘我行。

六舅出门的时候，看了看七弟八弟，有点犹豫。七弟八弟还是孩子。他摸摸他们的头。走了。

刚出门，八弟又喊住他，哥，你还会回来吗？

六舅的泪水在眼里打转，他想说我肯定回不来了。可他没这么说,他受不了八弟眼巴巴的泪光。他转回头说,回来!我肯定回来,你们别怕。

六舅杀了人又被人杀的时候，是一个月黑头天。

他被反绑着手，喉咙里插一把匕首，那把匕首像一把钥匙，插在他的生命之锁里，只要再转动一下就没命了。但他们没有再搅动，只把匕首插进去，甚至连手绑得也不紧。后头有人用枪逼着，他跑不了。

六舅被牵到一片野地里。他们要活埋他。

一个人被活埋前会想些什么，只有他自己知道。但那一刻六舅肯定想起了他答应过八弟的话。他肯定记起了他的谎言。他说过他要回来的。八弟还那么小，他不能骗他。

押解六舅的是两个人，一个是被六舅杀死的仇家的弟弟，另一个是仇家请来的帮手。对方是兄弟五个，也仅剩这一个了。但双方谁也不肯罢手。所有的人都在看着这两家杀来杀去。没有谁认为这场对杀会中途结束。许多年后我听母亲重新说起这场仇杀的时候，同样没有觉得有什么好惊心动魄的。如果我是当时舅舅们中的一员，肯定也会参加进去。我太了解家乡人的秉性，他们就是为一口气活着，为一口气去死。一条路走到黑，憋得八头牛拉不转，等一切都明白过来，已经为时太晚。

六舅明白得已经太晚。他才十九岁。也许当他出门的时候就已经明白了，可他不能退缩。不然人家会说他是孬种。就为不当孬种，他宁肯舍弃这一条命。

当他站在野地里，面对黑乎乎的旷野时，他知道他的时间已经不多。他已经痛感这场仇杀没有任何意义，不能再继续下去了。这话必须由他说，由他告诉他的七弟八弟。如果就此死去，不留下这句话，七弟八弟还会接着为哥哥报仇，灾难还将继续。

那把匕首插得很深，喉咙已经麻木，血管被匕首切断又堵塞闭合，并没有多少血渗出，只觉得凉凉的有些快意。仇家的弟弟正在拼命挖坑，已经挖出有大半人深了，影影绰绰只露出脑袋。再往下掘一尺就够了。六舅很魁梧，站着埋进去很要一个大深坑的。仇家的弟弟呼哧呼哧喘着粗气，只顾低头往外掏土。背后押他的人已经连打几个哈欠。天太冷，他有些不耐烦了。有时就走到坑边看看催促说，快点伙计，我冻得手都麻了。仇家的弟弟说，伙计帮忙帮到底，要不你下来替我干一会儿，我都累得手酸了。那人缩回头说你干吧，弄一身土怪脏的，我还是看住他这个宝贝。就在坑沿跺脚取暖走来走去的。

六舅不露声色，一直在悄悄挣动背后的绳子。本来就捆得不紧，不大会儿就脱了手。他捏住绳头没急于逃跑。他知道这样逃不脱的，对方手里有枪。

他终于等来一个机会，事实上也是最后的机会了。挖好坑，仇家的弟弟在里头喊，喂伙计你搭把手把我拉上来。那人答应一声，就把右手的盒子枪放在左手上，弯腰就去拉他，胳膊肘撒开，左手的枪就在六舅鼻子底下。六舅眼快手疾，伸手夺过枪，飞起一脚，把那人也踢下坑去。六舅想说点什么，可他试了试，一阵剧痛，喉管里那把匕首妨碍了发音。就用枪指了指吓得缩在洞里的两个人，开了一枪。那一枪好瘆人！

然后六舅转身就跑了。这里距家有八里地，六舅跑得飞快。他用一只手托住那把匕首，不让它掉下来。他知道匕首一旦脱落，血就会喷涌而出，无论如何也支撑不到家的。但匕首在飞奔中还是震颤不止，血在一缕缕往外流淌，他能感觉得出来。他不时把匕首往里塞一塞。六舅在和生命赛跑。十九岁的生命像一条满荡奔腾的河，像一架葱绿的山。

六舅终于坚持到家。

六舅一身都是血。脚步晃得厉害。

六舅踉跄着栽进外祖母的堂屋，一家人都跟着跑进来了。七舅八舅和一群寡妇，骇然盯住他喉咙里那把刀子。那把刀子仍在打颤，颤动一下，血沫便咕噜咕噜往外冒。

外祖母已由人从床上扶出来。六舅跪在她的脚下。六舅说娘我快不行了。外祖母说六子你是好样的。六舅说娘不要再为我报仇了，七弟八弟还太小。外祖母说我就等你这句话哩。七舅扑上去从六舅手里夺过那把枪就往外走，外祖母喝一声你回来！他还要往外走，被几个妗子抱住了，她们说七子你才十六岁，她们说七子你要听话，她们说七子七子……六舅跳起来打了七舅一个耳光："啪——"

七舅愣住了，一把抱住六舅，放声大哭。

六舅重又跪下给外祖母磕了三个头,然后拔出匕首,血突然蹿出来如泉喷。

六舅死了。

他的血终于流尽。

从此一切又归于平静。

这边不再去报仇,那边也不再来寻事。

六舅临逃走的时候开了一枪。那一枪是往天上打的。仇家的弟弟和他的帮手跌落洞里,六舅本可以一枪一个打死他们,但他没那样做。

他放过他们,也为他的七弟八弟留下一条生路。

这场仇杀以双方丢了九条人命结束。

母亲从她那个轰轰烈烈败落的家走出来,又走进我们这个同样日渐败落的家庭,也算得曾经沧海了。她的父兄留给她太深的铁血影像,太多的创伤,也给了她超出一般女人的刚强。

母亲嫁过来不久,爷爷就让父亲母亲分家单过了。

爷爷给了三亩路边地。他们就从这三亩地起手,重新做起发家梦。

这个小小的家庭是从废墟中生出的一片绿叶,充满勃勃生机。

一旦独立生活,父亲像突然间换了一个人。十五岁的父亲很想像一个真正的男子汉一样,挑起家庭的重担。他的肩膀其实还嫩得很,但他要尽量做得像一回事。干完农活,地里有了空闲,他就出外打工、做小生意,和村里其他人结伴远行,一去数百里外。风餐露宿,不辞辛苦。挣了钱回来一把交给母亲,兴冲冲的。母亲夸他几句,越发高兴,稍事歇息,便又外出了。

但生意并不那么好做。小本经营,盈亏都在分厘之间,稍一失算就会亏本。在外买吃买喝下馆子是少有的事,都是带干粮喝凉水,拼个身子省点钱,那份罪不好受的。那时兵荒马乱,盗贼遍地,被人抢个精光的事时有发生。父亲两手空空回家,见到母亲就哭起来,再顾不得什么男子汉的脸面。母亲就笑着安慰他说这不算啥,破财人安乐,下回当心点就是。父亲终于释然。振作精神,不久又外出了。

在以后的几十年中,如果说父亲是一个船夫,那么母亲就一直是家庭的舵手。她大父亲几岁,经历的事也多,父亲有一种依赖心理,而母亲则当仁不让地主持着家政。

父亲和爷爷的关系越来越疏远了。

爷爷对父亲素无好感,对他的不听调教,对他的无所事事,对他的漫不经心,几近厌恶。让他早早成亲,让他十五岁分家,已近乎一脚踢开,生子只当无。他喜欢二爷家的一个儿子,达到痴爱的程度。他时常把米面钱财送给侄子,却从来不给儿子。以至后来把分家时送给父亲的三亩地收回。父亲母亲只好求亲告友到处借贷,凑集上千斤粮食交给爷爷再把地赎回。他们不能没有地。

爷爷曾希望母亲的到来能改变父亲，可是一旦父亲真的一改木讷变得像一匹小马驹样现实地过起日子，爷爷又无比恼火了。他恼怒父亲又迁怒于母亲。动不动找茬打骂，打父亲也打母亲。他觉得他的为父尊严受到严重的伤害，儿子已真的不属于他了。这使他万分沮丧。后来有了小叔，爷爷更把父亲视为陌路人。他曾不止一次地当着母亲的面对父亲说，你死吧，你死了我一点都不心痛。父亲眨巴眨巴眼不说话。他只是在心里想，我怎么能死呢，你干吗要盼我死呢？父亲当时很生气，但很快就忘了。父亲不记仇，一生都不记人的仇，他只记住人的好处，何况对父亲呢。但这些绝情的话以及无数次的毒打，却大大伤了母亲的心。她弄不清这个古怪而暴戾的老头究竟是怎么啦。长辈要找小辈的茬，小辈是防不胜防的。争吵不断发生，也不断升级。终于几乎断绝关系。在后来几十年的时间里，父母和爷爷奶奶的关系还不如一般邻里。这首先是因为爷爷的古怪，其中也有母亲的固执。她性格中强悍的东西太多，对任何人都不愿低头。

这种紧张的关系一直到我长大以后才逐渐好转。

我小时候并没有像一般家庭的孩子那样受到爷爷奶奶的宠爱。从上小学到上中学，没有花过他们一分钱。但有两件事却让我永生难忘。一是五岁的时候第一次去县城。是爷爷带我去的。我家距县城十二里路，爷爷赶一头很瘦的黑色毛驴，驴背上搭一张小褥子。爷爷让我骑在毛驴背上。他赶着。脖颈里插一杆烟袋，烟袋包晃晃荡荡的。我一路上既兴奋又紧张。这是第一次去那么大的地方。我还不能想象县城的轮廓，可我知道那是个热闹的去处。这又是我第一次和爷爷单独在一起。平日他老是阴着个脸，动不动就大声训斥我一通，我很怕他。但那次进城，爷爷却没有训我，当然也很少听他说话。他只是闷声不响地赶路，间或吆喝几声："得！得！"如果是父亲在这种场合下，一定会唱点什么。但爷爷不唱，我一生都没有听他唱过什么。他总是阴着脸飞快地走路，也不和人说话，突然远远地吆鸡吆狗，弯腰拾一块小砖头甩过去，然后又飞快地走路。

那次进城，我已不记得爷爷办了什么事，只记得在县城西关路南的一家饭店里吃了一顿饭，吃的是大米饭、羊肉汤。那是我平生第一次进饭馆，也是平生第一次吃大米饭。从此我知道了世上居然还有卖饭的，还有那么好吃的东西。记得回到家天已落黑。尽管爷爷在驴背上垫了小褥子，我屁股上还是磨出两片血来。那头毛驴实在太瘦了，真个驴脊如刀。但我还是兴奋了好多天。

另一件难忘的事是在 1961 年。那年我从村里小学考上丰县一中。丰县一中是当时全省闻名的一所中学，学生是从全县范围内择优录取的。考上这所中学，全家看得像中举一样重要。那正是三年困难时期，考上学却没有钱交学费，还是后来父亲卖掉我心爱的猎狗才凑齐了钱的。那条猎狗被卖掉后又逃回来，逃到半路又被人打死。这段生活曾被我写进一篇小说里。现在要说的是另一件事，我去县城上学那天，奶奶送给我一只大花瓷碗。那是祖上保存下来的一只大花瓷碗，很精致，平日不用，只在过年上供时奶奶才用的。现在想来也许很珍贵，说不定是件古董。但那时不懂，也许奶奶都不知道它的真正价值，只当一件祖传的碗就是。奶奶把它送给我是让我吃饭用的。我一直在县城中学用了几年，后来和同学打架时不当心碰到地上摔碎了。那是记忆中奶奶送我的唯一礼物。好多年过去，仍不能忘怀。

爷爷奶奶是喜欢我的。我能感觉得出来。特别我考上中学以后，那份爱心更是日渐浓厚。可是由于家庭关系的不正常，爷爷对儿孙都生分了。他从没有抚摸过我的头或时常弄点什么好吃的给我，却时常远远地盯住我看，直到我消失在他的视野里。后来才听母亲说，那次带我去县城，他根本就没有告诉我父母，是他偷偷带去的。那时他刚从戒烟所里出来不久。爷爷在解放初住过三个月戒烟所，因为他吸大烟，住进去强行戒毒。

家族在经过十四次绑票和数次反抗失败后，迅速败落下去。曾祖母年岁已大，再无力领家，就给三个爷爷分了家，说各家单过。三个爷爷由那些年应付土匪开始，渐渐都染上了吸大烟的恶习。老兄弟三人由三杆快枪变成三杆烟枪，家境日渐衰微，到"土改"时，二爷三爷都被划成贫农，唯有爷爷还有二十多亩地，被划成中农。在半个多世纪的时间里，大瓦屋家已轰然倒塌。

到我年岁渐大，逐渐了解这部家史后，我开始努力理解爷爷。我为他感到悲凉。他的古怪和暴戾和由此对父亲的疏远，都含着一个老人的无奈和绝望。他的满腔的仇恨和悲愤无处发泄，只能怨恨儿子，怒其不争。在他时常远远地看着我的遥远而茫然的目光里，似乎含着他的酸痛和叹息：这孩子会有出息，可惜太晚了！

到后来我高中毕业特别是参加工作以后，爷爷再不能掩饰对我浓浓的爱心，仿佛他贫瘠了一生的精神荒漠终于有了依托。尽管这精神依托再没有任何意义。每次回乡下老家，爷爷看见我就悄悄凑上来，怯怯地和我搭讪，问一些城里的情况，让我说一些和他毫不相干甚至他完全不懂的事。他听得兴致勃勃，不时插一句没头没脑的话。在我面前，他毫不掩饰对那些事情的无知。他用慈爱得令人发抖的目光看着我，像看待一个极有见识极有身份的人。我最受不了的就是这个。爷爷在他一生中经历过无数艰难困苦，不曾向任何强暴低头，在我面前却变得那么瘦小，那么卑琐。有多少次，我想大叫一声："爷爷，我是你的孙子呀！"

那个古怪、暴戾的老头不见了。

他走路不再那么快，脸也不再那么阴沉。

没有了大瓦屋，没有了财富，也没有了脾气。

爷爷变得平静而安详了。

我知道，在爷爷对我浓浓的爱心里，既有对他迟到的安慰，也有他对往事的忏悔。他对父亲曾有过高的期望，那几乎近于苛求。父亲即便认真读书，又能如何呢？大厦将倾，独木难支，没有谁能有回天之力。

父母经过多年奋斗，到解放已有八亩地。"土改"以后政府提倡发家致富。他们更是如鱼得水。从"土改"到合作化短短的几年中，已发展到二十四亩地，一头牛一头驴，耕具齐全。如果不是合作化，他们再度成为庄园主是完全可能的。那时父亲多快活啊。

种田，做生意，听戏，一样不误。

他几乎是村里起得最早的人。

清晨还在薄雾里，父亲已吆牛下地了。不大会儿三三两两的庄稼汉子都赶着牲口离开村子，田野里渐渐有了些游动的身影。父亲爱唱，爱唱梆子戏。他几乎精通所有的古典戏曲。直到晚年，每在县城住一些日子，他什么要求也没有，每晚一张戏票足矣。戏园子是他的圣堂。父亲还是唱吆牛歌的好手，他的吆牛歌可以传出几里远。他平日说话口拙，却天生一副好嗓子，宽厚而洪亮："哈哈——嘿——喂——嘞嘞——嘹——啊哈——嘞嘞——嘹——"雾气缭绕的田野里，父亲放开嗓子，把鞭子挥成 S 形，并不舍得打在牛身上。他和牛都在悠悠地走，透着满足和闲适。这里那里，庄稼汉子们渐次都喊起吆牛歌来，此起彼伏，于是乡野从沉睡中醒来，雾气散尽，是一片明朗的天。

母亲忙着家中事，还要时常回娘家看一看，那里有许多让她牵肠挂肚的事。

舅舅们那场仇杀过后不久，外祖母也去世了。家里只剩下七舅和八舅。两人无依无靠，成了孤儿。八舅自幼是个残废人，一条胳膊细如麻秆，不能做什么事，吃饭穿衣都要人照顾。七舅十八岁时和人打了一架。对方人多势众,欺他身孤力单,把他打得头破血流。七舅吃了大亏,却无人帮助。打完架,他到外祖父和一群哥哥的坟上痛哭一场,然后依坟睡了。一觉醒来后神志错乱,从此疯痴一辈子。母亲每去一趟,帮他们拆拆洗洗,照应两天又忙忙地赶回来。有时也把两个舅舅带回家住些日子。两个舅舅大一些后,母亲和她的几个姐妹都曾帮他们娶亲,但不久都散了。一个残废,一个疯子,无法养家口,两个女人先后都走了。七舅八舅直到前几年才先后去世。两个鳏舅一死,外祖母家便一门灭绝了。

四舅早年出走,再无下落。想来早已客死异乡。后来才听说,四舅出走后去了上海,在那里安了家。六十年代,我的一个远房表哥曾去过他家。那时四舅已经去世多年,但他有儿有孙,有一个大家庭。我曾多次想去上海寻亲,却一直没能下决心。但终有一天,我会去的。那也是母亲的心愿。五舅出走后,突然在解放时有了消息,说在徐州市当了干部。母亲赶忙让父亲去打听,果然在徐州市找到五舅和五妗子。原来当年离家不久,他们都成了地下党,利用做小生意做掩护从事秘密革命活动。五妗子曾被捕蹲监一年,敌人用尽酷刑,也没能让她招供。五妗子向来性硬,当初在家时就是个坏脾气,天不怕地不怕的,这下派上用场了。老虎凳、辣椒水、烙铁、皮鞭,能用的刑全用了,她硬是挺住不投降。后来我曾问过五妗子,敌人用刑时你怕不怕。她说咋不怕,没用刑前害怕,一用刑我就火了,折腾得死去活来,我受不住了就骂，祖奶奶的！肉是你们的，骨头是我的，那会儿哪想到会活出来。敌人拿她没办法，就投进死牢。后来被营救出来时，五妗子已是枯瘦如柴，三分像人，七分像鬼。五妗子成了英雄。徐州人把五舅称为侯老五，称五妗子为侯五嫂。刚解放时，五妗子去北京参加群英会，毛主席接见大家。有人向主席介绍了五妗子的事迹，主席握住她的手称赞说，你是钢铁妈妈！后来出过一本连环画，叫《钢铁妈妈侯五嫂》，就是描写五妗子革命事迹的。五妗子做了多年的徐州市妇联主任，到1987年才去世。至今徐州市五十岁以上的人，几乎没人不知道侯老五和侯五嫂的。我第一次见到五妗子是"文革"大串联时，那时五舅已经去世，我到徐州找她，在她家吃了一顿饭，说了一些闲话，大多是她问我一些老家的事。饭后临走时送我十块钱，然后沉着脸说，到北京看看赶快回家去，别乱跑！

后来凭那十块钱，我跑了半个中国。五舅在世时，给过我们家很多东西。解放初，父亲做小生意常去徐州。每次去五舅都要给些钱物，而且每次都要送到城外。五舅性情温和，待人亲切。有一次五舅送父亲临出城时，买了三十条香烟给父亲，说回去换些粮食给孩子们吃。那时三十条香烟是很大的一笔财富了，可换一千多斤麦子。徐州到丰县一百八十里，父亲一天一夜走回家，真是高兴极了。后来父亲以这三十条香烟为本做生意，一次买了八亩地。

父亲是村里入社最晚的一批。

当村支书带着腰鼓队到家里欢迎祝贺时，父亲蹲在一旁抱头痛哭。

他从十五岁分家，以一个稚嫩的肩膀挑着担子，走遍了四省交界地的几十个县，在兵匪盗贼间穿插往返。吃苦受罪还在其次，单是遇险就不下几十次。一次去安徽的砀山县贩麻花，傍晚回来时在黄河故道里遇上强盗。强盗紧追不舍，父亲挑一担麻花在故道的阴柳棵里左拐右拐，舍不得丢下。那是五百根麻花，挑回家一根可赚两分钱。来回一百三十里，父亲都是连夜往家赶。那次父亲在黄河故道里周旋了一夜，最后还是把麻花都丢了，人也被抓住打了一顿。有一回去山东的菏泽贩卖粮食，中途碰上打仗，粮食被没收，人留下修了三天炮楼，还被砍了一刀。那年日本人扫荡，鬼子突然进村，父亲带全家仓皇逃出，刚买的一头花牛未及牵出来。半夜里，父亲顺麦垄爬回村，想把牛偷出来。潜回家刚把牛牵在手上，就被日本游哨发现，一阵排枪打来，花牛当场倒地死了。父亲赶忙滚进一条暗沟，仗着地形熟悉，一寸寸往村外爬行，进入野地，爬行三里多才脱险回来，双膝磨得血肉模糊……

这类事够他回味的了。

他用血汗挣来的几十亩地和牲畜不再属于他。

父亲两手空空，只剩下满身伤疤。他的两条腿青筋暴突，盘成疙瘩。到了晚年，那双腿每夜都要不停地抽搐痉挛，时常疼得梦中醒来。他年轻时跑过的路太多太长了。

入社后，父亲的大黑牛被分到别的生产队，可他每晚下工回来，都要去看它一次。黄昏一声低沉悠长的牛哞，叫得人心里抖抖的。父亲带一把炒熟的黄豆，去了村外的饲养室，脚下是一条荒僻的小路，月光洒在上头，依稀照出一些碎砖烂瓦。父亲走在上头，忽然被绊了一下。他弯腰捡起一块形状古怪的瓦片，在月光下端详一阵，习惯地要把它装进兜里，可掂了掂还是把它扔了。父亲咂吮一下嘴唇，又往前走。他的嘴涩涩的。

父亲在饲养室找到那头黑牛，掏出黄豆用手捧着一粒一粒地喂它吃。那头黑牛是两岁口，正是能吃能干的时候，拉犁拉耙都是主套。只是喜欢调皮捣蛋，干着干着活突然用角顶撞左右邻居，因此常挨鞭子。父亲喂完黄豆，拍拍它的脑袋，黑牛便低低地哞叫一声，显得特别乖，特别乖。它每天都盼着老主人来看它，每天都想吃老主人带来的黄豆，每天都想诉说它一天的委屈。

但父亲得走了。待久了饲养员老头会不高兴的。

后来父亲便做了社里的耕作员。

父亲依然是村里起得最早的。

父亲依然喜欢唱吆牛歌。但那歌却格外的凄凉了。

吆牛歌没有歌词，也没有一定的曲调，或高亢、或悠然、或凄婉，全看歌者的心境如何。

清晨，一个庄稼汉子赶着牲口，在薄雾里扶犁游动。他时常把鞭子挥一挥，甩成 S 形，却并不真的打在牛身上。

人和牛都在悠悠地走。

忽然那汉子唱起来:"嘞嘞——嘹————啊——嗨嗨——嘞嘞——嘹——嗨嗨——唉嗨——!……"那便是父亲。一曲吆牛歌,无词无韵,却唱出一个庄稼汉子心中的苦闷忧伤、烦恼和无奈,唱出乡村岁月的全部滋味。

雾散了。

父亲的轮廓渐渐清晰。

一群麻雀尾随在他的身后,蹦跳着在新翻的黄土地里捡食虫子。

1990 年 3 月

书　痴

古城河不远,有一小院。旁有几株怪槐,风吹不动,极僻静的。大门常掩住,寂无人语。细听,一房间内有窸窣声,似鼠之啃书,阴阴然如临岩洞。轻轻推门入院,逼近房间,忽闻有蝙蝠拍翅声,游蛇过草声,蟾蜍噬虫声,暗河潺潺声,鹰之啄石声,牛之哞哞声……噗!一声闷响,如飞泥掷天,然后一切归于沉寂。森然往门缝里窥探,猛见一人瘦骨嶙峋,蓬首赤脚,山鬼样贴壁站立,双腿打颤,正捏紧一支烟吱吱吞吸。烟云缭绕中,但见一身大汗淋淋,双目炯炯,往四壁乱瞅。满屋宣纸狼藉,飞墨点点。一支笔已抛落墙角,倦倦地卧在地上。墙上挂满字幅,有的刚刚写就,黑迹尚且未干。字有行书、狂草。狂草如雷霆霹雳,气贯长虹。行书如老根枯枝,怪奇古拙。方寸之地,包藏天地万物;尺幅之间,读尽人间沧桑。门外老人倒吸一口冷气,惊得呆了,回首对身旁学生说:"十年之后,你当留心此人。可惜那时我已不在人世了。"

上面文字见于我的一篇小说,但人物却不是虚构。这人叫景大文,故乡的一位朋友。大文在当地以迂痴闻名,走路迈着小步,飞快移动。深度近视眼，旁若无人。口中念念有词，大街上有人喊："大文！"猛不丁站住了茫然四顾，然后又低头赶路，依然是小碎步，而且越发快捷，如在竞走。忽然几日不见他在街上走动，便不是躲起来写字，就是远处访师去了。

大文学书，除了临帖，还很经过一些名家指点。但他不是学院派。他更喜师法自然，在古城乡野间汲取灵感，秦砖汉瓦，古槐老柏，风雨雷电，都是他的老师，想想也有道理，中国字本源象形，师法自然是为搜根。临近的安徽肖县有几位古稀老人，从少小就以书法自娱，功力极深厚，却从来不曾出山，只在山野间聚散无定，不求闻达。一壶酒，一支笔，也过了大半个世纪。老百姓视为高人，说冒出的多是小虾，深水里才藏得大鱼。大文数次寻访求教，风尘仆仆。归来便愈见其痴，常常闭门端坐，几日不出。谁也不知他想些什么。

我和大文兄相知颇深。数年交往，深知他的厚道为人和对书法艺术的执着追求。我每回家乡小住，必要和大文对饮一番。大文海量，斤酒不醉，我远不及他。饮酒间，他把带来的近期作品一张张铺开来，展示于我。我不懂书法，但我喜爱大文的字，更愿分享他的少有的快乐。之后，他把作品重新收好，两人继续对饮。那时我说些外头的事，他说些故乡的事，有一句没一句的，然后就是沉默。短暂的相聚，又要很快分手，要说的话很多，叫说什么都属多余。我们终于不再说。从正午喝到黄昏，都有些醉了。大文告辞而去，歪歪斜斜的，腋下夹着他的那一卷书法作品。

暮色中,我蓦地发现他的腰有些佝偻了。

大文兄,珍重!

1992 年 8 月

老　肖

小时候在乡下,老百姓把放电影叫玩电影,就像玩魔术一样稀奇。那是五十年代。

每逢老肖要来放电影,村里人几天前就知道,大人小孩都高兴,候着过节一样。老肖放电影一村一村来,今天到这村,明天到那村,排得好好的。他的行踪,大家都知道。

终于轮到我们村了。

老肖拉着平板车。车上放着机器,还没进村,人们就迎上去了。且奔走相告,大人们说:"老肖来啦!"孩子们说:"玩电影的那个家伙来啦!"孩子们称老肖"那个家伙"丝毫没有不恭的意思,相反是一种极亲切极快慰的称呼。乡下孩子没见过世面,乡村极少有文化生活,而电影队的到来是个几乎可以令全村沸腾的喜事。那时孩子们除了崇拜毛主席,往下说差不多就是崇拜老肖了。

老肖来到后稍事休息,就忙着栽杆子拉幕子。这时空地上已陆续来了一些老人孩子抢占地方,搬个板凳坐那里等候,看着老肖忙碌,说些让人高兴的话,或者回忆上次电影的内容。大家的心情都格外好。如果这时有谁被老肖喊去搭把手帮帮忙，比如扯扯绳子什么的，就几乎是一种很光彩的事了。天还没有黑透，银幕前就已坐满了人，大都是本村的，也有附近小村的。来得晚的只好踩着凳子站在外围。孩子们都来得早，差不多已等了半下午。这时憋一泡尿又不能出去，怕一动地方位置被人抢去，就在裆前的地上用瓦片或什么硬东西挖一个小坑，趁人不注意撒进去。一时渗进土里，再用脚掩土埋好，无事人一样。凡是孩子成堆的地方，总会有一股臊气弥漫，全是孩子们干的勾当。

放映前先是由村干部讲话，多是说些当前的工作，最不受大家欢迎，就有嘘声。讲话赶紧结束。接着是老肖讲话，大家就鼓掌。老肖介绍当晚影片的名字和内容，很简洁，而且用普通话。老肖的普通话水平实在一般，有些半生不熟的，至多只能叫普通字。但大家听了也新鲜，且纳闷，下午老肖说话还和咱们一样，怎么一讲话就变成这味？后来知道，电影放映员还有推广普通话的任务。大家就肃然起敬：看人家说的，快叫咱听不懂了！

放一晚电影，大家还是不尽兴。第二天老肖要走，都有些恋恋不舍，问老肖啥时再来？老肖挤挤眼说过些日子还会来的，等着吧。

大家就等。等待老肖就成为孩子们童年生活的一个重要内容。

二十多年后我参加工作，知道老肖是县电影队的，并和他成了好朋友。我问他，你到过多少村庄？老肖笑笑，摸着已经谢顶的大光脑袋，说记不得了，全县的每个村差不多都去过吧。

老肖放了三十年电影,现在老了,不放了,也不说普通话了,可他身体依然很好,他说是年轻时跑路练的。我信。

1993 年 3 月

老　袁

　　我吸烟是老袁教会的。或者说，是他教唆出来的。刚参加工作时，在县革委会通讯组，就是经常写点报道给报纸电台。那时什么坏习惯都没有。一个月二十多块钱工资，除去吃饭，一年还能省一百块钱给家里，很能办点正经事了。

　　不久，通讯组来了一个叫袁毅的人，瘦高个头，大大咧咧的。爱走神。你给他说半天话，他也眼瞪瞪地看住你，很专注的样子。说完了，他却把脖子伸过来："你说啥？"老袁原在河南省一家报社工作，离婚了，就调回家乡。

　　人家是正儿八经的记者，我对他很尊重，时常虚心求教。他也很喜欢我，两人对桌办公，一会儿扔一支烟给我："吸！"老袁吸大前门，裤子都是买成品，二十几块钱一条的；裤缝熨得笔挺，很有派头。一个大院的人都刮目相看。那时一般干部吸烟都是红骑兵或者丽华，还有吸联盟和白皮的，在袁毅面前都显得寒酸了。我被他日复一日地培养起烟瘾，就再也丢不下了。

　　老袁生活没规律，半夜不睡，早上不起，坐在被窝里还要吸几支烟。那时上下班很严，但老袁是个例外，居然没人敢管教他。偶有领导客气地提醒，老袁就把脖子伸他面前，极和气而又极明白地告诉他："我的事你最好别管。"领导就狐疑地愣住了，终于讪讪地说："老袁你真会操！"渐渐，大家都神秘地明白了，记者大约就是这样子。

老袁见小不大，见大不小，又爱管闲事。常为一些人的调动、提干等棘手的事去找领导，一点儿都不怵场。一般找县委常委，包括县委书记。那时县委书记是武装部政委兼任的，大家平日多称他政委。政委也是瘦高个头，不爱说话，遇事发脾气就骂人："×养的！"机关干部都怕他。老袁不怕。见政委在会议室排椅上坐着，就大大咧咧往他身旁一靠，鞋子一脱蹲上去。老袁爱蹲。政委便厌恶地皱皱眉，斜他一眼。

老袁并不在乎，先点上一支烟，再凑凑靠得更紧，一边神神秘秘地说，一边不断用手拍政委的肩。他拍人肩的姿势极优美，不是把胳膊抡圆了使劲拍打，而是全靠手腕的功夫，用五个指头和掌心轻轻敲击，像弹肉琴。全县几十万人没人敢这么拍政委的肩，可老袁敢。政委极力忍着他的脚臭和烟味，不便立即发作。大记者，了得？但他无穷的敲击又让他不堪忍受。老袁敲一下，他便往外挪一点。老袁也就跟进一点。不一时便从排椅东头敲到西头。于是老袁换个位置，绕到政委西边重新蹲下，依旧是边谈说边敲击。

如是又把政委从西头敲到东头去。你若不答应，两个小时内，他能把你敲几个来回。政委终于吼一声："×养的，烦不烦！"

老袁却笑了："× 养的，你歇会儿？"托他办事的人在外看得心惊肉跳，直担心政委会拔枪把他崩了。见老袁出来，忙问："咋样？"老袁挤挤眼："成了！"

后来老袁出差，在火车上结识了一位比他小十几岁的姑娘，两人谈得很投缘，就领来结了婚。我怀疑是否也是敲肩膀敲成的。姑娘在四川工作，老袁也调去四川了。他说换个地方玩玩。老袁活得潇洒。头几年他又重新调回河南，大约是四川玩腻了。

这两年零星有消息说，老袁已辞职，有人见他在北京调火车皮，莫不是在倒卖长安街吧？

1993 年 5 月 13 日

杂货店主

（上）

　　村中十字路口那家小杂货店是三爷开的。门里门外常有一些人或蹲或站，说些天南地北的事。三爷喜欢有人在这里聊天。柜台外一张破方桌上放一副纸牌，供大伙娱乐，有时也赌点小钱增加气氛。三爷不许赌大钱。他自己趁空也参加。有人买烟酒，就让他自己付钱自己取货。年龄大些的不会有人少付钱，年轻人却常骗他："三爷，钱放这里啦！"拿了烟就走，其实没付钱。三爷的杂货店常亏本，亏了本就骂娘。但有时盘点，忽然又涨出许多，涨出来也骂娘。他知道是那些坏小子捉弄他，后生们嬉嬉笑，没谁认账，说三爷你准是遇上狐仙了。三爷便恶狠狠说："你们往后谁也不准进我的柜台！"但三爷没记性，转脸就喊住一个后生："小子，给我看一会儿柜台！"然后慌慌张张往厕所跑去。三爷上厕所其实是上野地，除非万不得已上公厕，几十年都是去野地里拉屎拉尿。三爷说这叫接地气，长寿。三爷上厕所就显得动静很大，半条街都知道。三爷有个特点，不管在哪里，一有上厕所的念头便马上解裤带,然后提着裤子大步流星往村外跑。有后生故意远远吆喝:"三爷去哪!"三爷并不搭腔,只回头张望一眼继续狂奔。事毕,三爷从野地归来,就显得从容了。他并不急于把裤带系上,而是两手端着,像戏台上的包公端着蟒袍玉带,一路和人打招呼。三爷当村支书时,这么一路上能处理几件事。

三爷在我们村当了三十年支书,因他在赵家辈分长,官称三爷。比他辈分更长的老头老太则叫他老三。三十年间,他其实是以老族长的身份领导全村和处理事务的。上级布置什么事,到他这里全变了味,阶级斗争变成"四类分子"扫雪,路线教育变成平整土地,"评法批儒"变成搞识字班。三爷在公社开会常吃批评,说他像个维持会长,但三爷在村里却有绝对权威。年轻人打架斗殴,爹娘都拉不开,有人报告三爷,他便弯腰操一根棍子,寻上去一阵乱打。或喝令民兵捆起来,一人捆一棵树上饿半天,然后再进行训话。年轻人挨几棍不怎么怕,就怕三爷训话。三爷训话其实没几句词,但从天黑能训到天亮,训得人直打瞌睡。三爷断官司不分是非,打架闹气全无理,训一顿一跺脚:"滚!"就都滚了。事后双方消了气,想想还是三爷对,气头上谁都有理,官司没法断。

1993 年 7 月 10 日

杂货店主

（下）

我和三爷相知相交，是高中毕业回村以后。那时，我已没有更高的理想，只想做个优秀的庄稼人，干活很卖力气。三爷很赞赏，向公社推荐让我做大队主任，给他当副手。从此我们就常在一起开会、干活、喝酒、处理各种矛盾纠纷。那时的干部，很多精力都花在处理纠纷上，因为人和人的关系太紧张。三千多人的村子，十个生产队，按下葫芦瓢起来，天天都有纠纷，有时一天数起，我和三爷几乎是马不停蹄。老实说，三爷的好多做法都不上路子，但我又不能不佩服他周旋和化解事情的能力。三爷处理问题威风八面，但他有一条原则，就是不害人、和为贵。他像一位仁慈而又威严的帝王，保护着他的子孙和臣民。

1971年初，县里调我去通讯组搞新闻报道。开始我不愿去，我已醉心于乡村事业，想为改变家乡的贫穷面貌出一把力。那时的思想是非常单纯的，并没有多想今后的发展前途。一天晚上，三爷叫我去他家喝酒。桌上摆四样小菜，两双筷子，一壶酒。开始，他一直不说话，只和我喝闷酒。三壶酒喝光，三爷额上沁出汗来。他一直不看我，这时抬起头说："你走吧。我本来想叫你接班的……还是走吧！在外头啥时都别忘了，咱是平民百姓出身。"后来，我到县里工作了。几年后三爷也退了下来。三爷是个强者，可在他任职期间，村子依然贫穷。有几年，他非常忧郁，常常自责。大伙都劝他，这不能全怪你，你已经尽了全力。是的，他的悲剧是那个时代的悲剧，三爷是一代人的缩影。后来我以他为原型，写过一篇小说《祖先的坟》，发表后居然收到上千封读者来信，其间多是三爷同时代的干部和他们的子女。他们说感谢我对那一代人的理解。我一直认为，对于前人，我们尽可以去总结他，但没理由轻薄他。我们也会成为祖先，我们今天所做的一切，同样等待着后人的评判。

作品中的主人翁死了，真实的三爷依然活着。他知道我把他写进了小说，并且是死了。三爷毫不介意："我死过一回，就不会再死了。"他时常在他的杂货店里向人说起我，说本夫在省里当材料员，我早看出他会写材料。年轻人纠正他说是作家，可他坚持说我是材料员。

三爷从"土改"当干部几十年，已不惯于蜗居家中。他在十字路口开一爿杂货店，一人独居。往来行人经过此处，总爱歇歇脚和他说几句话。他们知道这家杂货店的店主曾是位叱咤风云的人物。但三爷到底老了。刮风下雨的天气，杂货店就显得格外冷清，偶有行人也是脚步匆匆，顾不上看一眼他的杂货店。三爷走出柜台，蹒跚着倚住破门板,望着十字路口的斜雨,那时便显得茫然而呆滞。

算起来,三爷该七十岁了。

1993 年 7 月 11 日

老 道

（上）

老道姓石，民间称石老道，在苏鲁豫皖交界的十几个县是个传奇人物。石老道家在石洼村，距我家村子仅三华里，隔野相望。自小就听得他许多故事，只是不常见到。石老道有子有孙，但他不受家室之累，终年以卖膏药为生，野行道宿，行踪飘忽。

六十年代末，我刚回乡务农时，常背粪杈子四野捡粪，顺便去外村找人下棋。周围几十里，哪村有高手，我都知道的，他们也知道我。我那时迷恋象棋，本村已无敌手，就到处找棋友。大家混得熟了，有时去对方家中，有时相约某一日去某村某棵大树底下相聚，几乎每人都背个粪杈子。见了面把粪杈子往旁边一放，脱一只鞋垫腚底下，树底下铺一盘棋，坐下就杀。其间有一位叫石树俊的人，就是石老道的儿子。他年岁比我长得多，大家称他老石，也叫他臭棋。叫他臭棋是开玩笑，其实他棋道不错，在全县也有些名气的。老石善用马，且偏爱马，马跳八方，神出鬼没。中局兑子，他宁愿舍车不愿丢马。知底的人常在一开局就炮敲掉他的双马，就敲掉了他三分精神。老石好客，三五棋友常去他家下棋，有时下一夜，半夜吃一碗面条，到天色微明时散场，各自背起粪杈子踏霜而归。这时路上正是拾粪的好时候。奇怪的是，我去老石家多次，一次也没见过石老道。问老石，他也说不知去了哪里。但在荒野里有时却会不期而遇，见他背一褡裢，正从前头晨雾里蹒跚走来，拐上一条大道又飘然而去。你永远都弄不清他从哪里来，要到哪里去。

据说石老道的膏药有神效。他的膏药种类很多，跌打损伤、关节风湿，还有妇女病什么的都能治。最出名的是白鸡膏，专治骨折。这种白鸡膏是用多种药料配成的，见过的人说，先取一只白公鸡，要雄健的，不放血，活拔毛。拔净以后开膛掏出五脏，要快，而且不用刀子。这时候公鸡仍是活的，拍一下，叫一声："喔！"然后按在干净的石臼窝里，连同骨头一起，用石杵捣成肉泥。取出来，再掺放十几味中药，用香油熬炼。中药有虎骨、元寸、大海马、乳香、儿茶、当归、血力花、川芎、红藤、荆芥等。据说除此以外，石老道还要掺放一味药，是秘而不宣、从不告诉人的，人们传为"绝药"。离开这味药，便效力大减，也就不是石老道的膏药了。

1993 年 8 月 8 日

老　道

（下）

　　石老道卖膏药没有定所，有时在小县城的街头，有时出现在偏远的小村子，有时候还在荒野的三岔路口，铺开摊子，默默坐上一天。偶有行人经过，禁不住放慢脚步，好奇地打量几眼：在这样一个荒僻的地方，把膏药卖给谁呢？但他并不着急，好像只是为了避开人尘，到这里咀嚼孤独。黄昏，一只归巢的暮鸦，突然掠过头顶，"呱"一声射向远处的一片柏树林。石老道慢慢收拾摊布，背起褡裢，摇摇晃晃走向暮色深处。

　　我曾几次在县城街头看石老道卖膏药。因他常年四处漂泊，每在县城出现一次，就会引起许多人围观。石老道卖膏药并不说什么，一张油布铺地上，从褡裢里取一块黑烟油似的膏药往上一放，便闭目养神。任凭街头闹闹嚷嚷，如处无人之境。石老道养神养得足了，用长长的小拇指甲把松长的眼皮挑起来，伸出干柴样的手，拿起那块黑色膏药，放在手里慢慢搓，慢慢捻，膏药渐渐变成一根细长的墨棍，形如一条钢筋。然后用二拇指往中间轻轻一敲，断成两段；提起来再敲，又是两段；再提起来敲……不大会儿，一条墨棍全成了碎段。他把散碎的膏药聚拢一块，又一节节从断口安上，重新接成细长的墨棍，然后使劲拉，竟可以拉得比先前还长，却不会从接口断开。先前用手指敲时极脆，这时又出奇的黏。如是三番，累了，便又闭目养神，仍是一言不发。围观的人目不转睛看他动作，并不觉得寡味，反被神奇攫住了心。一圈人屏住气垂手而立，仿佛在向一个遗体致哀。

但很快就热闹起来，许多人开始买膏药，有的家有病人，有的其实无病人，唯恐错过机会。如果有人多嘴，问一声这膏药用什么做的，石老道便翻翻浑黄的眼珠："羊屎蛋、树脂、锅灰、撒泡尿一和，烧开就成。"石老道从来都说他的膏药是假的，但越说假的越有人买。有时候，以往用他膏药接好骨的人来向他道谢，石老道偏又不认账，冷冷地说：

"你认错人了，没买过我的膏药。"

"没错，这还不记得吗？"

"要么就是骨头本来就没断。"

"断了……"

"断了怎么能接上！"

石老道勃然变色，好像被人栽了赃。

石老道是个怪人。夏天一身青布衣，冬天一件百衲袍。百衲袍名副其实，少说也有一百多个补丁。赤橙黄绿青蓝紫，色彩斑斓，形同乞丐。脑后拖一根前清时留下的小辫，白白的，细细的，无光泽，也不整洁，如同一小束乱草。关于他的年龄，始终是个谜。多年前有人问他多大岁数，石老道说："九十三。"再过十年，又有人问他高龄，他用二拇指勾了勾："九十。"又退回去三岁。再过五年，他又说："九十九。"这一次没退，五年倒长了九岁。此间有句民谚："人过百，阎王催。"如果有谁真的活到一百岁，便只说九十九。老活着，就老是九十九。其实石老道早过了一百岁。我曾问过父亲，石老道究竟有多大岁数。父亲当然说不清，但因为是邻村，大体能估摸出来。父亲说，我是小孩子的时候，他就是个老头。

石老道活着时已是个古人。据说他小时候家里极穷，流浪到峨眉山出家当道士，后又辗转归来。游走人间一百多年，算起来，石老道当生于清朝同治年间。

五年前，石老道终于去世，无疾而终。

1993 年 8 月

冥　路

　　故乡的寨子有三千多人口，死人的事是经常发生的。按乡俗，死人入殓下棺，举行一系列祭奠仪式之后，就是举棺抬向坟地了。在这条通向阴界的冥路上，照例会有一个手扶棺头、在前引领的人，家乡人叫"报路"。

　　在差不多半个世纪的时间里，寨子里的"报路"都由一个姓韩的老头充当。这个为死者引路的角色，自然是受人信赖和尊重的。"报路"实际上还是抬棺送葬的总指挥，而送葬本身有许多古老的禁忌，稍有差错，都会招来极大的麻烦甚至械斗。寨子里都是赵姓一族，却这样信赖一个外姓人，其间是有缘故的。

　　这位姓韩的老人出身很苦，原是赵家老族长买来的一个"小子"，当然是很久以前的事了。那时他才十来岁，跟着当族长的老爷提壶倒茶点烟袋，做贴身小厮，很得老爷喜欢。但不久老爷去世，他又成了流浪儿。寨子里人看他可怜，便常周济他一些吃的穿的。韩也常为这家那家干些杂活。遇有婚事，就去劈柴洗碗抬嫁妆；遇丧事，就陪孝子伴棺守灵，架孝子磕头谢宾，且和孝子一样披麻戴孝。久了,便熟悉了婚丧中一切繁杂礼仪。当韩二十多岁时,已是一个出色的礼仪主持。经他主持的婚丧,总是周到圆满,即使遇上麻烦事,也能逢凶化吉。有一年,寨子里一位老妇人去世,因儿子生前不孝,出殡那天,舅舅带一帮人来教训外甥。这在当地风俗中,是天经地义的事,别人不好阻拦。舅舅并没有说什么话,只待送葬开始的时候,端上满满一碗酒放到棺材头上,然后手持丧棍站在那个做儿子的身旁。这一放大家都明白了,这是个古老的规矩:在抬棺材去坟地的路上,碗里酒只要洒出一滴,舅舅就要揍外甥一棍,洒两滴揍两棍,步步泼酒,就要一步一棍,打死勿论。从家到坟地三里多路,沿途要过几道干河沟,路途坎坷,要让抬着的棺材不摇晃几乎比登天还难。

人命关天,眼看要有祸事发生。做儿子的后悔莫及,只伏在棺前的土路上痛哭。寨子里人都捏一把冷汗。韩老头也倒吸一口凉气,儿子不孝,罪不当死,总要救他一命。韩老头从抬棺送葬的人群中挑出三十二条壮汉,分成四班,每班八人,四高四矮。因棺材都是前高后矮,就让四位矮个抬前,四位高个抬后,以保持棺材平衡。分拨停当,韩老头扶住棺头,稳稳地喊一声:"前后——起哇!"八条汉子把棺材抬起,碗中酒纹丝不动,引得围观人一片喝彩。韩老头又吼一声:"迈碎步往前——走啦——!"孝子在前:"叭!"地摔碎老盆,亲眷哭声大作,抬棺队伍便缓缓上路了。按规矩,一路上棺材不能落地,每八人换班时只能悬空换肩,四班人马小心翼翼,如履薄冰。韩老头扶棺引领,眼观六路,耳听八方,

208

不时高声吼喊:"左边有蹩脚坑——跐脚缓行!""前头上坡——前杠低三寸!""右边有水——小心脚滑!"一口上好的柏木棺加上底座,足有两千多斤,每人肩上都有近三百斤的分量,还要爬坡下冈,行走百步就会气喘吁吁。四班人马不停轮换,韩老头扶牢棺头,倒退而行,呼喝喊叫,大汗淋漓。到墓地时,棺头那碗酒居然滴酒未洒。做舅舅的只好用这碗酒祭奠老姐姐,外甥也磕头谢罪,一场风波总算平息。

韩老头八十多岁去世。安葬那天,一寨人为他送行。

1993 年 10 月 21 日

蒋寿山

蒋寿山，战士，功臣，战地记者，右派，编辑。

我只见过蒋先生两次，都在八一年。第一次是在夏天，从丰县到南京来，为《雨花》修改后来引起很大争议的小说《"狐仙"择偶记》，临走时到《钟山》杂志社小坐，那时我在《钟山》发表处女作《卖驴》才两个月。

蒋先生正伏案看稿，只穿一件背心，肩胛上全是汗水，皮肤似古铜色。他从椅子上转回身，两眼迷蒙着，像看一片荒野。很久，忽然嘴噘成圆筒，笑了："唔，小灶。"于是我知道他是山东人。

"小灶"就是"小赵"。

蒋先生把他的茶缸子递给我，之后就没说几句话。只是搓着手欢喜地看住我。

第二次见到蒋先生时，他依然是这么欢喜地看住我。

那是当年冬天，江苏文艺出版社在连云港召开长篇小说座谈会，我应邀参加，和蒋先生同居一室。这时，我们已有多次通信，彼此有了更多的了解。蒋先生从胶东半岛参加革命后，当战地记者多年，纵马于硝烟战火中，一支笔浸透了血迹。1957年被错划为右派到了地方，在山西文联工作时和赵树理成为朋友，后二次下放，平反后调到江苏。蒋先生传奇般的经历，尽可以写一部长篇小说。可我认识的蒋先生却是一位平静的长者。在连云港几天，有时相伴去海边，有时去山冈，面对落日和大海，我感受到的是无言的壮阔。蒋先生娓娓叙谈的是人生、文学和编辑的话题。他说，"小灶"你知道吗？有人觉得你从文坛上冒出来有些突然，可我已经盼了多年，你家乡靠近山东，我熟悉那里，文化语言、历史民风、古道荒野，早该出一位作家。你不冒出来，也会有别人冒出来。

我终于知道他那么喜欢我的原因，也因此懂得了什么叫编辑。

编辑看到一位文学新人的出现，其欢欣绝不亚于作家写出一部好作品。

那几天，蒋先生买了一堆橘子，每每剥了皮递给我，看着我吃。我说你怎么不吃，他说我怕酸。短短几天，我沐浴在一位长者的慈爱里，这是缘分。

可惜这缘分太短。第二年，蒋先生身患绝症不幸去世。后来知道，他在病床上编发的最后一部小说是我的《古黄河滩上》。蒋先生去世已经十一年，我时常会突然想起他，突然。在我写这篇小文的时候，曾想另起一个题目。可是想来想去，没有比"蒋寿山"三个字更堂堂正正的了。的确，蒋先生只是一位普通的编辑。可我时常在想，什么叫"普通"呢？只不过生活和历史没有为他提供机会罢了。每个人都有一个人生，每一个人生都有一段不寻常的经历。

听说蒋先生的追悼会上,自发去了很多人。他躺在那里,身上穿的是平反时发还的军装。那是他唯一展示给人们的荣誉。追悼会上哭声一片,惜乎蒋先生已悄然去了另一个世界!

他的名字就是他的墓志铭。

1993 年 12 月 21 日

马校长

马校长是我小学的校长,至今不知道他的名字,因为那时太小。而且说不准他的年龄,大约在四十岁到六十岁之间。在孩子的眼里,大人都差不多大,除了特别老的老人。

小学设在赵家祠堂,初小,只有四个年级。

前院东厢房是先生的办公室,西厢房是一二年级合用的教室。后院西厢房三四年级合用,东厢房放些杂物。主殿依旧空着,有时村干部开会用用,春节时族人在这里祭祖,阴森森的。平日学生不大敢进去。

全校只有两个老师,一位是马校长,兼教语文;另一位是教算术的刘老师,兼做教务主任。两位老师家都在附近村上,有时晚上回家,不回家就住在祠堂腰房里,各人住一间,合用一个灶。尿罐则各人是各人的。马校长的尿罐就是一个土盆,灰色,白天放墙根晒,老远就闻到臊气。刘老师是个小青年,就讲究得多,尿罐是方的,好像紫砂一类的东西,很精致,用完了白天用水冲洗,还用一块旧布擦拭,翻来覆去地擦,然后再放在阳光下晒,放下了还要直起腰端详一阵。村里人说刘老师的尿罐干净得可以熬鸡汤。

上世纪五十年代初，乡下办学条件差，一个乡几十个村不过两三所小学。像我们村有小学而且有祠堂做校舍，已经很好了。两个年级合用一个教室很麻烦，一半坐一年级学生，另一半坐二年级学生。老师教一年级时，二年级做作业，反之也一样，这就难免互相干扰。遇有调皮捣蛋的学生，老师就用小棍子敲脑袋，敲得梆梆响。学生年龄也参差不齐，小的七八岁，大的十七八岁，个别的已经娶过媳妇了。下雨天，有小媳妇来送伞，脸红红的。年龄小的学生就起哄："下雨天，满地水，媳妇送伞抿着嘴儿，媳妇媳妇你别跑，吃口奶子亲个嘴儿……"小媳妇转脸就逃，小丈夫则满脸羞红。那时正上课，老师呵斥不住，一时又有小的尿湿了裤子，大学生从桌底下捅小的一拳头，小学生就哇哇大哭。教室里老是乱哄哄的。记忆中老师总在发脾气，大踏步在教室里走来走去，一会儿敲敲这个，一会儿拎出去那个。被拎出去的冬天罚冻，夏天罚晒，院子里总有几个学生站着，教室里学生就探头探脑。

刘老师很阔气，头发梳得光光的上了蜡，中间分一道线，叫"二马分鬃"，喜欢在帽檐和裤管上别一圈回形针，一走路闪闪发光，很好看。上衣口袋里一排挂四支钢笔，后来听说其中两支只是笔帽。其实这是五十年代农村的一种时尚，就像现在的年轻人穿牛仔服、戴金戒指一样，算不得什么。村里人有些看不惯，刘老师威信不太高。

马校长就不同了。马校长个子很高,稍有些驼背,长脸,大背头,穿着不太讲究。写一手好毛笔字,过年常为村里人家写春联。谁家娶媳妇嫁闺女也请他写喜字,娶媳写双喜字,嫁女写单喜字。喝酒和长辈一起坐上席。马校长酒量很大,可以喝三壶,脸膛红红的,喝醉了低了头不说话,蹒跚着回学校。大家就很满意,说马校长喝好了。

马校长打学生,威信却很高。平日里,他总笑眯眯的像个大妈,很慈祥的样子。但学生捣蛋时,被他提住了就揍屁股,而且只揍屁股。总是把你脑袋夹在胳肢窝里,从背后俯下身去一阵大巴掌,打得呱叽呱叽响,或者用教鞭抽,绝不留情,抽破了皮就背去看医生。村里人老看到高高大大的马校长背上驮个孩子出校门找医生,就有人在远处喊:"马校长!又打伤一个?""又打伤一个。""该揍!"

村里人不怪他。还说他教学认真,心眼好。当初家长送孩子上学时就说过的:不听话只管打!

学问当然是打出来的。村民们从来都这么认为。

我跟马校长上到四年级,都当级长。后来小学建成完小时,他和刘老师都调走了。四年里,我挨过马校长两顿打,一次因为瞌睡,一次因为砸了刘老师的尿罐子。刘老师的尿罐子老被学生砸烂,差不多十天八天就要换一个,换个新的还是紫砂。现在想来,刘老师其实生活得很有品位。

马校长和刘老师是我人生最早的启蒙老师,其实他们都教给了我很多东西。三年前我有一篇小说《到远方去》发表在《钟山》,

我在里头说至今仍记得一年级刚入学时的课文，第一课：开学了。第二课：我们去上学。第三课：学校里同学很多。四十多年了，不知两位老师是否还活着。

1996 年 8 月 14 日

童年拾零

乡下孩子的童年，较之大城市的孩子，吃的穿的玩的，都无法类比。这是两个完全不同的世界。

乡下生活苦。大人们一年四季忙于田里的农活，又有种种家务事，白天黑天都少有空闲，他们既没时间也没有东西娇惯孩子。而且常常因生活的困窘无端迁怒于孩子，有时，孩子一点小小的要求或顽皮，也会招来老大耳光。于是，孩子怯怯地哭着，躲到一旁去了。大人便接着忙。忙到二更天，要睡觉了。忽然发现孩子不在床上，这才觉到心中一沉，慌慌张张出门寻找。一路唤着，一路打听。终于，在坑塘边的一棵树底下，或在村头的草垛旁，找到了。孩子已然睡熟。蜷缩着瘦小的身子。梦里时有抽泣之声。大人便默然良久，沉沉地叹一口气。之后，弯下腰，轻轻把孩子从地上抱起，裹在怀里。用下巴蹭着孩子的头，慢慢转回家里。放进被窝，盖好了。又坐到床沿上，侧转身，用一根拇指，捻去孩子眼角的那两抹泪痕。然后，抽一袋烟，注视一阵。舐犊之情便尽在其中了。

乡下孩子受了委屈，不像城市孩子那样，过后可以得到种种补偿。买点什么糖果、玩具，逛一趟公园、看一场电影，等等。乡下孩子得不到这些，既没这个条件，也没这个闲钱，并非庄稼人的感情都那么粗糙。实在说，是生活过于沉重了，他们顾不上这些，但并不是他们就忘了孩子。

有时，会有这样的情景。某一日逢集或庙会，在这前一天，小孩子便想着跟大人去。但不敢说。有的要上学，有的要放羊，或者看弟弟妹妹，只好憋住了。庙会这天，眼巴巴看着大人走了。玩一玩的可能既无，便暗中盼望大人能带点什么好吃的。好吃的东西则莫过于包子了，我家乡的包子委实是极好吃的，有肉包、素包两种。肉包里是猪肉或羊肉；素包里有蛋饼粉丝。外皮是发面。在平底锅里煎做，煎三面，出锅时都带着薄亮的油翅，胖胖的，黄黄的。咬一口外酥内软，口感极好。这些年，我吃过天津的"狗不理"包子、北京的小笼蒸包、南京的锅贴，但都不能和我家乡的煎包相比。今年春节后，青海一位作家朋友去看我。我请他们夫妻俩专意品尝了家乡的煎包，竟是赞不绝口。大人果然从庙会捎来一串包子。包子用秫秫秆穿成一串，或十个，或八个。油嘟嘟的，让人发馋。孩子高兴至极，一跃接过，撸下一个便吃。忽然想到应给大人尝一尝，又撸下一个送上去，很慷慨的样子。一般说，做母亲的舍不得吃，只笑笑。父亲从庙会一路拿来，也没有尝一尝。此时，也就接过去，象征性地咬去一点尖："好吃！"又送还孩子，孩子便欢呼着去了。如果这家兄妹三四个，每人则只能分到二三只包子。但这也就不错了，足以让孩子们高兴半天。

我们村上的孩子算是幸运的。我们村是很古的一个寨子。始建于元代，全是赵氏一族，有三千多口人。当地很有名气。周围有寨墙，数丈之高。寨墙和寨子一样古老，为旧时防匪之用。五十年代时，尚有古寨墙数截。孩子经常在上头爬上爬下，做攻城游戏，或登上寨墙放风筝，十分有趣。更让孩子们高兴的是，寨子里每年有七个古会。麦前四个。四乡农民赶来卖出农副产品，操置夏收夏种的农具等。腊月里有三个古会。这是农闲季节，又临近年关，古会便格外热闹。初七、十八、二十五。以二十五这最后一个古会为最。叫卖声，鞭炮声不分点儿地响。春节的气氛已是相当浓了。我和伙伴们便在会上钻进钻出，尽情玩耍。会上除有卖东西的，还有许多玩场。如斗羊、说书、唱戏、玩魔术、马戏团、下棋、摔跤、砸圈套宝，等等。会上沸腾了一般，常有山呼海啸般的喝彩声，孩子们简直不知在哪里玩好。哪里叫得响，就往哪里挤。饿了也不回家吃饭，到包子锅前买一盘煎包,吃了便跑。

逢庙会，我们村上的孩子都会有些收入。庙会规模大，周围十县八县都有人来做生意，故几天前便开始准备。外地做大生意的要提前来搭棚支锅，选择地方，但不必他们亲自动手。全由我们寨子的大人代劳。当天庙会结束，他们只须付一些地皮钱就行了。但更多的是小本经营，要摆小摊，这些小摊则由孩子们负责。前一两天，孩子们可自由占据一块地盘，把家里的小床、木板、席片、案板之类东西搬出来，放在那块地盘上，这地方便归你所有了。庙会那天凌晨乃至半夜，就有小商小贩赶来，抢占有利地方。看中了哪块地方，便和占领这地方的孩子打交道，出钱租用。连地方加案板。随你给钱。一般，他们都不亏小孩子。租用一天，或三毛、或两毛。而且不等庙会结束，一开始就付钱。这和大人不一样。他们知道孩子们忙了几天，就等这几个钱花呢。每逢庙会，我也和孩子们一起抢占地盘，每次都能得到二三毛钱。这笔钱，家里大人不会没收，归孩子自己所有。五十年代时，一分钱可以买两个包子。如果收入两毛钱，就可买到四十个包子，相当富裕了。所以，中午尽可以不必回家吃饭。但许多孩子舍不得花完，要买点铅笔、橡皮什么的。或者，剩下一半，傍晚又交给父母。农家的孩子懂事早，已多少能体贴到父母的艰辛了。大人接过带着孩子体温的那一毛钱，常会掉下泪来。

如今三十多年过去了，童年的生活仍历历在目。有时会在梦中重现。我十分怀念已经逝去的童年，也感谢童年的生活。因为它早早就教给了我许多人生的道理。

1994年7月

灶 窝

家乡的厨房叫锅屋,一般都比较宽敞,做饭吃饭都在里头。除贵客临门往堂屋引领,平日家人议事、邻居串门多在锅屋。冬天的晚上,锅屋里还要拴羊,白天太阳出来了再牵出去。锅屋暖和,一到冬季,这里就成了人们活动的重要场所。庄稼人聚在一起,谈天说地,神聊八方。有时也找一本《七侠五义》来,一人念大伙听。或蹲、或站、或坐,有人干脆往灶窝里一躺一靠,舒服极了。灶窝里堆满柴草和庄稼秸秆,都是烧锅做饭用的。灶窝柴草是否丰足,是评判这家人是否勤快富裕的依据之一。锅屋里弥漫着烟火柴草和羊臊的气息,忙碌了大半年的庄稼人,能在这里打发整整一个冬天。这里是乡村文化的发源地。

灶窝之于我,有着无尽的回味。最早的文学启蒙,就是从这里开始的。邻家大奶奶家的灶窝不像一般人家那样凌乱,冬天也不拴羊,收拾得整洁敞亮。老太太年轻守寡,洁身自好,平日既不和粗鲁的庄稼汉子嬉笑,也不参与村妇们的飞短流长,是个很有品位的人。老太太原是小家碧玉,自小读过很多书。嫁过来后命运很是不好，丈夫早早去世，留下一儿一女一百多亩地。老太太年轻时很漂亮，家中又有些资财，麻烦事就多了。地痞流氓骚扰，土匪绑票抢劫，吃了无数苦头。后来老太太把表侄叫来管家，忙时也请几个短工，帮着侍弄土地，光景还是一年不如一年，到解放时剩七十多亩地。

我们村大户人家不多，划地主就算她一个，因为有雇工剥削。老太太倒也想得开，虽说常参加四类分子会，但总算告别了夜半枪声的惊扰。老太太和周围人不太来往，却喜欢孩子们。我和她孙子是同学，同年同月生，很要好，便常去她家玩。老太太坐在灶窝里吸一根长烟袋，讲故事给我们听，一群七八个小伙伴围她身边。开始老太太背些唐诗宋词李清照，讲些黛玉葬花、苏小妹三难秦少游之类，不热闹，大家就缠她讲些热闹好玩的。后来老太太就讲连台大故事，如薛仁贵征东、大红袍、三侠剑。老太太吸着长杆烟袋，脚边放一火盆，讲起来不紧不慢，把孩子们带入一个神奇遥远的境地。这是我所接触的最早的文学了。

老太太除了讲故事，每晚还检查我们的作业，讲一段就让回家睡觉，怕误了天明上学。她像喜欢亲孙子一样喜欢孩子们。虽是地主分子，却对新社会十分热爱，也关心国家大事，世间事就是这么怪。老太太一生阅尽人间冷暖，但在孩子们面前却表现得那么纯净和富有爱心。后来我第一篇小说《卖驴》在全国获奖，老太太在乡下听说后高兴得挂着拐杖去看我母亲。我让妻子带上获奖证书和补品，专从县城回乡下老家让她看看。老太太手捧证书流了泪:"来看我,这比什么礼品都金贵!"

老太太九十一岁去世,无疾而终。我专程赶回老家为她送葬。认真说起来,她应当是我走上文学之路的第一位启蒙老师。

1994年1月1日

听　戏

家乡丰县是个戏剧之乡。那里曾有许多古老的戏曲：花鼓、大鼓、莲花落、琴书、四平调、柳子戏、梆子戏，等等。群众对戏曲的迷恋达到狂热的程度。直到五十年代，几乎每个乡都保留着剧团，很多村子都有"小窝班"。而每个团、班都有自己的名角，各响一方。

一到农闲时节，乡村处处锣鼓声声。晚上的夜戏是最为迷人的。几辆太平车并成大戏台，上头铺上木板，三面用秫秸箔遮挡。前台大敞，横悬两盏雪白的汽灯。天还不黑，庄稼人便从四方赶来了，男女老少，携手嬉笑，像赶庙会一样热闹。事实上，戏台周围也有许多卖东西的。烧饼、麻花、香烟、茶水，摊上幽幽一盏灯笼，很吸引人，特别是孩子和老人。开戏前，台下万头攒动，人声鼎沸。而锣鼓一响，立刻鸦雀无声。戏台一般设在村中空地或村旁打谷场上。有时也在野地里，更便于招徕容纳四方百姓。旧时，大户人家有事请戏班，常故意把戏台搭到麦地里。那时麦子产量低，苗也稀。经过万人践踏，狼藕一片，但怪得很，开春一场雨，再锄上一遍，几天工夫，麦苗便浓绿一片，好似上了几遍大粪。据说主要是脚气沉入土地，肥壮得很，所谓"麦收战场"。

过去，家乡人说听戏，不说看戏。那时不像现在的舞台，有灯光、布景许多讲究。戏台上就是两把椅子一张桌，简单得很，而且上万人听戏，好大一片，哪看得清？只远远地见舞台上人影乱晃，便只能借助耳朵了。一些老年人挤不进去，就坐在周围的茶摊旁边，一边喝茶，一边听，看也不看舞台，但知道剧情发展。红娘刚唱完，老汉吧嗒一口烟说，该张生上场了。

熟悉。当然，这主要是演员的嗓子好。

我那时还小，听戏并不认真。只是和小伙伴们到处乱钻，玩捉迷藏。钻来钻去，惹得大人们烦了，吼一声："滚！"于是，伙伴们呼隆又跑到戏台底下去。戏台是太平车搭起来的，木板下全是空隙。卧在车厢里，可以看到后头演员卸妆化妆，可以看到演员的真面目。我们便在暗中指指点点，这个胖那个瘦的。忽然从前台又下来一个大长胡子，只见他摘下胡子，一跺脚打个极响的喷嚏。于是大家觉得好奇。唱戏的也打喷嚏吗？顿时少了几分神秘感。但渐渐地在车厢里就不舒服了。一是憋得慌，二是随着剧情发展台上热闹起来，又是翻跟头，又是打仗，咚咚乱响，震得两耳发麻。伙伴们一时兴起，也在车厢里翻起跟头来，同时大呼小叫，胡乱唱一通。隔一层木板，一座戏台两台戏，乱哄哄的。观众和演员起先纳闷，不知哪里在闹腾。后来终于弄明白了，木板下有一群小家伙。于是群众乱笑起来。气得村长爷拿根竹竿往车厢里捅。大家只好投降,一个个满身尘土爬出来,四散奔逃。

1988 年 4 月 25 日

先生风骨随秋去

艾煊先生在病床上一直静静地等待。在等待了整整一个酷热的夏季之后，选在立秋刚过的一个日子永远走了。

艾老得癌症已一年多，断断续续住院。他一直都清楚自己的病，知道来日无多，可他极为坦然。他说人都会死的，我从战争里走出来，活到这个年纪是高龄了，没什么好怕的。病情稍缓时，他会到作协转一转，到办公室、到编辑部、到资料室、到驾驶班，依然是悠悠谈笑，从不戚戚哀哀。可我知道，他眷恋作家协会。作为老主席和一位优秀的作家，他在这个机关工作了几十年，在他即将告别这个世界的时候，不可能不留恋这个集体。如今在作协工作的是又一辈人了，艾老和他同辈的老作家都已离退休，其中几位已经去世。但我们不应忘记，江苏文坛能有今天的蓬勃生机，是和他们的领导和扶持有直接或间接关系的。他们那一辈作家曾是那么强大，他们的学识、人品、阅历、创作，至今仍为我们仰视。他们每一个人都有过自己辉煌的一页，他们曾给江苏文坛带来巨大的荣誉，许多作品已进入文学史，有些已成为当代文学的经典。

1991年，在云南采风，和江苏作协老主席艾煊在一起。

在几十年的岁月里，由于历史的和性格的原因，互相之间也会有误解、争吵和不愉快的时候，但他们都不约而同地信守一个原则：不害人，不出卖灵魂。他们在对文学的忠诚这一点上，表现出令人难以置信的一致，我想这就是风骨。艾煊先生无疑是他们中的代表性人物，他的宽厚儒雅、长者风范，不仅赢得了同辈人的尊敬，也赢得了后辈作家的爱戴。艾老和他同辈的作家们历经劫难，建立了深厚的情谊，越到晚年，越是表现出互相之间真诚的理解和关爱。这样的话我听到过很多。这样感人的场景我也见到过很多，并由此给我很多的人生启示。他们中方之去世较早，这几年，又有叶至诚、张弦、魏毓庆、高晓声、顾尔镡相继去世，艾老曾

1982年，在广西桂林参加《中国青年》笔会。在这次笔会上，收到处女作《卖驴》获得全国短篇小说大奖的电报。

——为他们送行。现在艾老也走了，他的老友们又来为他送行。在石子岗灵堂，我看到他的老朋友们能来的都来了。陆文夫以瘦弱之身从苏州赶来，在艾老遗体旁和艾煊夫人古平相拥而泣，海笑、梅汝恺满目怆然。忆明珠、宋词抱病赶来。因为误车，章品镇老先生以八十多岁的高龄最后一个赶到，踉跄扑入空荡荡的灵堂……那一刻，我真的被深深感动了。

秋高气爽，是个适合远行的季节，艾老一路走好。

2001年8月

难忘我的父亲
——患病的父亲

读者：赵老师，据说您的父亲去世对您的打击非常得大，曾经让您一度想放弃北京大学的学业，而那时候您已经是三个孩子的父亲了，应该说从心态上、思想上都是很成熟的年龄，为什么会有那样冲动的念头呢？您能跟我们聊聊您和您的父亲吗？

赵本夫：我觉得在一个人的一生中，父母亲该是永远的老师，永远的精神寄托。我的父亲去世时六十来岁。当时我考上北大的时候，父亲实际上心里不愿意我去，他跟我妻子讲，都这么大岁数了，还上什么学？他没跟我讲，他怕我心里会很难过，我妻子后来告诉我以后，我就到乡下去看他。到了晚上，我们爷俩坐在院子里，抽烟、聊天。那天晚上就很奇怪，因为当时那个感觉非常不好，就好像是生死诀别一样，我心里非常的压抑。一个晚上爷俩也没说几句话，实际上这时我父亲已经患病了，癌症已经扩散了，但是他不知道，我们也不知道，因为他身体一直非常好，他也一直在干着活。也许他也有预感，来自生命本能的预感，眼里流露出对儿子的依恋。第二天我坐火车上北京去的时候，一路上我就在回忆他的一生，一路回忆一路流泪。到了北京以后，也是心惊肉跳。忽然有一天接到家里的电报，"速归"两个字，我立刻意识到父亲出事了，赶紧往回奔。回到家，父亲果然确定了是癌症后期，当时对我打击非常大。后来我和妻子带他到南京来看病，肿瘤医院说癌细胞已经扩散了，没法治了。我就更加伤心，我拿了钱没地方花。我带着父亲来到饭店里，花了大约五六百块钱，饭店最好的菜我叫了一大桌，那时的五六百块钱大概相当于现在几千块钱。当时在场的还有我姐夫，他不明白我的意思，就说他不能吃东西了，你叫那么多菜干什么？我说我给他看看。因为当时作为儿子已经没有任何办法来表达这种心情了。第二天，我不甘心，又带他去上海，还是不能看，无奈，在一个很著名的草药店，我们就背了两蛇皮袋的中草药回来了，回去以后大概就是十六七天的时间，他就去世了。

读者：您的父亲是一个非常善良的人？

赵本夫：是啊。我举例子说，他善良到什么程度，就是在他生病的时候，我带他到南京来看病，经过安徽的淮北转乘火车。在等火车的时候，他要上厕所，我就陪他去。由于当时淮北火车站刚下过雨，厕所里乱七八糟的，很脏，他就上露天厕所，他进去后，我就在门外面等他，左等右等不出来，我心里着急，以为他又晕倒了。因为在这之前他已经晕倒过两次了。我就进去了，进去一看，你说他在干什么？他在里面通厕所，因为那个露天厕所里到处都是泥水屎尿，脏得人根本不能进去，他看到以后，就看不下去了，在里面找了一根很脏的棍子，捅那个下水道。我一看他热得满头大汗，因为他身子非常虚弱，离他去世也就是二十几天了。我说，你干什么呢？我们家是江苏这儿是安徽，离家二百里呢，你病成这个样子还管这个闲事？他就训我，这已经不能进人了，我捅捅怎么了？我就赶紧也找了根棍子帮他捅，一直搞完了，水通畅了，地面干净了才走。他就是这么个人。

读者：从您讲的故事可以看出，父亲对您这一生做人处世影响非常大。

赵本夫：影响的确很大。现在父亲去世了，实际上我一直觉得他还活着，活在心里头。直到现在我教育我的孩子，从来就是四个字：第一是善良，第二是志气。我继承了父亲的善良，母亲的志气。父亲对人从来不撒谎，对人没坏心眼，虽然是个农民，可他活出了一个农民的品位。

读者：好像在您的作品中，从没见您写过您的父亲？

赵本夫：父亲去世十五年了，到现在都没好好写过，我曾好几次想动笔，都没写下去。因为我每次写的时候，情感都非常汹涌，流泪，脑子乱成一团。我一个月前还动笔写了一次，还是写不下去。但我总归要写的。因为我觉得我父亲虽然是个普通的农民，但是他是个非常伟大的人，人格非常伟大，他的一生非常了不起。我们中国人过去用"伟大"这个词非常吝啬，只有大人物才叫伟大，其实我觉得一个平凡的人他同样可以伟大。

我父亲是十五虚岁结婚，离开爷爷独立生活的。母亲比他大几岁，结婚后一直是家庭的主心骨。母亲特别坚强，一生不欠人的情，不欠人的债，不向任何人低头。在家中，母亲是个舵手，父亲是个摇橹的。父亲能吃苦，除了种几亩薄田，农闲时外出做小生意，推一辆独轮车，或者挑一副担子，风雪无阻跑遍苏鲁豫皖四省交界几十个县。那时社会很乱，遇上日本人就四散躲藏，有时被土匪抢得一干二净，两手空空遍体是伤回来，看见母亲就哭，他还太小。母亲就安慰他，不让他再出去。可是过几天他又走了，一去十几天，一定要挣钱回来，一点一点攒钱，攒了钱买地。父亲和母亲都出身于败落的大财主家庭，对土地有特殊的情感。但父亲又是个会享受生活的人，他从不奢侈，也从不小气，挣了钱先吃饱肚子，那个时代舍得吃饱肚子很不容易。在外做小生意也忘不了晚上听戏，那时民间戏班子很多。他一辈子都爱听戏。

父亲小的时候，家里还很富有，因为曾祖父去世早，家里无权无势，老被土匪绑票。父亲是长门孙，就供他上私塾，希望他将来有出息，支撑门户。但父亲不爱上学，经常逃学听戏，被爷爷打得厉害，后来看他改不了，才早早让他结了婚。父亲一生是个很平静的人，没有大的志向，他只是做他能做和喜欢做的事，不会不切实际地幻想，这正是他的了不起之处，一般人很难做到。能做大事业的人很伟大，能做一个很充实的平凡人，也很伟大。父亲一生就很充实，对家庭他尽了所有的责任，对自己尽量善待，对邻里亲善好助,有很好的名声。去世后,本村和邻村几千人自发为他送葬,一个老百姓做到这样不容易。我为我的父亲骄傲。

2001 年 11 月

街　头

我要说的是一件极普通的街头小事。

这类事谁都可能碰到，所以，我不想在文字上玩什么花样。只用最明白的语言讲出来。权当随便闲聊。

今年春天，我刚调到南京不久，还没有房子。暂时住招待所。好在就我一个人，怎么办都好。我这人随和，最怕让人为难。

住下以后，就是吃饭问题了。招待所有食堂，当天，服务员就把饭票拿来了。我慌忙道谢，可想了想，还是退还给她了。我要写作，很难按常规生活，而食堂开饭是定时的。假使一面写东西，一面老想着误了开饭时间，会弄得神经兮兮。我决定去街上吃饭。啥时饿而又想起来饿了，就啥时上街。反正街上有的是饭店和小吃摊。这样，在什么时间吃和吃什么两件事上，我就有了更多的自由。这真不错。

此后，日子按照我的设计，就这么过下去了。写起东西很辛苦，也很快活。有时一日三餐，有时一日两餐，这要看肚子里动静大不大。如果肚子老是咕咕乱响，你就不能无动于衷。因为它会一直响下去,弄得你心烦意乱。这时就只好丢下笔,拍拍肚子说,好吧,咱去吃点。

这天傍晚,我又上街了。走进一条我熟悉的小巷口。这里有很多小吃摊。水饺、油饼、鸭血汤、烧饼,什么都有。我怕挤。于是继续往前走。从巷这头走到巷口那头,小吃摊快没有了。正要回转,忽听一声女人的吆喝:"热腾腾的茶叶蛋哦!"

我循声找去,不远处一盏路灯下,有一个卖茶叶蛋的女人正朝我看。见我扭头,又吆喝了一声:"热腾腾的茶叶蛋哦!"仍是盯住我看,盯得我不能转头。我这人心软。只要卖东西的人热情,我便不好意思不买。不管价钱高低,不管货好货坏。我常拿很贵的钱买很次的货,回到家怕爱人抱怨,只好撒个谎。说这东西便宜。其实少说了足有一半钱。

我终于去了。果然热气腾腾,盛茶蛋的瓷盆在炉火上煨着呢。而且清净,没有顾客。不然,她刚才不会那么叫着拉顾客。这女人有四十多岁的样子,有些憔悴,穿着一身蓝工作服,像是个下了班又做小生意的工人。我想,生活在大城市的普通市民,生活也并不容易呢。

她见我来了,很高兴的样子,顺手递给我一个小板凳。"自己选吧。挑破皮的。有味。"一面用筷子在盆里抄了几下,沙啦沙啦响,让人听了怪舒服的,一丝暖意就涌上来。一个人长年在外头奔波,孤雁似的,常有凄冷之感。现在,我坐在这里,人和茶蛋都热腾腾的。加上茶蛋特殊的香味,一下就来了食欲。我边吃边聊,问她一个晚上能卖多少茶蛋，一只茶蛋赚几分钱，有没有正式工作，等等。她都回答了，而且带着诉苦的语气。我的猜想大体对头。她有正式工作，但生活困难，晚上出来做点小本生意。一个晚上也就赚块把钱，我便叹息着，表示同情和理解。当然，她也问到我是干什么的，听口音不像南京人。我自然不好说我是作家，就说我是跑小生意的。她重新打量了我一番，很善良地笑了："不对。我看你是做大生意的！赚大钱哦。啊是？"南京人讲话，话尾好带"啊是"两个字。可这会儿听了，却觉得挺有趣。她说完一直在笑，为自己的聪明和发现。一个自称是做小生意的人其实是做大生意的，而且被自己一眼就识破了，还不应当高兴吗？于是我也真诚地为她高兴起来，尽管她猜得完全不对。可我有什么必要去更正呢？看来，这个女人生活中并没有多少值得太高兴的事。就是说，高兴一次不容易。那么，就让她高兴一下吧。一个人能给人哪怕是短暂的欢乐也是件好事。

这光景，我已经吃下两个茶蛋。

我吃得不急不忙的，很有味道。我忙什么呢，稿子写得很顺，我不急着回去。我喜欢在写作顺手的时候停下休息，再写时容易接上，也保持良好的情绪。

到此为止，还没有什么别的事情发生。

接下来，又来了一位吃茶蛋的男人，事情就发生在他身上。这人三十岁上下，穿一件中山装，领口也扣着，很朴实的样子，但整洁。猜不透他的身份，好像一位科室工作人员，显得稳重，有教养。因为他来到这里的时候,冲我微笑着点了点头。我也友好地点点头说:"坐吧!这茶蛋很好吃的。"女主人显出欢迎的笑脸,照例递给他一个小板凳,照例关照说:"自己选吧。挑破皮的。有味。"一面用筷子在瓷盆里抄了几下,沙啦沙啦响。

他很饿,看得出来。拿起一个茶蛋,刚剥开半个皮,就咬了一口。一面吃,一面继续剥皮。剥光了,剩下的一下都送进嘴里。同时,手里又摸住第二个茶蛋。女主人看他吃得急,怕噎住,又递上一把小汤勺:"汤水蛮好吃的。"他果然舀了一勺汤喝下去。第二个茶蛋很快又下肚了,简直是狼吞虎咽。我想,他中午一定是没好好吃东西,要么就是下午干了力气活。

我仍然慢慢吃着。我吃完第三个的时候,他已经拿起第四个茶蛋。

这时,来了一位小姑娘,十三四岁。要买茶蛋带回去。要十个。主人忙着从皮包里掏出一个干净的塑料袋。然后用筷子捡茶蛋,一个一个装进去。递给小女孩。收好钱,又叮嘱:"慢慢走。"这才舒了一口气,很欣慰的样子。这一阵生意不错。于是乘兴又朝来往的行人吆喝了一声:"热腾腾的茶叶蛋哦!"

女主人把目光收回,看我们两个都在默默地吃蛋,忽然想起来什么,红着脸迟疑地问他:"你吃……五个了吧?"却没有问我。也许因为我吃得慢,而他吃得太快,快得让人不放心。

事实上,他已经吃下六个。手上拿的是第七个茶蛋。我看得很清楚,而女主人这一阵却不曾留意。看架势,他一气能吃十个。

他好像太饿了。

听到女主人的问话,他的手忽然抖了一下,很轻微。抬起头,看着她的目光,恍然大悟似的回道:"嗯?……嗯……嗯!我吃五个了。这是……第六个。"同时,就举了举手中的第七个茶蛋。却飞快地觑了我一眼,脸上是尴尬的神态。

女主人并没有怀疑什么,"哎"了一声,说:"慢慢吃,不急。"又把注意力转向来往行人去了,而且故意不看我们,做出十分信任的样子,又显然带点儿为刚才的核对歉疚的意味。

我的心却无法平静了。我差点脱口而出,对那个男人说:"不!你已经吃下六个茶蛋。"可我犹豫了一下,终没有出口,却浑身不舒坦起来。怎么会发生这样的事呢?明明吃下六个,为什么要说吃了五个呢!莫非我记错了?我重新回想了一下,没错。我并没有监视他的打算,也没有监视他的必要。但我的眼睛确实告诉我:他隐瞒了一个。

那么,是他自己记错了吗?不像。因为他的慌乱而尴尬的神态已经说明了一切。他知道自己在撒谎。但何必要撒这个谎呢?一个茶蛋,值什么?而且,凭一个作家的直感,我相信面前的这个男人,决非时下那种浮浪子弟,更不是什么坏人。相反,说不定是一位老成持重的优秀青年,或者是一位先进工作者。

但此刻,他撒了一个谎。为一只茶蛋!

我真为他惋惜。

我们两个仍在继续吃茶蛋。默默地。

现在，他不再狼吞虎咽了。这第七只茶蛋，他吃得很慢很慢。两眼闪动着不安的光。不时瞟过来一眼，又立刻逃开。看得出，他很怕我揭发他，又在经受内心的折磨。我越发相信，这是个从未撒过谎的男人。我决意保持沉默。并非我怕惹事，我相信对一个有着羞耻心的人来说，自省自责远比外人的责备要痛苦得多，也许这时，他很希望我站出来纠正他，那样等于从泥淖中把他拉出来。他会很轻松地做出一副诧然回想的样子，然后承认，是自己记错了。然后如释重负，从困境中解脱出来。但不！我要保持缄默。我决不揭发他。让他在自省自责中去痛苦地懊悔去吧！为一只微不足道的茶蛋，而经受如此严厉的灵魂审判，他会记一辈子。

他的一副稳重而诚实的脸孔，由开始涨得紫红，渐渐变得苍白，好像虚脱的样子。满脸沁出细碎的汗珠。他快要支撑不住了。

这一刻，我才发现，我有时是很残酷的。

我多么希望，他能有勇气由自己来纠正错误。那样，他仍不失为一个男子汉。但没有。直到他终于吃完第七个茶蛋，付了钱，也没有纠正。

他走了。在昏黄的路灯下，蹒跚着，摇摇晃晃地走了。他肯定没有吃饱。

我真为他惋惜。他本来不应当犯这个错误的。当他最初走来准备吃茶蛋的时候，决没有要占人家便宜的打算。后来，假如女主人问他："你吃……六个了吧？"我相信他也会毫不犹豫地点点头："对！我已经吃了六个。"但不幸的是女主人记错了，问错了。

就是说，生活偶然地为他提供了一个犯错误的机会。而他在那一瞬间发生了迷乱，终于犯下了一个荼蛋的错误。如此而已。

  这错误太小了。也许只能称为一个小小的失误。也许不值得我把它写出来。我绝不是那种以揭人疮疤为快事的人。但事后，我确实想了很久。生活太纷繁琐细了，它会随时为我们提供这样那样的机会。当这类机会偶然而又突然降临的时候，我们会迷乱吗？

1987 年 10 月 31 日于江苏南京

赵集古寨

赵集是我故乡的村子,有四五千人口,是丰县出名的同姓古村,也是一座有五百年历史的古寨。我们这支赵姓是北宋赵抃的后裔。

赵抃是浙江衢州人,字阅道,景祐进士,为殿中侍御史,弹劾不避权贵,京师号称"铁面御史",当时和包公齐名。赵抃曾历任成都及虔、杭、越知州,生活简朴,为官清廉,赴任常只身前往,只带一琴一鹤。任职期间,不置一物。卸任时,仍是一琴一鹤。

他上堂问官司,下堂访贫苦,闲时喜抚琴养鹤,故而我们这支赵姓的堂号是"琴鹤堂"。堂号是辨识家族渊源的主要依据。

到南宋末年时,赵抃的后人们有何作为,不得而知,但经过了一段艰险的岁月是肯定的。其时元军南下,势如破竹,一路打得南宋军队节节败退,小皇帝赵昺仓皇离开杭州,一路南逃,元兵一路追杀,赵昺走投无路,终于投海。当时赵姓是皇姓,都在元兵追杀之列。赵抃的后人没有跟随皇帝选择南逃,因为往南逃跑,后头永远有追兵,我的祖先选择了一条最危险也是最安全的逃生之路——他们逆向而行,迎着元军穿插过来,一路往北。

这是一着险棋，也是一着高棋。

从缝隙里穿过虎狼之师，却得了永久安宁。故家谱记载："元之初携族避乱于直隶之长清。"一百多年后，到明代永乐年间，又逐渐南迁，想来家族很大，意见不一，于是分手。家谱说："有往山东者，有往江西者，有往福建者，定居丰县，其一支也。"丰县城西赵集，自此有了一支赵抃的后人。但从此无人做官，只做耕读人家，并很快建了一座寨堡。这座寨堡高数丈，下有二三丈宽，上可跑马，外有寨河，四门关闭，就是一座坚固的土城。大寨里还有二重小寨，寨主住在里头，大户人家还有三重寨，有炮楼土枪土炮，夜间巡逻，防匪防盗，戒备森严。这座古寨起码存在了三四百年，晚清以后才渐渐破败。上世纪五十年代，村子周围还有一截截残存的高大寨墙，我小时常和伙伴们爬上爬下，在寨墙上比射箭，放风筝，做攻战游戏，成为我童年和少年时代最快乐的记忆。在几百年的时间里，寨堡外的世界几度江山易手，赵姓一族都安然繁衍生息，终成当地最大的同姓古寨。后因人口太多，不断有人迁出谋生，乃至独立建村。丰县城东关赵楼，西关赵姓都是从赵集迁出的。丰县城内还曾有赵家大片宅基地产，故家谱有"舍城宅三百余亩"的记载。

赵集南边、西边，紧靠老寨各有一个卫星村，一个叫小赵庄，一个叫小西庄。也有到稍远处建村或和别姓杂居的，但大体在周围几十公里内。这些早年迁走的赵姓人，平日和老寨多有来往。上世纪六十年代以前，赵集还有一个有几百年历史的古庙会，一年七次，麦收前四次，腊月里三次，苏鲁豫皖交界处的十几个县都有人来赶庙会，每次庙会有几万人，除进行骡马牲畜农具粮食交易，还有各种娱乐活动，说书唱戏练武斗羊魔术杂技，一切乡村的民间文化活动，庙会上都会有。那是真正盛大的节日。寨子里所有主要街路空地上，都是人山人海。每逢庙会，孩子们头一天就会从家里搬出小床，或拿些苫席在路边门前占些地盘，次日庙会时供人租用，拿到几毛钱足可以在庙会上大吃大喝一通。这个钱，大人是不会没收的。这种庙会，以及过年、续谱等重大活动时，也是迁走的赵姓人回老寨团聚的时刻。

赵集有一座祠堂，祠堂两进大院，后有三间大殿，前有十二间配房，中间有腰门相隔，门下青石铺地，门旁有两座大石雕。这原是一座明代建筑，1949年初还十分完整，曾做过小学校，我一二年级就是在祠堂上学的。至今记得上一年级时的几篇课文，第一课是三个字："开学了。"第二课是五个字："我们去上学。"第三课七个字："学校里同学很多。"三间大殿平时是关着的，里头供奉着赵家祖先的灵位。那时幼小，只觉大殿雄伟而阴森。大殿下是高高厚厚的基座，上殿要走台阶。上了台阶是走廊，我们最多只能在走廊爬上跳下。大殿有烟熏火燎的痕迹。原来，抗战时期，寨里有几十条枪，赵家血性子弟常外出伏击日本人，祠堂因此被日本人烧过两次。但大殿墙基依然完整，墙体用大青砖砌成，砖层间用米浆灌过缝，而且层间嵌有黄铜片，十分牢固。我上小学时，大殿已重修过，但砖墙有些斑驳，缝里会露出黄铜片，孩子们趁老师不注意，会抠出一块铜，向货郎换糖稀棒吃。这事我也干过，被老师抓住，打过屁股。

丰县地处黄泛区，历史上多战乱，地面上的古代建筑大多都毁于兵燹水火。赵集的祠堂能幸存下来，已显得十分珍贵。

戊子年已入腊月，眼看春节又要到了，千里之外的故乡应当有零星的鞭炮声了，那座已经历经五百年沧桑的古寨又会增加一个年轮，我想借这篇小文，遥寄一个游子深深的祝福！

              2009年1月6日

老人和楼

这是一个老人。他和文学没有什么关系，也许还没有文化。可我记住了他，并将永远记住那个场景。好像是1985年秋天，当时我在北京红庙鲁迅文学院读书。这是新迁的校址。头一年，我们的校址还在北京小关一个幽静的院子里。教室和宿舍都是平房，院子里有一些很大的树木。附近是元大都旧址，一派乡野风光。比之拥挤和浑浊的北京市里，这里显然是个适合读书和写作的好地方。那时还叫中国作协文学讲习所，名字和地方都不张扬。我们第八期学员，学制三年，有来自全国各地的四十多位青年作家，其中有十几位已经获得过全国文学大奖。次年再开学，校址已迁到城东的红庙，校舍也变成了楼房，文讲所改名为鲁迅文学院。说真的，我不喜欢这个地方，也不喜欢这个校名。一切都显得很陌生，完全没有小关的那种安静和亲切感。学院一般上午讲课，下午自由活动，读书或者写作。如果谁有兴趣，也可以拜访一个什么人。

那天下午，我们几个同学出校门散步，忽然看到门外一片空地上蹲着一个老人，周围一片静谧。他正独自抽烟出神。旁边放一只竹篮，有些破旧。他的眼睛一直没有离开鲁院内那座大楼，样子十分享受。我有些好奇，凑上去打个招呼，便和他聊起来。老人家有些慌张、拘谨，还有些兴奋。从他吞吞吐吐的谈话中，我终于明白了什么。原来，老人家住在北京城外很远的地方，他曾参与这座大楼的建造，这天进城办事，专门拐这里看看。我们一下子被感动了。按他的年纪，也许当时只是一个小工，搬搬砖和和泥什么的，但他和这座楼有了感情。事隔许多日子，他仍然牵挂它，于是大老远到这里看看它，就是这样。老人家并没有打算向谁炫耀，可他肯定在心里为自己骄傲。他为这座漂亮的大楼出过力。他有权利再来看它，并且独自享受那份快乐。是我们打扰了他，我们真不该打扰他的。

我们一再邀请他进去坐坐，老人家只是站起身往院子里张望了一望，还是挎起篮子告辞走了。新时期文学二十年，发生过大大小小无数故事，经历过多少热热闹闹的场面，见识过许多了不起和自以为了不起的人物，只有这位老人给我的感动是真正纯粹的。秋日阳光下老人看望楼房的那个场景，只是文学二十年逸出的一个细节，却真给了我许多，属于文学，也属于人生。

2000 年 12 日

接母亲过年

定居南京多年了，每逢过年，还是有些心神不宁，主要是因为母亲不在身边。父亲早在十几年前去世，母亲仍然生活在家乡的小县城和弟弟住在一起。因为相距千里之遥，看望一次不容易，平时主要靠电话联系。一个月三四次，几成规律，晚几日不去电话，母亲便盼，睡不好觉。直到电话响了，听到我的声音，老人才安下心来。问候的内容也大体成了模式，诸如身体如何、能否吃饭、天气冷不冷之类。母亲对我的问候也熟了，时常不等我问，就在电话里说了："身体很好，能吃饭，天气不冷。"简单明快。然后便急着问我这边的情况，问完了就开始报告她的新闻，比如某某老人去世了，谁被公安局抓走了，谁和谁吵了一架，谁家的花狗下了几条小狗，等等。母亲的新闻于我并不重要，但我喜欢听，仿佛就坐在她身旁，那是一种精神和情感的归返。

母亲八十四岁了，但不服老，不想老。她和父亲年轻时候受过太多的苦难，现在生活好了，她想多活几年。母亲的身体仍然很好，弟弟的孩子要上学，还是由她来做饭，不让做便生气。对于儿孙们,她仍然在给予。母亲一生都是生活的强者,她二十岁嫁来时,父亲只有十五岁,实际上周岁只有十三岁,家中许多事,几乎都是由母亲拿主意。老家的寨子是个古寨,三千多人都姓赵,是个同姓聚居的大家族。我们家又是个大家庭。我爷爷兄弟三个,父亲叔兄弟六个,我堂兄弟十四个,到我儿子这一辈,已是四代长门。因为爷爷、奶奶和我父亲都已去世,母亲就成了这个大家庭的当家人。老人性情刚烈,主持公道,一家人都怕她,也敬她。

每到春节,正是她收获爱戴的时候。我曾多次请她来南京过年,老人家都没答应,一是嫌路太远,二是嫌大城市过年不热闹,没有鞭炮,没有拜年,没有亲情,甚至没有声音,各家关门大吉,这年还有什么年味?眼看今年春节将至,我和妻子商量,今年无论如何要把母亲接来。我先在电话里把意思说了,母亲还是不答应。妻说这事你别管了,我有办法请她来。于是妻带上两岁多的外孙去了老家,真不知她用了什么办法,母亲居然高兴地跟来了,并且表示一定要在这里过了春节再走。我知道过了春节母亲会很快回去的。这些年,她曾来过两趟,一是多年前我们搬家时,一是大女儿结婚时,住的时间都不长,因为她不习惯大城市的生活方式,家乡又有太多的牵挂。但不管怎样,母亲今年能到南京过年,还是让大家喜出望外。全家人除夕夜辞旧迎新的时候,为老人家过一个隆重的生日,并且重申支持她减去两岁的要求。因为母亲生在除夕夜,她一直说天亮一眨眼就是两岁多了。

2001 年 1 月

母亲的奥运

我没想到母亲会这么快就迷上奥运。

母亲大部分时间住在苏北老家,跟我弟弟一块生活。前后来过几次南京,因为生活不习惯,住一阵就走。两个月前,才又把她接来。八十七岁的母亲一生没停止过劳作,身体依然很好,耳不聋眼不花,还能穿针引线缝衣服。在南京和在老家是完全不同的两种生活方式,她很怕在楼上坐久了,将来回去不能走路,就每天坚持锻炼,从我们住的四楼走下去,到院子里或外头的马路边散步,而且从不要人搀扶,也不要人跟着,直到走得身上出汗,才又重新爬楼回来。家中实在没什么事情要她做,老人枯坐无聊,渐渐喜欢上看电视了。前几天雅典奥运会开幕,我和妻子儿女都是体育迷,家中自然像过节一样。母亲一开始不知道发生了什么事,对我们的高兴有些不解。于是赶忙向她介绍奥运会是怎么回事,母亲一听就高兴了,说有咱们中国队参加,我一定要看。还详细询问中国队的实力,在世界上能排老几。我说大体上能排老三,前头还有美国、俄罗斯,都比咱们强。老人听了刚开始有些不快活，说怎么就比不过美国呢，在朝鲜打仗不是输给咱们了吗？但想想又说，这也不容易了，一二百个国家地区呢。自此，母亲每天都坐在电视机旁，凡有中国队比赛，不管什么项目，她都要看。看不懂，家里人就向她解释。她便似懂非懂兴致勃勃一路看下去，只要中国队赢了，她就高兴得拍手，中国输了就拍膝盖，竟是十分投入。每晚半夜以后，全家人都睡了，只我一个人守在电视机旁，这正是出金牌的时间，我当然不肯错过。但不知什么时候，母亲又起床了，蹒跚着来到客厅，坐下看一会儿。有时一夜起来几次。我怕她太累，就劝她去睡，老人总说年纪大了，不需要睡那么多觉，一直陪在我身旁。那一刻我真的很感动。我多年不在母亲身边，和故乡相距千里，母子一直互相牵挂。在这样的深夜，娘儿俩坐在一起看奥运，其实又是彼此感受着亲情，对双方都是一种享受。

每次比赛结束，电视上总要不断回放一些精彩镜头，母亲一直搞不懂怎么回事，以为比赛还在继续。每次给她解释过后，她也总点点头，表示懂了。那天中国姑娘在柔道比赛中赢了日本人，夺得金牌，母亲大乐。第二天中午，我下班刚进家门，母亲便兴奋地大声告诉我：又把日本人按倒了！我忙问怎么回事，妻子笑道，还是昨晚的比赛，回放。母亲似乎没听进去，仍坐在那里自言自语：打了一天一夜都没换人，也该叫她们歇歇气吃顿饭啊！我和妻子忍不住大笑，看来，老人家还是没弄明白回放是怎么回事。但不管怎么说,我相信这届奥运会属于母亲,因为奥运给她带来了快乐。

2004年9月

别一样人间
——访日纪行

十月二十四日八时半由上海出关，不久登机起飞，巨大的麦道飞机转眼间已腾入万米高空。机翼下云海如絮，天穹一碧如洗，恍惚间已远离人间。

江苏省文化代表团一行六人，应邀去日本爱知县进行文化交流活动，我作为团员随队前往。这次访问属友好活动，没什么重大使命，大家心里都很放松。我是第一次去日本，日本的繁荣灌满了耳朵，早有夙愿去看看。可一旦成行，却没有任何兴奋。我只是有些好奇，甚至还有点戒备，想知道那个曾经给人类制造过巨大灾难，又在二三十年间创造出现代奇迹的岛国究竟是怎么回事，大和民族是怎么样的一些人类。

一个多小时后，飞机已到日本上空。从高天鸟瞰，浩瀚的大海中，漂浮着一条拖拖拉拉的陆地碎块，色彩斑驳，像一条毛扎扎的虫子。黑色的海的漩涡尾随着，仿佛随时都会将它吞噬。我似乎一下顿悟了日本人天性中的危机感和孤独感。人终是自然之子。中国人长期封闭闲适的心态，是否同样和广袤无际的疆土有关呢？

飞机在大阪着陆后，代表团很快住进皇家饭店。这是大阪最豪华气派的饭店，设施、服务都是一流的，可以同时接纳一千七百位客人。据说天皇到大阪视察，从来只住这里。总经理亲自为我们安排房间，十分谦恭周到。陪同接待的还有一位身材窈窕、高雅文静的姑娘。她一口标准的普通话让我们吃了一惊。一问之下，原来是中国人，叫孙霖。孙小姐五年前从北京到日本攻读心理学研究生，半年前毕业后到大阪皇家饭店谋职，在一百七十多位各国小姐的竞争中一枝独秀，被聘为总经理助理。目前仍在见习中。我们都为她高兴，也为她自豪。此后几天，我们在京都、名古屋和东京常遇到打工的中国人。他们很少有孙小姐那么高的职位，却也不乏餐馆领班这样的角色。大多数还是一般职员。我们几乎一看一个准。论长相，中国人和日本人差不多，可那种内在的修养和坦诚绝不是机械化训练所能相比的。无论中国小伙子还是中国姑娘，都显得从容而自信。他们星散于日本各地，远离亲朋父母，独自谋生并非易事，常要工作十几个小时。一天下来，累得腰酸腿疼。挣了钱又舍不得花，蜗居斗室吃方便面。当然还有境遇更惨的，你尽可以去猜想。疼爱儿女的中国父母，如果亲眼看到孩子在日本打工的艰辛，定会心疼得流泪。但我还是对他们肃然起敬，毕竟，他们在开拓一条新的人生之路。中国人不正是要恢复和培养这种精神吗？

当天下午出外参观，坐的是公共汽车和地铁。大家都很高兴，说这样更便于体验日本的平民生活。日本交通方便，公共汽车、出租车、私车、公司接送车、地铁，形成一个完备的交通系统。在大阪转了一些街道，登上一座位居三十八层楼的展望台，又看了大阪古城堡，对整个市容已约略了解。这是一个钢铁和水泥的城市。从高处看，活像一个庞大的垃圾场，色彩和布局混乱不堪，由此可以想见当年日本战后恢复时的匆忙。但下了展望台，看它城市的每一处细部，却又极尽精致。大阪刚下过一场雨，路旁的树木草皮上还挂些毛茸茸的小水珠，令人赏心悦目。漫步街头，并没有置身异国的特别生疏感，一样的黄皮肤，一样的黑头发。街两旁五颜六色的广告牌上，写着些拆开的和没有拆开的中国方块字，这便是日本文字了，不懂日文也能猜个大概，有些在中国已消失的古奥的汉字在这里却时有所见。整个感觉不是在外国，而是在中国一个遥远而神秘的地方旅游。

傍晚时，天有些凉了。转了半天也有些累乏。日方陪同把我们带进一家地下小酒店。店主人姓神户，约有四十岁，长一脸胡子，说话做事却极温和。这种小酒店我们并不陌生。过去在日本电影和文学作品中常见到，大约二十平方米一个房间，摆一圈长条柜台，店主人就在这"方城"内操作、忙碌、照料客人。大家围坐一圈，面前放几样小菜，烧着火锅，或喝酒，或唱歌，或哭泣，或忧郁而孤独地默坐。这种小酒店通常是男人的世界，女人极少光顾。日本男人不够开朗，但却深沉而富责任感，关心国事，关心社会，也关心家庭，无论生活和精神都背着重负。他们劳累一天，常常带着疲惫和苦闷，带着生活的种种滋味，于黄昏之际到这种小酒店排遣，一坐半夜不归。几杯酒下肚，渐渐醉意朦胧而至失态。但要真正了解日本下层人的社会情状，就必须到这种地方来。可惜我们去时，却没有看到这样的场面。只在中间来了几个年轻人要吃饭，因饭不够又告辞而去。日本已是一流经济强国，普通国民的生活和精神状态已有很大变化，像二战前后那种狂热、颓废的情绪已不多见，这种小酒店也就失去了旧有的情调。整个晚上就我们代表团六人加上日方二位陪同，八个男人说说笑笑，也很有些气氛了。话题广而杂，有中国、日本、家庭、文学历史，亦有生活的种种况味。这方异国的小酒店暖烘烘的，大家谈得那么投入、那么富有人间气息。此一刻，不再有任何社会的标签，只有男人和男人的聚会。团长S君感慨道，这样的神聊放松而亲切，唯其回归平凡，才格外有滋有味。我相信他的话是发自内心的。大家原本布衣，后来走向社会，负有种种责任，要做很多情愿和不那么情愿的事，自然是很累人的。这使我记起和同行的P君一次在国内出差时，几个人路上进行"大喊"比赛的情景，暂时的解脱竟使大家像孩子样快活。看来，为官也罢，为民也好，大家终是凡人。而保持一颗平常心，当是一种做人的境界了。

京都在日本的地位，相当于中国的西安。那是一座古城，曾长期是日本天皇的宫城。京都保留着许多具有唐代风格的古建筑，和典型的日本民族建筑相辉映，显得和谐古雅而庄重。第二次世界大战期间，美军轰炸日本本土，把东京等许多城市和工业基地炸为废墟，却从没向京都投过一颗炸弹。珍珠港事件后，美国人气得抽风，恨不得把整个日本国炸沉海底，何以会对京都手下留情？据说此事和中国的一位迂夫子有些关系。此人大名梁思成，是梁启超的长子，国际有名的建筑学家。1949年以前任职中国营造学社，从事古建筑和建筑古籍的研究，曾任东北大学、清华大学建筑系主任、联合国大厦设计委员会成员。美日开战后，这位梁思成先生也是爱管天下闲事，像当年乃父参与发动"公车上书"一样，堂而皇之地向美国政府发出一封信，陈言日本京都古建筑群乃人类共同财富，应当珍惜爱护，切莫轰炸云云。老实说，梁夫子之举在当时堪称"迂怪"，说不定会招来国人的唾骂。但几十年过去，当世界各国游人闲步于京都街头时，我们不能不佩服那位梁老夫子的旷达和远见。他不愧是一位真正的中国学者。

不知是梁思成先生那封信真的起了作用，还是尚有什么别的原因，京都总算完整地保存下来了。这是一座美丽而宁静的城市。不论街道房舍、皇城古堡，还是秀丽的岚山，都浮动着一种古朴清新的空气。我们在街上很少看到行人。我在车子里有意数了数，街面上每百米之内仅有三五人在走动，且多是上岁数的老人出外买东西。日本城市除节假日，大白天很少有人闲荡，年轻人都在工作。绝不像中国城市每天都逢骡马大会，有人自行车爆胎也会围一群看客。

车子经过一条街道时，忽然有人叫起来："看，那里有一块稻田！"大家忙转头，在一处像是私宅的门前空地上，果然有一方篮球场那么大的稻田。如此繁华世界，居然会有田园风光，真叫人惊诧莫名了。于是引发一阵喟叹。我猜这稻田的营造者大约是一位来自乡村的老人，种稻决非为了经济效益。厚重的都市生活什么都不缺少，唯独缺少大自然的惠顾。于是他郁郁寡欢，于是他种稻，以此来追忆那遥远逝去的田园生活，企图捡回童年或少年时失落的日子，这真是个无解的问题。人类在追求更高文明的同时，却又一步一回头。贫穷时向往鸡鱼肉蛋，富贵时又想粗茶淡饭。人啊人，真是进亦忧退亦忧，然则何时而乐耶？

　　名古屋是一个独立的城市，又是爱知县县府所在地。我们下榻的著名的城堡饭店，就在距爱知县府不远的地方。代表团对县府进行了例行的拜访之后，即等待参加爱知县文化艺术中心落成典礼。这是此次赴日的主要活动。距落成典礼还有一天半，自然要安排一些参观项目。其中最叫人难忘的是参观丰田汽车制造厂。这是全世界最大的汽车制造厂，规模之大令人叹为观止，每分钟就有一辆新车出厂。后来参观名古屋港时，看到丰田汽车厂的专用码头，正有一艘巨轮整装待发，远航国外，那上头装载着六千辆丰田车，看得人心痒。当什么作家呀？当个国际倒爷算啦，倒一船车回去发一笔财，办个足球队什么的多好。同行的Ｂ君和小缪，和我一样都是球迷，为中国足球队不知付出过多少感情，他们对我的想法深表赞成。可是团长若有所思，不知在想什么，然后以极其怜悯的目光看了我们一眼，每人发了一支烟。烟有镇静之功能。

爱知县文化艺术中心是一个气派而庞大的建筑，内有全套的现代化设备，到处富丽堂皇。落成典礼上不仅有当地的重要人物，还邀请了许多国家驻日使馆的文化参赞。晚上有鸡尾酒会和音乐会，都搞得很有模样。但我对这些没有多大兴趣，尤对鸡尾酒会时日本人的礼节很不理解。大家端着酒杯在大厅里走来走去，互相打着招呼，认识的和不认识的都满面笑容，外国人倒不大拘泥礼节，穿着也随意。日本主人都是清一色黑色燕尾服。他们之间说话，面对面站着，边说边不停地鞠躬，一躬就是九十度，一个刚抬起头，另一个又鞠下去，没完没了，看着累人。平心而论，日本人是有教养的。姑娘说话像猫一样，脆脆的甜甜的。男人则礼貌而周到，尽管你很难知道他心里究竟在想什么。日本人之间的交往，显然不像中国人那么富有人情味。在一个依法治国和物欲横流的国度，人与人之间的关系是清淡而又刻板的。中国几千年遵循的是儒家以德治天下的原则，人情味是重了，但"人情"却又坏了许多事情。这是个怪圈。世间事怎一个情字了得！

今后的世界，必定是东西方文化的互补。中国人要学习西方先进的技术和管理方法，而西方世界却又羡慕东方的人情味。日本其实同在儒家文化的辐射之内，但资本主义的发展使其人际关系已差不多类同机器部件，大家绝对紧密配合，却无感情可言，但人毕竟需要感情的交流。一直陪同我们的福间先生，是爱知县国际课课长辅助，差不多相当于我们的外事处副处长。福间先生口拙，待人却很诚恳，常常微笑而憨厚地看着我们说笑。几天下来，大家相处很好。福间先生听说我们想走访一些日本平民家庭，就局促着邀请我们去他家做客。参观过丰田汽车制造厂后，我们便驱车直奔福间先生家。这的确是一个普通的职员家庭。三室一厅的公寓式住房里，摆设亦不奢华，家用电器也是中国城市家庭常见的。我们的到来使这个家庭充满了欢欣和激动，福间夫妇几乎是手忙脚乱地招待了我们。福间夫妻显得局促不安，喊来五岁的女儿和大家认识，又喊十多岁的儿子拜见客人，女儿很乖巧，一喊就来了。可那儿子却害羞，缩在屋里不肯出来。福间恼怒得脸通红，硬是把儿子呵斥出来。见此情景，大家都笑了，说福间先生是个很传统的日本男人。团长亲切地说，不要客气，我们已经是朋友了，希望有一天，能在中国接待你们全家！当我们和他们全家合影留念时，福间先生流泪了。

离开名古屋，就算结束了代表团的使命。十月三十一日取道东京回国，坐的是高速火车，每小时二百八十公里，倒没有觉得特别快。翻译小徐说，大家注意，路上能看到富士山。富士山是日本的象征，当然都想看看。可是十二天活动弄得很累乏，上车不久都睡着了。不知过了多久，忽听李君喊道："快醒醒！快看富士山！"大家一时都醒了，忙按他的指点往左看，呀！富士山真是那么漂亮，比画面上比想象中还漂亮。沿途看过一些日本山水，都是很有名的景点，老实说看后却觉得一般。这样的山水在中国到处都是。可是看到富士山却令我惊讶而至有一种神圣感了。那一天阳光格外明丽，富士山远远地耸立在群山之上，皑皑白雪披挂山头,如云如纱,洁净而飘渺,使你怀疑她是真实的存在还是一个虚幻的仙境。大家一阵忙乱地照相之后,都说要感谢老李,不然真要错过了呢。来到日本而看不到富士山,会是个很大的遗憾。

在东京住了两天,没有什么官方活动,日程安排就从容一些了。休息半天之后,第二天去看了仿造的迪斯尼乐园,玩得倒也开心。我和缪小星还坐上飞船在假造的太空中游历了三分钟,天上地下折腾得死去活来,可谓惊险至极。迪斯尼乐园的版权属于美国,日本人买了来依法炮制,一张门票八千日元,相当于三百多元人民币,日日人山人海,赚的钱天知道有多少。日本人会赚钱,会享受,把生活弄得很安逸,包括一些细节都注意到了。比如在铁轨下垫上三寸厚的橡胶以减少震动和噪音,马路边绿灯亮时有电器小鸟的鸣叫,为盲人指示穿越马路的时间和方位,宾馆卫生间有称量体重的计重器。添一点小玩意,感觉就大不一样。

晚上无事,我们相邀去东京最繁华的银座闲逛,真正领略了这个国际大都市的风采。银座四周的主要马路一派灯火辉煌,照耀如同白昼。大的商场晚上七点半就已关门,行人车辆不多,给人以空荡荡的感觉。天陡然变冷了,时有一阵寒风吹过。身上有些皮紧紧的。日本人的夜生活丰富多彩,可这里不是娱乐中心。酒吧、夜总会、舞厅、赌场、夜餐馆大多在小街。我们走走转转,零零星星发现了七八个乞丐,实在大出意外。乞丐破衣烂衫,蓬首垢面,在高大而豪华的高楼拐角处各占一个角落,身上披盖着厚厚的牛皮纸,一拱一拱的睡得很不安稳。此情此景,令人哑然。

它与周围是如此的不协调。后来小徐告诉我们,在日本,人们把乞丐称为懒汉,没人同情的,他们比妓女的地位还要低下。日本人并不管你干什么和怎么干,只要你肯干。而乞丐除了在垃圾堆里寻找吃的,是什么都不干的。这就是日本人的道德,颇有点"笑贫不笑娼"的味道。大家信然。确乎,任何一个世界都不属于懒汉。尽管如此我们仍有点放心不下,总怀疑那其中也许确有善良、勤劳而又走投无路的人。团长 S 君调侃道,本夫你的文章有结尾了。我说怎么讲?我们离开东京的头天晚上,西伯利亚的寒流已到日本,我不知银座的那几个乞丐将怎样度过这个寒冷的冬天。

1993 年 1 月 6 日

我的日本朋友

上世纪九十年代中期，我忽然接到一封从日本寄来的信，当时有些奇怪，我在日本并没有熟人，怎么会有日本来信呢？打开信才知道，这位来信人叫永仓百合子，是一位日本女士，我以前并不认识。原来，她和丈夫此前曾在中国广东一所学校教授过十年日语，连女儿都是在广州出生的。一次在广州逛书店时，偶然买到我一本书，从此喜欢上我的作品。回国后，在东京一所大学教书，工作之余一直在翻译我的作品。她的信言词恳切谦虚，希望我授权让她翻译，并希望我提供更多的作品。她的信让我有些意外，但还是回信同意了她的要求，并寄去一些作品。当时我只是抱着试试看的心情，并没指望她能翻译成功。因为她在信里说，以前没有翻译过作品，也就是想尝试一下。但永仓百合子是认真的，她时常来信告诉我翻译的进展情况，有时也打国际长途来，就一些技术问题和我探讨。后来有一次突然告诉我，她要专程到南京来看望我，并当面讨论一些问题。我真是有些吃惊，她会如此执着严谨。

不久，永仓专程从日本来到南京，我陪同三天，带她在南京参观了一些地方，还去看了阳山碑材。南京的古城风貌让她惊叹不已。临别时，我在一家干净的小饭馆为她饯行。我们都喝了不少酒。永仓性格很爽直，她的酒量比我还大。临告别时，她说了一句话："赵先生，你是我见过的中国男人中，最不爱讲话的一个。"这话让我有些尴尬。的确，在陪同的几天里，除了谈一些作品中的话题，以及简略介绍所到之处的一些景点，别的话没有。我只是做到了礼貌，却没有表现出应有的热情。我心里清楚，唯一的理由是，她是日本人。

由于众所周知的原因，加上我生活的这个城市，曾被侵华日军屠杀过三十万人，让我在心理上对日本人保持着距离。尽管我十分清楚，这和永仓百合子没有任何关系，和普通的日本人民也没关系。1992年，我曾作为江苏省友好代表团的一员，去日本爱知县、大阪、京都、东京作过访问，并亲自感受了日本普通百姓的善良和友好，可心中的结还是无法解开。我可以和彬彬有礼的日本人彬彬有礼地相处，却很难产生亲近感。我不是政治家，我不会掩饰自己。面对善良而热情的永仓百合子，那几天内心十分矛盾。我不能伤害她，却又说不出一些虚假的话。第二天陪同时，我把活泼的小女儿带去了，希望她能调节一下气氛。永仓很喜欢我的女儿，一直夸她聪明漂亮，像个芭蕾舞演员，但她依然感到了我的沉默寡言。她是个直率的人，趁着酒后分别时说了上面那句话。我想她是在抱怨我，她有理由抱怨。记得当时我说了一句："抱歉,我平时就不爱说话。"这话也是对的。尽管我知道,这不是真正的理由。永仓大概看出了我的尴尬,随后又笑起来,说我知道,从你的作品中也能看出来,没有废话。现在,我能更好地理解你的作品和为人了。永仓走后,我有好多天都内心不安,觉得不应当冷淡一个无辜的人。

后来这么多年,永仓一如既往满腔热情地翻译着我的小说。至今已在日本翻译出版了我十几部作品,包括《碎瓦》《天下无贼》《鞋匠与市长》等。差不多十几年了,每逢春节,她都会从日本寄来一箱甜点,说是给孩子们吃。我一再写信告诉她,不必再寄东西来,我的孩子都大了,而且在中国什么都买得到。但永仓不听,依然每年都寄。她在用一个女人的方式,带着一种亲情,进入了我和我的家庭生活。

对于历史上那场惨剧,每一个中国人都不可能忘怀,那是一种永远的痛,但平静下来需要时间。两国人民之间的交往,需要双方的真诚和努力。前几年我曾写过一篇小说《逃兵曹子乐》,讲一个人天生胆小,却又常年混迹于各种军队之间,纯粹为了混饭吃,一到要打仗了,就趁机逃走。后来被八路军俘虏,发现训话的长官是老乡,就当了八路军战士。八路军常和日本人打仗,十分英勇。这个人非常痛恨日本侵略者,也想杀几个敌人。可是一到战场上,就吓得尿裤子,怎么也冲不上去。几仗下来,他一个人也没打死。事后他很难过,觉得自己丢了八路军的脸,于是决定逃跑。可在夜间逃跑的路上,意外遇到一个日本逃兵,并且很容易缴了对方的械。这时他非常激动,用枪指住这个日本兵,很想一枪射杀他,他要证明自己是恨侵略者的。可他的手一直哆嗦,终于没有扣动扳机,因为他发现此时杀掉这个求饶的日本人,比在战场上打死日本人还难。他终于没有杀他,并把他送到自己的营地附近,让他向八路军投降。他知道,只有这样,才能保证他的生命安全,而他自己还是逃跑了。这是一篇短篇小说,永仓百合子看到了,她从日本打来长途,说看过这部小说,她哭了。正是那个长途电话,让我真正把永仓看成了朋友。我想她懂得了我,懂得了中国人,我也懂得了她。

去年夏天,永仓百合子再一次来南京看我,我从机场直接把她接到家里,和全家人一块吃了一顿晚饭,这一顿晚饭吃了将近三个小时。她谈到曾和一帮日本年轻人如何彻夜偷听中国广播电台的趣事,她会唱《东方红》《大海航行靠舵手》,喝了很多酒,唱了很多中国歌曲,逗得全家人大笑不止。这是一次家宴,永仓已成为我们家的一个亲戚。第二天,我和妻子陪她去了一趟苏州古镇同里,玩得十分开心。这一趟她来,我仍然说话很少,大多是妻子和女儿在陪她说话,但她没有再说我是个不爱说话的男人。

转眼春节又到了。日本和中国一样,也是过春节的。一衣带水,两国相距并不遥远。借此机会,我和家人衷心祝永仓百合子一家幸福!

2008 年 11 月

致小虎

小虎：

爷爷首先祝贺你这个期末考试门门成绩又是优秀！

你的确是个优秀的孩子，不仅聪明、懂事，而且单纯、安静。我喜欢你的这种状态。并且希望你将来长大后，即便面对一个激烈竞争的社会，也能保持这种状态。

单纯能让自己轻松，单纯是破解复杂的唯一办法。社会生活太复杂了，不如索性以不变应万变，用单纯、幽默的目光看待周围的一切。单纯是天性，也是修为。生活中有所为，有所不为，才能做成大事。而我也知道，你有满肚子的幽默故事，时常把我们逗得大笑。幽默，也是一种智慧呢。

安静是天性使然，但也同样需要后天的修养。安静缘于力量和自信。大凡平时张牙舞爪的人，其实都是没有力量和不够自信的人，因为他需要用这种外在的东西引人注意，表示自己的存在。而一个有力量的人，一定是安静和沉稳的，因为他不需要虚张声势。当然，力量和自信都是需要积累的。你从小爱读书，经常被学校评为"读书之星",你看哪一个成功者没付出过艰辛的努力?一点点积累知识,积累智慧,积累善缘,积累美好,你就渐渐变得厚重而强大,开朗而自信。你有了真才实学,有了美好善良的心灵,有了健康的心态,还要担心什么呢?

小虎,我有时候感到你还不够自信,太在意别人的目光和评价。其实大可不必。你这么聪明,读唐诗宋词几可过目不忘,你成绩经常在班上前几名,老师每年都不忘记在家庭报告书里夸奖你心地的纯净和善良,同学们也都因此喜欢你,你完全应当自信。在今后的人生道路上,即使有人说不喜欢你,也不必沮丧或伤心。平心而论,你就喜欢所有的人吗?在这个世界上,因为种种原因,总会有人不喜欢你,也会有你不喜欢的人,这其实是个很公平的事。你如果为了让某个人喜欢而盲目改变自己,就不仅会扭曲自己,无所适从,更会严重伤害自己的心灵,陷入更加痛苦的深渊。在人生的道路上,你可以不断修正完善自己,但不要指望做圣人。人都是有缺点的,人人都会犯错误,只是不要总犯同样的错误。不要刻意去做人,率性而为也许更好。小虎,我真心希望你今后能多一点虎气,多一点野性,多一点释放,多一点自己的主张。如果错了就改正,这没有关系,男子汉就应当坦荡一点。你还记得,有一次我批评你批评错了,事后向你道歉的事吗?

不过,我在今年的家庭报告书里看到了一个不一样的你,老师说你在学校里非常活泼,常常"妙语连珠,语惊四座",甚至不乏调皮捣蛋的"事迹"。看来,你在家中的拘谨,是因为家中的气氛过于严肃了，特别是我。也许，我自己也要改一改了。

小虎，你出生在虎年，一转眼，你已经十二岁了。在这么多年里，一家人都希望你能幸福快乐，希望你受到最好的教育。为此，你的外婆和妈妈付出最多。为了能让你吃好每一顿饭，外婆至今还在努力研究新菜谱，每天都尽可能变换口味花样。今年你要小升初了，为了让你能进入一所好中学，你的妈妈放弃了一切应酬，每晚都陪在你身边，辅导你做作业。为此，她这个文学博士几乎又重读了一遍小学。我有时候上楼，看到你们两个埋头用功的背影，总是欣慰而心酸，心疼你，也心疼你的妈妈。

我没有她们付出那么多，我投送给你的，更多的只是关注的目光。但我知道我多么爱你，多么看重你。在我的作家朋友中，我会时常谈起你。但他们谈的大多是儿子女儿，我曾开玩笑说，我是谈孙子的人，比你们高一个档次。有一次去北京，开会间隙，在吸烟室碰到陕西的陈忠实，不知怎么，我们聊起了各自的孙子，比孙辈的趣事，两人各有各的骄傲，谁都不服气谁。事后想想很可笑，也很有趣。

大人们为你的付出是值得的，因为你给全家带来无数的快乐和惊喜。在你两三岁时，我就曾经感叹，你在一天里带给我的笑声，已经超过了以往所有的笑声。你的一天天长大，一点点进步，都会让我们高兴异常。每次为你量身高，我都会和你的外婆发生争执。我想量一个标准的数字，把放在你头顶的那把尺子放平，她却老是放得倾斜，希望把你量高一点。在我们为此发生争执的时候，你妈妈总是站在一旁笑我们。小虎,你能从中体会到我们的成就感和急迫心理吗?

小虎,尽管你从一出生就饱受一家人的关爱,但你并不因此自私狭隘。舅舅家为你添了一个可爱的小妹妹东东,你总是那么细心呵护她。她把你叫做"大豆",我们则叫她"小豆","小豆"对你这个"大豆"似乎有特别的依赖,看见你就再不要任何大人了。你总是顺着她,牵着她,护着她,不让她有任何危险。你这个哥哥当得真是像模像样!

小虎你知道吗?我最喜欢你说的一句话就是:"我来!"当大人在家里忙碌的时候,你会突然走过去,说:"我来!"这肯定也是你妈妈最爱听的两个字。这说明你渐渐长大了,有了责任感。我给你取的名字叫稷之,就是希望你将来成为一个真正的男子汉,有开阔的胸襟和视野,能够有所担当。

小虎,爷爷这辈子积累了很多的人生经验和教训,但我只能说这么多了。每个人的人生都要靠自己去走,大人不必说得太多,不然,人生就不再新鲜。人生是一次旅行,充满艰险,也充满乐趣,大胆往前走,你会有一个光明的前程!爷爷相信你!

2010 年元月立春之日

老　树

多年前在苏南看过一次盆景展览，真叫千奇百怪，触目惊心。其中一株小树仅几寸高，却九曲十八弯，造型飞动，如一只奋蹄的小鹿。一问这小树的年龄，说二百岁了。原来是一棵老树。

据说盆景是一门很高的艺术，那一次算见识了。二百年的老树被调理成这模样，起码要经过好几代人的手，也造就了几代盆景大师，而且还将继续造就下去。艺术就在这方寸之间绵延不绝。可我不喜欢这样的艺术。这没办法。豫剧是艺术，南方人不喜欢；昆曲是艺术，北方人不爱听。对艺术，你承认不承认是一回事，喜欢不喜欢是另一回事。我看到老树的样子，先是感到啼笑皆非，继而是生命被扭曲的不舒坦。二百年间，那棵老树从来没有过生命的恣肆，甚至没见识过大自然的狂风骤雨。它一直被主人保护得小心翼翼，也一直按照主人的意志活着。渴了撒点杨柳水，饥了施点指甲肥，常年不饥不渴，半饥半渴，亦饥亦渴。说它活着，离死只有半步；说它死了，却一直活着。主人某日外出访友，老树偷偷长一枝新枝，绽一片新叶，以为可以舒展一下筋骨了。主人归来发现，拿出剪刀咔嚓一下，长什么长？你只能这个模样。且要断水断肥三日，显见得是吃饱了撑的。老树，可怜。

我从此不看盆景。

也从来不养花木。我一向认为把花木养在花盆里是一种虐待，但我养过一棵草。那是女儿考上大学，一家人陪她上街买东西。无非兴之所至，花钱让女儿高兴。女儿看中街头摆卖的一盆花，只好买下。那也是我唯一的一次买花。不用说，那盆花的结局不妙，开过几日就死掉了。花盆里仅剩一坨土，摆在院子里没人理它，干得硬邦邦的。院子里有一棵很大的梧桐，树荫颇大，一家人吃饭常在树荫下。那日吃饭时，无意间一转头，发现花盆那坨干土里钻出针尖一点绿来。一声惊呼，全家人围来看，居然都很感动。这么干硬的土里竟有生命顽强地生出，管他是什么，赶紧浇水。那是一棵极普通的三棱草，日日浇水，日日观看，长成很大的一束。因为这束草，一家人整个夏天都显得很愉快。秋尽时，草终于枯萎，于是我们把生它的那坨土弄出来埋在树下。次年春天，果然长出一簇三棱草来，绿葱葱透着野气。看它蓬蓬勃勃的样子，我又想起那株盆中的老树。那老树活得真不如这一簇三棱草。

1994 年 4 月 16 日

边界小村

沙庄是江苏最北端的一个小镇，出镇子往北，就是山东地界了。沙庄镇其实是个小村，只有几百口人。没有街面，但有一条砂石公路穿过，是从江苏到山东去的。沙庄后来做公社驻地，就因为这条公路。公路两旁有些零星店铺，渐渐又有了粮店、供销社，就算街面了。砂石路不宽，除早晚有两趟咣当乱摇的长途客车经过，还有些拉砂石的货车和手扶拖拉机，轰隆轰隆开过去。尘土消尽，又出现一队碎步急走的毛驴车："哒哒哒哒！……"毛驴常常是边走边拉，撒下一串热喷喷的粪蛋，就有村里老汉一颗颗扒进粪杈子，然后退到路边，候下一队毛驴车经过。

沙庄离微山湖很近，一条河从湖里伸出来，蜿蜒南去。这条河叫复新河，是丰县境内最大的河。复新河经过沙庄一段，是东西走向，河上架一座南北桥，那条砂石路就从桥上过。桥面很窄，老有手扶拖拉机相撞，桥栏杆被碰得歪歪扭扭。我每次出差经过那里，总提心吊胆的。但当地人似乎没觉得有什么危险，过往行人和颠簸奔跑的拖拉机比肩混行，且从容往河面瞭望，俨然一个观景台。河面十分空阔辽远，片片白帆远了又近了，近了又远了，使人觉得这水上的日子神秘而悠长。傍晚时，桥下会泊一些渔船和运输船。暮霭中炊烟袅袅，有小孩子在船上嬉戏玩耍，太小的孩子腰里会系一根绳。不知不觉又是渔火点点了。等一轮皓月升起，大河两岸万籁俱寂时，船上的女子便开始洗澡。衣裳脱得精光，长长的头发放下来，站在船沿弯腰提一桶水，举到头顶浇下去："哗——！"又提一桶水，又浇下去："哗——！"那时，两岸树木森森，大河在朦胧的夜色中静静流淌。女子洗好了，也不穿衣裳，站在船沿对着明月梳洗，仿佛整个世界都属于她了。突然从船里蹿出一个男人，女子尖叫一声，早被拖进舱去。小船摇呀摇的，摇碎一幅水墨，可惜了！

渔家的孩子多，都是一窝一窝的。

沙庄既成小小的水陆码头，就是一个繁杂的小世界。在这里能见识许多事物。七十年代初，我在县里当新闻干事，有一次去沙庄采访，在桥下见到一位卖棋的中年汉子。汉子蓬首赤足，对襟褂敞开怀，露出两排肋骨，很潦倒的样子。他摆在河滩上的一副棋，引得一圈人围观。我那时正迷恋象棋，无事常看些古谱。出差在外，遇到路边下棋的，总爱看一阵。臭，转脸就走。这次挤进去，却吃了两惊。一惊是那汉子的排局，恰是不久前我曾研究过的"野马操田"，此乃中国四大名局之一，从《蕉窗逸品》中看到的，棋局深奥，变化繁多。本是和局，错一步就成败局。汉子摆出这个排局，决非等闲之辈。第二惊是他的棋子，居然是紫铜做的，一枚足有二两重，一副棋当有六斤之多。看颜色是一副古棋无疑。这小小边界小镇，真是遇上高人了。我有点跃跃欲试，遂蹲下去，想和他走一走。旁边有人看出我的意思，说："人家不下棋，是卖棋的！"我疑惑地看着那汉子，他点点头："一百八十块。"果然是卖棋的。真叫人摸不着头脑了，我试探着问："这副棋？……""祖上传下来的。""你怎么舍得？"汉子苦笑了一下，没回答。我不便再问，却有点血冲脑门。一副六斤重的紫铜古棋卖一百八十块，实在不算贵。可我买不起。那时一月工资才二十六块半，一年三百一十八块，还要养家，平日兜里有块把钱已算富裕了，真叫钱到用时方恨少。围观的有十几人，也没人买。一般百姓渔夫，谁肯花钱买这么好的棋？再说，谁配拥有这副棋呢？我知道我也不配。

二十多年过去了，我时常会想起沙庄，想起那个潦倒的汉子和他的紫铜古棋，茫茫人海，不知流落何处。他的棋卖了没有呢？

没有吧。

1994 年 4 月 8 日

蹴 鞠
——岳庄民趣

岳庄原是黄河故道边上的一个小村，在江苏丰县南部二十公里处。全国闻名的丰县大沙河果园，就是以岳庄为中心发展起来的。现在的岳庄是大沙河镇政府所在地，因为被十几万亩果园簇拥着，被人们称为果都。

无疑，这里已经日渐繁荣起来。

但旧时的岳庄却是贫穷而又破败。村民的先辈几乎都是乞丐，岳庄就是由那些流浪人聚居而成的。那时的黄河故道没有得到治理，两岸沙荒遍野，如同大漠。一场狂风过后，流沙翻滚，漫天昏黄，整个大地都变了形状。大片大片的沙地只长些稀疏的茅草，种上庄稼也总是被风沙吞没。岳庄的农民们就是在这样的环境中，一辈辈顽强地生存繁衍，固守着贫穷的家园。前些年，我为了写出黄河故道的真性情，曾带一个小伙子骑自行车，沿故道进行千里考察，就是从岳庄出发的。当时我在岳庄住了数日，走访了许多老人，获得许多第一手材料。最令人感动的就是岳庄一带的老百姓，在艰难生存中那种达观蓬勃的精神。他们并不因生活的艰辛而一天到晚愁眉不展。他们有自己的生活乐趣，比如蹴鞠。

蹴鞠是个很古老的活动，用现在的说法就是踢足球。世人都知道，现代足球的发源地在英国，而古代足球的发源地却是在中国，这在许多史籍中都有记载。刘向《别录》中说："蹴鞠者，传言黄帝所作。或曰起战国时。"《汉书·枚乘传》有"蹴鞠刻镂"的话。颜师古注："蹴，足蹴之也；鞠，以韦为之，中实以物；蹴鞠为戏乐也。"到唐代时，蹴鞠已有定形，《文献通考·乐考二十》："蹴球……相两修竹，络网于上，为门以度球。球工分左右朋，以角胜负。"就是说，到唐代时，蹴鞠已和现代足球很相似了。

丰县是刘邦的老家，曾有史书载说刘邦就爱蹴鞠。那是汉代以前的事。这一古老的运动在丰县民间一直保存着，可称为古代蹴鞠的活化石了。岳庄一带在老黄河沿上，那里民风古朴剽悍，蹴鞠活动成为群众的一大乐事，直到五十年代依然很盛。蹴鞠仍保存着汉代以前的古老形式。岳庄的老人们说，这一带村庄的老百姓，每到冬闲时节，就常到野外踢球。相邻的两个村庄约好了，每方人数不限，只要对等就行，或三十人，或五十人，或八十人。球用牛皮或羊皮缝制，里头塞进茅草。比赛前，在两村土地交界处放三张八仙桌，分别摆上宰杀好的一头猪、一头羊、一只鸡，作为三牲祭品，还有三坛老酒。双方球员在班主率领下，焚香磕头。祭告天地，表示公平比赛，不伤害人等。比赛的场地无限大，没有出界之说。也没有球门，只以两村地界为中线，向对方地域攻击。

攻入对方地域深远者为胜。计时方法是在中线立一竹竿，背阴处划一道地线，和日影重叠即鸣锣罢兵。若是阴天，就以漏壶滴水计时。方法固然都很原始，但这种蹴鞠比赛却能吸引成千上万人观看，比赛锣声一响，两村精选的小伙子们便发疯一样争夺皮球，拼命往对方地域冲击。踢球不可用手，但拦截对方球员却可以拳打脚踢。一场蹴鞠比赛，除了球技，更是一种武术比赛。场上球员一时搅成一团，横冲直撞，一时奔跑追逐，如同围猎。那只皮球在人群夹缝中神出鬼没，一时飞向南去，一时滚向北去。那时围观的群众便如潮水样涌来涌去，漫山遍野都是呐喊声、擂鼓声，冬日的旷野沸腾了一样。这种野性的上战场般的古老运动，充满了生命的恣肆。比赛结束，胜者把三牲祭品和三坛老酒抬回去，吃喝庆祝一番，整个村庄会欢腾几天。后来我走遍千里黄河故道，脑海里始终盘踞着那个令人热血沸腾的场面。我一直在想，这么好的活动，怎么渐渐就消失了呢？

1998 年 4 月

退思园

同里退思园,是个值得玩味的地方。

它的建筑艺术无可挑剔,和几乎所有的江南园林一样,精致、玲珑、机巧,一砖一石皆有学问,一木一池都有说道。但坦率地说,多数时候,我并不是十分喜欢江南园林。它是不是艺术是一回事,喜欢不喜欢是另一回事。各人审美情趣不同。我不喜欢的原因就在于它的过于精巧,过分考究,以至美不胜收,美得没有空隙,叫人喘不过气来。就像歌唱家唱歌,如果字字都在"i"字音上,听众全都拔着脖子,就让人受不了。古人写绝句,前三句也许平常,最后一句奇峰突起,也就够了。

同里退思园于我可能是个例外。我喜欢它是因为它的文化内涵和由此对人的启迪。园主任兰生原是晚清的一个官员,后因盘踞利津、营私肥己被弹劾解职。回乡后花十万两银子建造了这座名为"退思"的园子。园子构思很奇特,走势弃南北而取东西,且西为宅,中为庭,东为园。这种建构方式,打破了常规,据说主要是为了藏富,人一进去就见宅院,以为到底了,其实曲径通幽,暗门开处,尚有万千风光。主人用心可谓苦矣,但这样一来,"退思"就有些可疑了。

"退思"二字语出《左传》"进思尽忠,退思补过"。园主死后,其弟曾有哭兄诗"题取退思期补过,平泉草木漫同春"之句。可见此园取意是要闭门思过,好好想想什么的。但看来园主人还是没有想明白,或者说取名"退思"园,本就是一种韬晦之计。因为两年后他又"捐复"为官了。不久卒于任上。

那日和几个文友闲步园中,想着这"退思"二字,忽然就有了许多感慨。人生漫漫,或进或退,都属常态。种种原因,人不可能只进不退,亦不可能只退不进,这进进退退中就包含着人生的起伏悲欢,坎坷坦途。退思自然是需要的,亡羊补牢,未为晚矣。而进思则尤为当紧。人生多一点进思,当时常检讨自己的过失。不断修正和调整自己,完善自己,就会少点挫折。当然,退不一定是失,而进也不一定就是得。多数情况下,人都希望进和得,这进取之心人皆有之。但有时当你对某种事物失去兴趣,甚至成为一种负担乃至痛苦时,退和失就成为一种幸事和解脱了。上餐馆和去厕所,其实都是快事。可见进退得失,不可一概而论。那么,也就不必想得那么头疼和仔细了。不然,人生就有了太多的刻意,进亦思,退亦思,岂不把人累死?

步出退思园,不远处的同里湖碧波涟涟,依岸几处民居如水墨一样隐约飘渺,一阵清风吹来,顿觉一身松快。人生如风,还是自然好哇!

1999 年 7 月

穿越沙漠

因为有了公路,如今穿越塔克拉玛干大沙漠,已经算不上什么壮举。但对于平生第一次见到大沙漠的人来说,仍然是一件令人激动的事。

我们江苏作家十五人,由兵团文联的朋友陪同,分乘两部车,开始向沙漠进发。首先经过的是一百多里宽的荒滩。这种荒滩是戈壁的外围,虽也荒凉,却有绿色生命。在一片很大的芦苇丛中,我们居然看到一方面积不小的湖泊。看上去湖水不深。因为正下着雨,四面八方的水正汇聚而来,显得汪洋恣肆。兵团文联的朋友告诉我们,这种湖泊面积是不定的,下雨时可以扩得很大,到处漫溢,枯水时又缩得很小。但有水就有生命,除了芦苇野草,还有一些叫不上名字的鸟在雨中啁啾。远处,风雨中浸泡着几座简陋的平顶泥屋。据说,那就是维吾尔人的住房。这也是我们在进入沙漠之前见到的唯一人家了。不知为什么,心境忽然有些恓惶。

遥望前程,依然烟雨茫茫。

终于看到红柳和胡杨了,红柳和胡杨的大名是和塔克拉玛干大沙漠连在一起的。红柳显出旺盛的生命力，一团团一簇簇，如火如荼。它有发达的根系和韧性，叶片也是窄窄小小的，它懂得如何汲取水分和营养，也懂得如何保护自己。在险恶的自然环境中，红柳竟然活得如此悠然。相比之下，一株株一片片的胡杨就显得悲壮乃至惨烈了。胡杨树身粗壮，木质极硬，树枝粗短，在斑驳的树叶中，常会有一些坚挺的枯枝耸出来，如风摧如火烤，触目惊心。胡杨是硬汉子，同样有坚强的生命力。据说，胡杨可以活一千年不死，死一千年不倒，倒一千年不烂。胡杨三千年，是个谜一样的时间。上溯三千年，中国还在殷商时期。三千年间，兵燹水火、江山易手，人间发生了多少事？但面前这些枯死的巨大的胡杨，却一直兀立荒原，静静地守望岁月。它看到的知道的肯定比我们任何人都多。我真想问它一句，你想说点什么吗？胡杨无语。

也罢。历史是不能复述的。

告别红柳和胡杨，前头就是戈壁了。我和无锡作协主席陆永基坐在一辆小车上，一路跑得很快，大车已被远远抛在后头。路边有一家回民小餐馆，我们决定就在这里吃饭。这时雨已停歇，空气湿漉漉的很舒服。就在等人等饭的时候，我和陆永基拿出围棋，在餐桌上杀了一盘。四野空荡，渺无人烟，此时此地对局，颇有点大漠论剑的味道。这大概是平生最值得回味的一盘棋了。

饭后上路，我们依然在前头开道。两旁的戈壁滩一片青黑色，除了沙石别无他物，看不到一点绿色生命。途中下车方便，随手捡几块石头，居然如河中的鹅卵石，上有各色图案，禁不住连连称奇。这些石头经千百年风沙打磨孕育，已经有灵性了。我开始怀疑戈壁无生命之说，但无边无际的青黑色的戈壁还是叫人觉得压抑。

终于看到大沙漠了。我们的车子以每小时一百二十公里的速度飞驰，渐渐进入沙漠深处。前人用"瀚海"二字形容大沙漠，真是再恰当不过了。偶尔还能看到一棵胡杨，也就一闪而过。视野所及，全是金黄的沙和沙的金黄。沙丘和沙山如同大海的浪峰，重重叠叠，没有尽头。塔克拉玛干大沙漠是世界第二大沙漠，东西一千公里，南北四百公里，面积超过意大利，它的名字在维吾尔语里是"进去出不来"的意思，这里最高的沙山达二百五十米。一个人如果被扔在这里，除了死亡，大概不会有第二种结局。但陪同的同志，却向我们讲述了一段感人的故事：上世纪五十年代，中国人民解放军一支部队，硬是徒步穿越塔克拉玛干大沙漠，到达和田屯垦戍边，他们就是新疆生产建设兵团最早的开拓者之一。其实，遍布新疆的生产建设兵团各部，都有一部可歌可泣的创业史。他们在极为险恶的自然环境中，用生命和汗水浇灌出一片又一片绿洲。同时，兵团战士还肩负着保卫边疆的神圣职责，他们总是在祖国需要的时候冲在最前头。一路走来。我们听到无数感人的事迹，江苏作家无不为之动容。第一代兵团战士很多出身红军和八路军，将近半个世纪过去，他们中的大多数已经长眠在这片荒原上，活着的已是白发苍苍。看到他们，我们才真正懂得什么叫奉献，什么叫战士。他们在这片辽阔的疆土上，献了青春献终生，献了终生献子孙。如今兵团战士已到了第四代,许多人是他们的后人。想到他们,你立刻会想到大漠中或挺立或扑倒的胡杨。胡杨三千年,正是兵团战士躯体和精神的象征。

　　浩瀚的塔克拉玛干大沙漠,正以宽广的胸怀迎接我们。在现代化的交通工具帮助下,我毫不怀疑我们会穿越大漠。但我知道,我们将永远无法穿越对边疆的记忆。

2000 年 3 月

告别三峡

告别三峡,已经讲了几年。其间除去旅游部门炒作的成分,全国和世界各地的游客,多是怀着真诚惜别的心情去三峡的。长江浩浩荡荡,自由自在地奔腾了亿万年,第一次被人类强行改变它的面目。今年六月大坝蓄水后,上游六百多公里的长江,将变成一个狭长而巨大的水库,三峡将不再是昔日的三峡,长江也不再是过去的长江了。它将失去许多原始的形态和野性,变得温顺、驯服。建造三峡大坝是经过科学论证的,我们不怀疑它将在防洪、发电、航运等诸多方面发挥特殊的功用。但当这条亘古以来一直追求自由的大水终被锁住时,人们还是蓦然生出一种怜惜、怅然和失落。

十月底,我终于去了三峡。正是深秋时节,长江两岸的山峦有些冷峻之气。"无边落木萧萧下,不尽长江滚滚来。"我的确感受到了大江的气势。但老实说,三峡并没有我想象中么美丽奇伟,山不够绿,水也不够清,浑黄的江水泥汤一样翻滚流淌。江面上往来船只很多,有客轮,那上头满载着告别三峡的游人;也有货船,装满各种各样的物资，船体吃水很深，看了让人揪心。江面繁忙而嘈杂，即使面对美景，也少了从容欣赏的情趣，只感到一种紧迫和忙乱。此时，距三峡明渠截流只有几天的时间了，届时将要断航，该运的急用的货物要赶快运出，天南海北赶来的游客要最后看一眼原始的三峡。那时，我和所有的游客一样，都显得多情而惆怅。但在后来的日子里，当我实地目睹了涪陵、万州、云阳、巫山等地移民搬迁的许多现场后，却突然发现自己和游人的多情惆怅是多么的空洞。在整个三峡库区，有一百多万移民，其中有十二万人迁去外省定居，剩下的或远或近，也都要离开自己的家园。长江两岸，到处可见残墙断壁，瓦砾成堆，一座座县城，一个个乡镇和村落，全都成了废墟。百万移民为三峡工程建设所做出的巨大牺牲，他们舍弃祖辈生活的土地远离家乡的故事，搬走前夜一村人在露天场地上喝告别酒时相拥而泣的场面，临行前向滔滔长江向已成废墟的故土磕头祭拜的情景，一次次让我动容，让我顿生敬意。那时我才真切感到，他们才是告别三峡的主角。游人的告别只是一个概念一个情结一种诗情，而百万移民的告别才是实实在在、撕心裂肺、感天动地的。

告别不一定都是坏事。在远离长江的地方，我同样也看到了一座座崭新的城市和村镇，三峡移民已经开始新的生活，建设新的家园。其实，在今天的中国，移民早已不再被看成苦难的象征。中国所有的城市都在急速发展，正是因为新移民走了进来。而为数更多的遍布全国的打工族和流动人口，正像鸟儿寻找新的栖息之地，随时准备把家乡做故乡，把他乡做家乡。在人类历史上，移民常常伴随着苦难和生离死别，但同时也促进了经济文化的交流乃至人种的优化。移民从来就是一股活水。当年，如果没有欧洲移民，就不会有今天的美利坚。中国人固守家园、终老一生的传统观念已经发生了变化，移民正成为当今中国具有活力和开拓精神的一个群体。

2002年11月9日

世上的路有无数条，但去那条浸满血迹至今依然荒凉的路上走一走，会让我们增加——

生命的厚度

在中国历史上，曾有过许多著名的路和关于路的故事，比如茶马古道、丝绸之路，比如明修栈道暗度陈仓，比如明代大移民、山西大迁徙、湖广填四川，等等。在这些关于路的故事里，无不充满苦难和辉煌，成为中华民族永远的记忆。而七十年前的红军长征路，是又一条让中国人为之骄傲并永远记住的路。

还在少年时，就曾有过梦想，希望有一天能去那条路上看一看。今年六月，我应邀参加"中国作家重走长征路"活动，这个愿望终于实现。这次活动实际上只是穿越四川西部，也是当年红军最艰难的一段长征。自古蜀道难难于上青天，而川西又是四川地势最险峻复杂的部分，高山、峡谷、急流、险滩，随处可见。我们行走的路线，正是当年红军走过的地方。在这段两千多里的路途上，有高达四千多米的巴郎山、六千多米的四姑娘山等四座雪山，有一条又一条深不见底的大峡谷，有红军曾艰难跋涉过的若尔盖大草原、大沼泽。我们大部分时间是乘车穿越，只在雪山顶上和草原腹地行走一段，自然已无法真正体验当年红军爬雪山过草地的艰险。但就是这样，也感到殊为不易。在四千多米的笔架山、巴郎山上行走，你能明显感到空气稀薄得喘不过气。山顶上没有乔木，也没有灌木，只看到一些从雪层里顽强钻出的小花小草，其中最多的就是野罂粟，黄色艳丽的小花朵一簇簇绽放在晶莹的雪面上，让人感到的是邪气和股栗。翻越六千二百多米的四姑娘山，更是一次严峻的考验，不仅空气更加稀薄，而且寒风呼呼作响，刮得人站立不稳，稍有不慎就会掉下山崖。我们大都穿着棉衣，还是感到透骨的寒冷。山顶不仅有厚厚的积雪，还有厚厚的冰川。据陪同人员介绍，这些冰川属于第四纪，已有二百多万年的历史。因为年代过于古远，冰川表层已呈锈黄色，就像古玉上的一层包浆。站在古冰川前，我们除了面色青紫大口喘气，只有地老天荒般地沉默和敬畏。你还能说什么？在感叹大自然神奇造化、人的生命短暂渺小的同时，不由遥想当年，红军可是一步步从山底爬上来的啊！在爬山的途中，有多少饥寒交迫的战士倒下再没有站起来，或失足坠入深渊尸骨无存，已经无人知晓。当晚我们下到半山腰，住进海拔三千多米的宿营地，依然冷得打颤，只得披上棉被取暖。而此时，山外的世界正是六月盛夏。

经过几天的行进，传说中恐怖的若尔盖大草原大沼泽到了，这里依然人烟稀少，连牛羊也看不到。放眼望去，在湛蓝的天空下，大草原绿如碧海，静如荒漠。事过境迁，一条平坦的公路蜿蜒远去，如今穿越大草原已不是难事。但当年的红军，却在这里死亡无数。除了几场生死大仗，非战斗死亡率也相当惊人，或者饿死，或者病亡，或者被沼泽吞没，或者被地方反动武装偷袭失去生命。当地藏民说，至今在大草原仍不时发现枯骨，每一具枯骨都是一个孤魂野鬼，那些死去的红军战士往往连名字也没有留下。

一路上，我们听到许多关于红一、四方面军的真实故事，看到许多红军留下的遗迹，一次又一次被感动被震撼。回来后很多日子，还会从梦中惊悸而醒。我们每天都在走路，世上的路有无数条，但去那条浸满血迹至今依然荒凉的路上走一走，会让我们增加生命的厚度，起码会减少一些浮躁和浅薄。

2006 年 10 月

美国草

  我原先住的院子里，有一片杂树林。林子不大，却有二十几种树木，有松、桂、梅，有琼花、绣球、无花果、枇杷、石榴，甚至还有香椿、桑树。林间空地上，长满了杂草，我曾经数过，竟有四十多种，片状、芽状、秧状、筒状、秆状、棱状，形态各异，高高低低，和谐相处，共生共长。这些都是本地野草，生长得十分茂盛，夏季能长到没膝深，偶尔会发现小动物在草丛间出没。因为野草品种繁多，也就开满各种黄的、红的、紫的、兰的、白的各色小花朵，显得十分热闹。加上树上的琼花、绣球花、石榴花、桂花、梅花等，几乎一年四季都有花香，自然也会吸引蜂蜂蝶蝶前来采花传粉。各种小鸟飞来飞去，吃虫子，吃桑果，啁啾鸣叫，追逐嬉戏。小小一片杂树林，竟像一个植物动物的乐园。院子里居民也都喜欢这个小树林，下楼散步，总会去里头走走，孩子们在林间做游戏，开心而大胆。因为这些野草不怕踩，让人感到亲近，摔个跟斗也是软软的香香的。

  但某一天，突然来了一些人，把整个林子翻了一遍，铲除杂草，栽上一种状似韭菜的墨绿色的草。据说是引进的美国草，专门用来造绿地的。南京很多大块绿地都已换成这种洋草，是为了更加整齐美观，四季常青，当然按规定不准任何人踩踏。从此大家就只能在林子边的水泥地上转游了。看着那些肥厚而色彩单一的美国草，总让人有一种生疏感，林子变得不能亲近了。可是过了一段时间，大家惊奇地发现肥厚黑绿的美国草，开始变得瘦弱枯黄。而与此同时，原先被铲除的本地杂草，重又从土里长出来，且很快放肆地覆盖了美国草。这当然是不能被容忍的，很快，那一帮人又来了，再次铲除当地草，重又栽上美国草。但过一段日子，当地草又成功实现了复辟。如是数番，乃至几年，就像拉锯战一样，美国草终于没能战胜当地杂草，到我去年搬家离开那个院子时，当地杂草已重新成为这片林地的主人。如今我已不在那里居住了。但我真的时常怀念那片生机勃勃的荒草地。

现在城市都在搞绿化建设，但却常常陷入一种盲目性。大片大片的草地出现了，但草地不亲切了。树木成行成排，整齐是整齐了，但缺少了多样性，病虫害多起来。现在国际上最新的环保理念，把这种现象叫绿色污染。栽树应当有乔木，也有灌木，品种且忌单一。有树木，也应当有杂草，只有这样，才能保持生态平衡。记得我去美国访问时，曾看到一大片树林就在白宫附近，而这片树林里不仅有各种树木，而且杂草丛生，还看到一些枯死倒地的树木已经发朽，却没有清理，完全一副自然状态。一问之下才知道，这正是他们的生态理念，有了枯木才会有微生物，有微生物才会有虫子,有虫子才会有鸟,有鸟才会有树木的安全。这是一个生物链。而我们却讲究整齐划一,什么都讲究一律。自然界丰富多彩,少了哪一种色彩,都是对大自然的伤害。其实,社会又何尝不是如此?我们现在说得最多的话是现代意识。其实,现代意识的深层含义应当是包容性,并不是越时尚越好,不管是外国的,还是中国的,不管是时尚的还是古典的,只要有益或者无害,就应当允许它的存在。美国草在那座小院子里水土不服,奈何?

2006 年 10 月

青田古桥

前不久，去浙江青田参加一个采风活动。因航班不凑巧，我由温州转道，提前一天到达。青田县隐藏在崇山峻岭中，美丽清澈的瓯江穿流境内，空气滋润清新，森林繁茂，到处有群鸟起落，车行其间，眨眼已是别样风景。

接我的是青田文联主席曾娓阳，是个湘妹子，曾国藩的后人，远嫁到青田来的。人很热情大方。当晚小宴，请来几个当地文友陪同，无拘无束，听到许多青田故事，已感不虚此行。次日才是报到日，我闲来无事，由青田作家阿航陪同，一大早便驱车去了周宅村、陈宅村。这是两个古村，还残留着一些由青田到温州的驿道，这条驿道是北宋时期修造的，沿一条小溪，弯弯曲曲，路面已很斑驳，却古意盎然。存留的古桥形状差不多，都呈长廊形，内可坐人，当时专供行人歇脚的。阿航说，这样的古桥，在青田还有几十座。我们到周宅村时，正见一些老人坐在廊桥内聊天闲坐。这里已是村野之地，猛见此景，仿佛时光倒流，真有不知今夕何夕之感。然后两人步行去陈宅村。两村相距不过二三里，村口便是陈宅村的毓秀桥了。这座桥是明万历四年建造的，算起来有四百三十多年了。桥身全是木质架构，虽历经沧桑，却依然完好。我们到时，正有一庄稼汉子从田里归来在此歇息。闲聊几句，汉子见是陌生人，居然有羞怯之态，起身离去。走数步，又回头看，甚是惊疑。一时想到"不知有汉，无论魏晋"的句子，以为到了世外桃源。转身看桥，这座桥实在有味道，两旁有两棵参天大树巍然而立，一为柳杉，一为枫杨，皆为古木。桥亭横卧小溪上，一株古树的巨根呈拱形托起桥身，上下浑然一体。桥下是淙淙流淌的小溪，不断有三五尾金色鲤鱼结伴游走，渐渐远去，大的足有几斤重，其悠然之态，如入无人之境。我问阿航，这是人工养的吗？阿航说是野鱼。我诧异道，就没人捉吗？阿航笑笑，说这里鱼太多了，没人稀罕，且古村遗风，村民要的就是这个情致。这真是一种久违的心境。

　　两人坐在廊桥里聊天，听阿航慢慢讲他的故事。阿航被当地人称为华侨作家，原来青田不仅以青田石闻名天下，还是一个著名的华侨之乡。全县五十多万人，其中十八万在国外定居做生意。阿航已近五十，高大魁梧，当年曾在欧洲打工创业十多年，历尽艰辛。这是一个经历过大磨难的汉子。他不是一个擅长说话的人，说话时会忽然停顿、沉默，望着远方出神。我从他的表情里，能感到他内心藏着很多人间风雨。但阿航终于回来了，回到青田过一个普通人的日子，并把他的经历写成了小说。去海外发展，青田无疑有很多成功者，他们时常回来，为家人买房买车，慈善捐款，大把花钱。他们让人看到的是风光的一面，而另一面都藏在心里，也许永远不会让人知道。

坐在这样一座仙风道骨般的廊桥里，听着一个当代版离乡背井创业者的故事，才忽然意识到，原先对这古驿道、古廊桥的感觉完全不对。其实，在这条风雨之路上，远行人的脚步从来就没有轻松过，哪里有什么诗情画意！

但青田人还是世世代代不停地走出故乡，走向世界的每个角落，为了生计，也为了一个好前程。这种坚韧不拔的精神实在令人肃然起敬！

2008 年 11 月

筑巢者

　　院子前头有一个很大的苗圃场,一年四季都有绿色。里头有松、竹、水杉、香樟、枇杷、银杏、白腊等几十个品种,有乔木,也有灌木,高低错落,繁茂葱茏,充满野趣。闲时,我常走进去散步。林子里有很多鸟:花喜鹊、蓝喜鹊、乌鸦、麻雀、山雀、黄鹂、竹鸡、斑鸠、野鸡、啄木鸟,还有些叫不上名的鸟,真叫林子大了,什么鸟都有。傍晚时,宿鸟归林,鸟就更多,仅在一片柳树林里,就会有数千只鸟来此栖息。前几年,这片苗圃曾被规划为一个小区,要建楼房,附近的居民都反对,我也曾写信给有关部门。后来不知什么原因,开发计划暂时被搁置了,但大家还是忐忑,不知哪一天,这片林子还会被砍掉,那将是非常可惜的事。人要筑巢,鸟也要有家。南京以山水自然人文闻名于世,但这些年因为道路扩建,一些行道树被砍掉了,市民很有意见。随着城市扩建,如今紫金山已成城中山,我住的地方,远处可以看到紫金山全景,无遮无拦,近处就是这片苗圃,中间夹着一条国道和沪宁铁路,从上海方向来南京,这里就成了东南门户,左有紫金山,右有苗圃林场，林木蓊郁，百鸟飞翔，实在给南京增添了无限风光和生机。城市建设，应当讲究疏密有致，不能一见有空地，就忙着盖楼房，最后把城市盖得密不透风，连喘气都困难。有山，有水，有树林，有鸟，有鸟巢，有蝴蝶，有蜜蜂，有空地，这样的城市才称得上山水自然人文城市。

鸟儿们并不知道这片苗圃差点被毁掉，依然每天快乐地在此觅食玩耍，栖息繁衍。今年春节刚过，天还很冷，一天临高而望，忽然发现楼下的一棵杨树上，两只花喜鹊在筑巢，已经衔了些树枝来，放在一处杨树枝杈上。这是一排杨树，在苗圃边缘，已有五处鸟巢，现在筑的这个巢是第六个，距我书房直线距离至多二十米。因为我住在高层楼上，可以居高临下看它筑巢的全过程，这让我十分高兴，全家人也都很兴奋。为了看得更清楚，我时常拿起一只单筒望远镜，观察它如何从别处衔来一根小树棒，如何放在枝杈上，如何不断用嘴叨着调整位置，如何放好又飞到一旁观察是否合适。真是有趣极了。看来，两只花喜鹊是去年刚分窝的小喜鹊，今年已经可以生儿育女了。母喜鹊稍微大一些，也显得特别勤快，不停地叨来小树枝，放好位置，又很快飞走，寻找新的树棒。那只公喜鹊也没闲着，但它似乎更贪玩,效率也低一些，叨来一根树棒要摆弄半天，显然不如母喜鹊能干。有时公喜鹊叨来树枝，干脆交给母喜鹊编织窝巢，自己站到一旁观看。这有点像人类，经营家庭主要靠女人。

它们筑巢很有讲究，底部尽量铺得很大，以便更牢靠地架在杨树枝杈上，然后呈圆形往上垒窝，一圈圈加高，到一定高度时，窝巢开始往内收拢成三角形。我每天看很多次，当时还有些奇怪，怎么成了这个样子？但后来渐渐明白了，窝巢高度够了，上部垒成三角形，便于它们架构窝顶，就是用衔来的小棍棒搭在上头，从边沿搭起，一点点往里收口，最后，搭成一个顶篷。顶篷是拱形的，中间高，周围低，而且搭得很厚，密密麻麻，这样就可以防止雨水流进窝巢。进出口留在侧旁，完全没有破坏顶篷的防雨功能。我佩服得五体投地，人也不过这样聪明了。如此大概二十多天，一个很大的窝巢，终于筑成了。最后几天，它们不再衔干树枝，而是衔来一些软草钻进巢里，大概是要下蛋了。我相信要不了多少天，会有一对小生命诞生，那将是一个神圣而动人的时刻。说真的，我都有点迫不及待了。我会守候着它们，等待那一天的来临。

多年前去美国访问时，曾听到一个故事，说有个富翁花巨资买下一块地，准备建一栋别墅，那块地上只有一棵树。但临要动工时，却发现唯一的那棵树上，有两只鸟在筑巢。富翁立刻决定，暂时不建别墅了。他想它们也许不定哪天就会飞走，等它们飞走了再建别墅。可是这一等就等了十几年，鸟儿在树上生生不息，永久定居了。富翁直到死去，也没有建成别墅。临终前，他给儿子留下的唯一遗嘱是：别动那个鸟巢。

2012 年 3 月 16 日

孩子的问题

　　孩子的问题并不都是幼稚可笑的，恰恰相反，孩子提出的问题时常会让大人难以回答。在大人们看来，有些问题不是问题，那是因为大人们已经习惯了约定俗成，习惯了某种规范和秩序，极少再去探究为什么会是这样而不是那样。而孩子们并不了解这些，面对一个未知的世界，他们觉得一切都是问题。

　　我的孩子们小的时候，一家人还在县城居住，有时星期天带他们去乡下老家看望爷爷奶奶。去乡下老家，是他们最开心的时候。一路上他们总是问这问那，我就逐一回答。但也有无法回答的时候。比如看到一排柳树，我说这叫柳树，孩子就问，为什么叫柳树？看到一头牛，我说这叫牛，孩子就问，为什么叫牛？这样的问题，真是不好回答。这样的问题，大人连想也没有想过。为什么叫柳树？因为大家都这么叫。为什么叫牛呢？因为都说那是牛。这样回答，已是答非所问，但问题还不算完。孩子又问，牛怎么啦？我实在搞不懂孩子的意思，只好说牛在耕地。牛为什么耕地？为了种粮食。种粮食干什么？为了让人有饭吃。人吃饭干什么？吃饭才能活着。

活着干什么？这问题已经很深奥了。

人之初和人之末是人生的两极，一个三岁的孩子和一个七十岁的哲人，有时会一样深刻，困惑于同一个问题。所不同的是哲人带走的是无奈和迷茫，而孩子带来的是新鲜和好奇，就像死亡不过是生命的瞬间休息和调养，做个梦又转化成新的生命，从头开始探讨人间的一切。这是一个轮回。由此，世界才周而复始。很多大人对孩子的问题不够重视，要么敷衍了事，不认真回答，要么不理不睬，挥手把孩子赶跑完事。这样做肯定是不好的。孩子的好奇心是十分珍贵的，他们的一些看起来荒唐的想法，说不定正是创造性的开始。给孩子一个玩具，他们最爱干的一件事就是把它拆下，然后按照自己的想法重新组装，结果组装的是个莫名其妙的东西，这就是他的创造。对孩子的好奇和荒唐，只能引导，不要试图扼杀。就像科学和技术的进步，从来都是要打破常规一样，对孩子不要急于纳入常规。重视孩子的问题，保留孩子的好奇和锐气，其实比让孩子学钢琴、背唐诗重要得多。

现在城市里常见的大人说小孩话，小孩说大人语，绝不是个好事情。

1997 年

家乡的茶

家乡丰县没有茶树，喝茶的概念和南方完全不同。南方人喝茶有各种制作精细的茶叶，喝茶成为一种闲情和文化。家乡人喝茶只是一种生活，一种日子。北方人的生活永远不像南方人那么精细。家乡的普通百姓人家，旧时所谓喝茶就是喝白开水，差不多纯粹为了解渴。家里来了贵客，或者女人坐月子有亲朋来看望，主人摸出一包红糖，抓一把放碗里，已是很好的招待了。

一般镇子上也有茶馆，都是七星灶，后来改为大铁皮炉，烧开了水，由街坊或生意人提回家用，记账或用茶牌，很方便。到茶馆提水而不是自家烧水，只在镇子上才有，在周围村庄的人看来，是一种奢侈。镇子茶馆门前，也放几张桌凳，供过路人解渴，大碗茶，咕咚咕咚一气长饮，丢下钱走路。但多数时候是一些当地闲人坐在那里聊天，说一些风马牛。聊得口干了，就倒一碗茶喝，当然是白开水。这种茶馆多数是备有茶叶的，茶叶当然是从南方来的，只不知何时买来保存了多久，很陈旧了，泡上茶叶也并不好喝，所以宁愿喝白开水。另一个原因是茶叶虽不好喝，但那是茶馆花钱买来的,喝了就应当付钱,喝白开水却不必。何况闲坐的人不比出力走路的行人那么口渴,随你喝也喝不了多少。这有点像当地的羊肉汤,添汤是不要钱的。现在有一种说法,说白开水比任何饮料都好,任何饮料包括茶叶都有局限性,有一利必有一弊,白开水却是中性的。喝白开水也许没有什么明显的好处,但它肯定没有坏处。家乡的百姓可能并不懂这些道理,只是因为缺少南方人那种茶叶,祖辈都喝开水,惯了。离开家乡很多年了,我家中的冰柜里放有各种茶叶,主要是为招待客人用的。我自己仍然喜欢喝白开水,每天至少五杯,也是惯了。

每年的麦收季节是个例外。收麦子是庄稼人最喜庆的大事。男人在田里割麦子,麦子一把汗一把,辛苦又快乐。到吃午饭时,女人除了把饭送到田头,还会提一壶茶,这壶茶里多半会有梨叶。用梨叶煮茶不知源于何时,好像成了麦收季节的一个传统。我小时候曾喝过多次,红亮红亮的,清香爽口解渴。茶壶是当地土窑烧制的黑砂壶,黑砂壶黑得发亮,又大又圆,可以盛几斤茶水。壶形拙而粗糙,却有透气功能,这是任何别的茶壶都不能相比的。一壶茶放地上,不大会儿壶底就会渗出细小的水珠,把地面洇湿,隔夜茶也不会发馊。因为童年深刻的记忆,我一直对这种黑砂壶怀有深厚的感情。前些年,我曾托徐州文联的朋友安启杰先生帮我买一把。现在家乡发生了很大的变化,不仅不再稀罕南方的茶叶,连茶具也都换成了白瓷紫砂,乡下烧制这种黑砂壶的土窑几近绝迹,因此并不好买。老安兄不知费了多少事,终于给我带来一把。

黑砂壶还是旧时模样，捧在手里，一下勾起许多童年的记忆。老安看我喜欢，不久又送我一把，说是壶要成双，我真像得了一对宝贝。现在这两只黑砂壶就摆在南京家中我的书橱上，朴素而古拙，和一排排的书放在一起，竟是出奇地和谐。夏天时我会取下一把，冲烫干净泡一壶茶，慢慢享用一天，只可惜再没有梨叶的清香了。

旧时一些乡村大户人家和一些特别讲究的人比如私塾先生，会自制一种茶叶。就是在清明前后万木萌发的时候，采一些柳芽、槐芽、桑芽、梨芽、榆芽等树木的芽片，揉好了炒一炒再风干，可以饮用一年。有的还加上当地人叫崖渠子的草，这种草学名叫苦胆草，可以入药，常常长在沟壑崖畔，水灵碧绿，和树的芽片混合在一起，统称五味茶。泡出茶来色浓味苦，如中药一样，能够解毒消火，防治不少疾病。

家乡百姓的茶远不如南方茶斑斓飘逸，简单如白开水，苦涩如五味茶，其实浓缩了几千年的人间，慢慢品咂，自会体会出一种人生的况味。

2000 年 5 月

不亦快哉

　　上小学时体弱多病,春三月仍戴遮耳棉帽,课堂上三呼不应。老师大踏步走来,用教鞭挑起我的棉帽扔出窗外。从此不戴帽子。每逢冬至,风雪扑面,爽头爽脑,不亦快哉!

　　上中学时因拉肚迟到,事毕冲到教室门口:"报告!"老师斥曰:"出去!"很是不解,遂昂然而入。老师大怒,走来拉我出去,匆忙间抱住课桌,僵持数分钟,双方气喘吁吁,老师终是无奈,遂罢。满堂哄笑,不亦快哉!

　　上鲁院逢考试,交卷后发现仍有十几位同学抓耳挠腮。监考老师姓毛,老实人,直视下面,无人敢交头接耳。于是返回教室门口,冲毛老师招招手,神神秘秘的样子。毛老师不知是计,懵然走出问我何事,我说昨夜有黄鼠狼进宿舍,赶出后在门口哭嚎如小孩;又说你的衣服不错,在哪里买的?又说云云。毛老师不知所云。忽然意识到有诈,忙返回教室。同学们勾当完毕,纷纷交卷,已是满面春风,不亦快哉!

　　雨中散步,不亦快哉!

烙馍卷鸭蛋，细嚼慢咽，不亦快哉！

自斟自饮，壶底朝天，人亦朝天，不亦快哉！

花盆无花，枯土中钻出一点绿，如针，忙浇水，数日长成蓬蓬一棵大草，不亦快哉！

捧一卷书钻入附近竹林，读半日，躺半日，醒来伸个懒腰，不亦快哉！

山林中一阵吼喊，如虎啸龙吟，不亦快哉！

妻厌蚊子，我厌苍蝇。蚊子吸血毫不在意，有苍蝇入室，必起而追之，一拍消灭一个营（蝇）的兵力，不亦快哉！

背上有痒，靠住门框一落点，蹭几下，霍霍！不亦快哉！

写出《地母》两卷，如诗如画，不亦快哉！

作家储福金围棋高手，授我四子仍难赢他，愤而找评论家王干对局，连杀几盘，胜多负少，不亦快哉！

看聂卫平下棋，连胜日本人，不亦快哉！

看聂卫平赢马晓春，不亦快哉！

看常昊棋艺日进，不亦快哉！

中国足球队易帅，不亦快哉！

逛旧书摊，偶然发现十八年前转载我作品的一本旧刊物，一元钱购得，不亦快哉！

游沂蒙山区，晚十时见路边有一驴肉馆尚未打烊，和义及停车入内，打水洗脸间，店主已提来几斤酒，端几盘熟驴肉。偌大一个院落，只我们几个人，大块吃肉，大碗喝酒，不亦快哉！

游云南，在中缅边境小镇见一玉摊，大家上前挑挑拣拣。我听口音耳熟，即上前搭讪，卖玉人原是中原老乡，不胜亲切。卖玉人问，都是你朋友？我说是。甭让他们买了！我的玉全是假货。三千里外闻乡音，不亦快哉！

多日伏案，一篇作品画上句号，掷笔而去，不亦快哉！

出差回来，买几样宝贝东西，少报一半价钱，妻不疑，不亦快哉！

游万泉河，乘飞艇，艇翻落水，坠入水底十余米，急忙钻出水面，竟不死，不亦快哉！

夜间游梦，东海水决，淹泰山，仅露其顶，好大的水，不亦快哉！

2000 年 6 月

过年的味道

记得小时候一入腊月,大人们便说:有年味了。时间一天天逼近春节,年味就越来越浓。

年味是一种气氛,充满了忙碌和喜庆,也许还有点儿忧愁和辛酸。那是个贫困的年代,但不管多么贫困,家家户户还是要办年,尽力把年货办得好一点。小时候,孩子们只知道跟着乐,并不知道办年的麻烦和艰辛。上个世纪七十年代,我住在苏北的一个小县城,有自己的小家庭了,要独立办年,才体味到其间的酸甜苦辣。首先是没有钱,仅有的一点钱要计算好了,如何省着花又要买更多的东西,然后才开始购物。今天买几棵白菜,明天买一捆葱,后天买一斤糖。那时几乎买任何东西都要托人,都要凭票,都要排队。一入腊月,满城都可以看到排队的人群,或在一个门前,或在一个窗口。开始卖东西是早晨上班之后,但排队常常要从四更天开始,有时半夜就得起床,冒着刺骨的寒风赶去排队,站在冰天雪地里等待天亮。有一年,我半夜排队,买回十二斤豆腐,虽然手脚冻得麻木了,还是很有成就感。过年还有一段时间,豆腐放长了会坏，那时候还没有冰箱，就在夜间把豆腐端到院子里冻上，白天再端进屋，晚上又端出去冻。虽然麻烦，但看着两盆白花花的豆腐，妻子还是很高兴。以为可以过一个肥年了。可是有一天清晨起床，忽然发现院子里豆腐不见了，原来夜间来了小偷。妻子气得哭了，那可是一家人最重要的年货啊！还有一年，我半夜排队。天亮买回来一只猪头，妻子把它刮洗干净，到中午劈开煮上。晚上孩子们放学回家时，已是满屋生香，几双眼睛不时往锅里瞟，掩饰不住地高兴，也掩饰不住馋。我说现在不能吃，过年还有几天。孩子们懂事地点点头。晚饭后，我从锅里拎出煮好的猪头，开始拆解。孩子们抵挡不住诱人的香味，全部围拢来，眼巴巴地看着。我心里有点酸，开始还忍着不看他们，可我终于忍不住了，像和谁赌气似的，大声说了一句："吃！今天咱们就过年！"孩子们立时欢呼起来。于是我从煮烂的猪头里，抠出一块瘦肉，又抠出一块瘦肉，逐一递过去，孩子们捧在手上，大口大口吃起来。妻子没有阻止我，微笑着坐在一旁，可她眼里却闪着泪花。那是几年来最酣畅的一次吃肉，一只十几斤的猪头，最后让孩子们吃得只剩下两块腮上的肥肉和两只耳朵。

如今几十年过去，我们再也不用为办年货发愁了。人们几乎天天过年。春节临近，拿上钱上街，一次就可以把年货办齐。可是年的味道却没有了。贫困年代给我们留下许多辛酸的记忆，也留下许多贫困年代的温馨。

现在社会上物质丰富了，家里孩子们长大了，操办年货不再需要我东奔西跑，不再需要我半夜起来排队。作为父亲，我忽然变得不重要了，这让我每每有一种被冷落的冷清。孩子们嘲笑我，说你总不会怀念贫穷吧，我说当然不是，我怀念的只是过年的感觉。

事实上，自从十几年前举家迁来大城市居住，过年的味道之寡已经远不止这些，最不能适应的就是过年没有了声音。

每到除夕，我都会神不守舍，眼睛看着电视，耳朵却在捕捉另一种声音，尽管明知不会有。一次次走到阳台上，看马路空空荡荡，整座城市静如荒漠。我老在怀疑，这是大年夜吗？看不到火树银花般的烟花，听不到炒豆般火爆的鞭炮声，消失了孩子们惊惊乍乍的欢呼，大年夜因此变得冷清而陌生了。

我相信大年夜怀念鞭炮的不会是我一个人。

鞭炮已伴随中华民族上千年，我们每一个成人都是在鞭炮声中长大的。每年当除夕鞭炮响起的时候，我们就长了一岁。鞭炮所蕴含的意义，决不仅是那一串炸响，它一点也不空洞。对孩子们来说，它是纯真的欢乐；对母亲来说，它是会心的微笑；对父亲来说，它是人生的感慨。鞭炮和烟花是春节的象征，是情感的宣泄和释放，是一年劳作之后对疲惫的驱赶和对收获的喜悦。它把漫长冷凝的冬季炸得粉碎，透出一片摇曳的春光。大年夜当九州华夏鞭炮齐鸣烟花飞灿的那一刻，整个世界都会震惊：这个发明了火药的古老民族，一年一度的普天同庆，应当是人世间最辉煌最绚丽的节日！仅此一个节日，就足以让这个伟大民族永远凝聚不散，生生不息了！

我怀念鞭炮，男人都会怀念鞭炮。

孩提时代，是我们胆战心惊燃放了第一挂鞭炮之后，才真正成为男孩子。那一串炸响，那一朵硝烟，锻造了男孩子最初的阳刚，也造成了女孩子最早的惊吓。其实，冒险和惊吓，都是一个人童年的必修课。因为人生漫漫，正不知有多少风险在等着他们。

现在，几乎所有的大城市都已经禁止燃放鞭炮，这肯定是有道理的，因为城市有城市的生活法则。它只能计算燃放鞭炮给城市所造成的危害，无法顾及更无法计算禁止鞭炮会减少多少欢乐。当我们告别鞭炮的生活，其实也告别了一种节日形态，告别了一种古老的文明。

但春节不会消亡，不管有多少新节、洋节，春节依然是中国人最重要的节日。也许有一天，它会以新的形式重新热闹起来。我们有许多理由怀旧，但我们有更多的理由在春节选择快乐。毕竟，日子在一天天好起来。

2004 年 1 月

简化生活

生活日益变得精致细微，变得五光十色，变得繁琐复杂，当代都市人已逐渐适应喜欢这样的生活方式。

比如穿衣。春秋四季，自然有多套衣服，四时更换，日日更换，款式、色彩更是视场合精心搭配，唯恐有一处被人挑剔。比如吃饭。菜谱已开始进入家庭，吃饭由过去单纯为了填饱肚子转向讲究营养，还有各类营养品摆在橱里，定时取用。比如居室，豪华装潢屡见不鲜，客厅、卧室、厨房、卫生间，无一处没有讲究，明光锃亮，一尘不染。比如社交，广结朋友，八方应酬，或餐馆、或舞厅、或酒吧，穿梭忙碌，不亦乐乎。比如……总而言之，日子越来越刻意而稠密。据说，这都是文明人总归要步入的生活。真是惭愧得很，如果按此标准，我实在还算不上个文明人。因为上述种种，我看着都觉得累。我所喜欢的是一种简单的生活。穿衣吃饭，随随便便，一件衣服穿七八年，是常有的事。除非一些必要的场合，平日随意就好。吃饭就更是没救，天生一副从家乡带来的胃口，盛不下美味佳肴。偶有应酬，满桌子好东西，就是吃不下。回到家必得重吃，也就是馒头、稀饭、咸菜。至于居室，一方地板，一块白壁足矣。屋子里常有些凌乱，却分明是家的感觉。近来有了外孙，空气中又添些尿臊。小家伙刚满周岁，什么都新奇，蹒跚着各屋乱走，这里捅捅那里弄弄。我的客厅兼书房更是他常来骚扰的地方，特别爱胡乱拿一件东西，昂起头递给我。于是我的书桌上除了稿纸，还堆满了鞋子、小衣服、棋子，以及他的儿童画、小玩具之类。有时刚清理干净，他又蹒跚而来，把拿下的东西重新一一递上。在这种浓浓的家庭氛围里，我的脑子会变得非常简单，也非常开心，什么烦恼都不会有，外界的应酬几乎推托干净。刚装电话时，有人来电话就高兴，现在一听电话响就害怕。一群相识和不相识的人坐在一起，说些相干和不相干的话，大家都显得很亲热，心里都在想快点结束。何必呢？我平日了解外部世界的唯一窗口就是电视。我看电视最多的就是中央五频道，体育节目是我最喜欢的，球类、田径、棋类，都爱看。有时还写点关于体育的文章。体育节目使我仍然保有生命的激情，而且可以不太动脑子。

把生活搞得简单一些，会有更多的时间和心灵空间。其实把脑子搞得简单一点，也是一件好事，因为剩下的差不多都是快乐。不信你试试？

2004年5月

请加一只热水瓶

　　这些年经常出差,出差就要住宾馆,住宾馆就要喝水。喝水很方便,几乎所有宾馆房间里,都会有一只烧水壶,装上生水,插上电插头,几分钟就烧开了。这时,你喝白开水也好,泡茶也好,冲咖啡也好,真是方便得很。因为是自己亲手烧的新鲜开水,不用像八十年代以前那样,开水一律由服务员送来,说是开水,其实只是些温吞水,也不知道是啥时候烧的,喝到嘴里一股陈味。

　　现在到底是不一样了。但过一会儿问题又来了,你想往杯子里加一点开水时,壶里的水却凉了。于是你只好倒掉剩下的大半壶水,重新再烧。先前的方便又变成了不方便,不仅不方便,而且造成了水和电的浪费。每次住宾馆,都会遇上这样的问题。于是不由得怀念过去的时代,那时宾馆或招待所房间,都会配一只或两只热水瓶,是服务员烧好送来的,坏处是可能瓶里的开水已经不那么热了,好处是,一瓶开水足可以喝个够,随喝随倒,十分方便。我不知道究竟是什么时候取消了热水瓶的,但对水电的浪费显而易见。全国有多少宾馆、招待所?每天入住的客人有多少?每天倒掉的凉开水又有多少呢?因此而浪费的电有多少?没人算过,大概也算不清,但加起来肯定是个惊人的数字!如果有了烧水壶,再加一只热水瓶,把烧好的水倒进热水瓶慢慢喝,客人方便不说,会省下多少水电?买一只热水瓶虽说增加了客房成本,但长远算下来,浪费的水电会多几十倍、几百倍!不知宾馆的老板们有没有算过这笔账?

这些年,我几乎每住一次宾馆,都会在意见簿上留一行字,甚至让服务员把老板喊来,当面提一条意见:"请加一只热水瓶!"

2009 年春

图书在版编目（CIP）数据

西部流浪记/赵本夫著.—南京：江苏凤凰文艺出版社，2018.6
ISBN 978-7-5594-2256-9

Ⅰ.①西… Ⅱ.①赵… Ⅲ.①散文集—中国—当代 Ⅳ.①I267

中国版本图书馆CIP数据核字（2018）第118335号

书　　名	西部流浪记
著　　者	赵本夫
责任编辑	张　黎
出版发行	江苏凤凰文艺出版社
出版社地址	南京市中央路165号，邮编：210009
出版社网址	http://www.jswenyi.com
排　　版	南京新华丰制版有限公司
印　　刷	苏州越洋印刷有限公司
开　　本	880×1230毫米　1/32
印　　张	10.125
字　　数	220千字
版　　次	2018年11月第1版　2018年11月第1次印刷
标准书号	ISBN 978-7-5594-2256-9
定　　价	45.80元

（江苏凤凰文艺版图书凡印刷、装订错误可随时向承印厂调换）